남북통일

이헌영 장편소설

한 생각 2

남북통일

이헌영 지음

매일경제신문사

이 책은 저의 첫 번째 소설 [한 생각]과 연계된 소설입니다.
　　　　　　　　　　　　　　　　　　　　-이헌영

■ [한 생각] 줄거리

주인공 정관영은 지독한 가난으로 굶어 죽을 고비를 여러 번 넘기고 중학교 2학년 중퇴 후 서울로 올라와 검정고시로 중고등 과정을 마치고 자원하여 군에 입대한다.

　제대 후 천신만고 끝에 만두 기계를 만들어 사업으로 성공하고, 5층 백화점이라는 독특한 아이템으로 전국 백화점을 석권하자, 세계로 눈을 돌려 크게 성공한다.

　사업 성공으로 잠시는 행복했으나 마음이 편치 않았다.

　지독히 가난했던 시절을 회상하며 주변의 어려운 가정들을 돕는 일을 하던 중, 이 나라에서 하루에 43명씩 자살한다는 보도를 접하고 괴로워한다.

　자살의 가장 큰 원인은 경제 양극화로 인한 빈곤 때문이라고 판단하고, 경제 양극화의 해결책을 찾기 위해 고심의 나날을 보낸다.

　몇 년의 고심 끝에 강원도 화천에 있는 꺼먹다리를 서성이다가 아이디어가 떠올랐다.

　이 나라 1등 부자 한 가정이 100등인 꼴등 가난한 한 가정을 직접 도와서 70등이 되게 해주고, 2등 부자는 99등을 70등으로, 3등 부자는 98등을 70등으로… 4등 부자는 97등을, 5등 부자는 96등을, …30등 부자는 71등을 직접 도와서 70등이 되게 해주면 70등 밑으로의 극빈층이 아예 없는 나라가 된다. 그리고 도와준 부자들에겐 정부가 그에 상응하는 혜택을 주자는 아이디어였다.

아이디어 이름을 [한 생각]이라고 명명했다.

아이디어 [한 생각]을 이 나라에 실현하기 위하여 대통령이 되기로 하고 정계에 뛰어들어 무소속으로 출마해서 국회의원에 당선된다.

국회의원 활동 중 여야의 지독한 싸움과 전 국민이 패를 갈라 싸우는 걸 보고 겪으며, 정치적 모든 싸움의 원인은 대통령 선거제도에 있다고 판단하고 추첨 민주주의를 주목하게 된다.

그리하여 1차에서는 유권자가 직접선거로 2명을 뽑고, 2차 결선은 2명 중 1명을 추첨으로 뽑는 아이디어 [한 생각 2]를 고안해 낸다.

추악한 싸움의 대통령 선거판을 온 국민의 축제판으로 바꾸는 아이디어였다.

국회의원 3선을 한 다음, 여당에 입당하여 대통령 후보까지 되었으나 자신이 대통령이 되더라도 정치판의 행태로 볼 때 야당의 집요한 반대로 [한 생각 1, 2]를 성공시킬 수 없다고 판단되었다.

관영의 목적은 대통령이 아니라 [한 생각 1, 2]를 성공시켜 경제 양극화를 해결하고, 두 패, 세 패로 나누어 지독하게 싸우는 고질적인 정치풍토를 바꾸는 데 있었기에 고민에 빠진다.

때마침 야당 대통령 후보로 떠오르는 허장훈을 주목하게 됐고, 비록 정적이긴 하지만 [한 생각 1, 2]를 자기 대신 성공시킬 수 있는 인물로 낙점하여 비밀편지를 직접 전한다.

허장훈은 정통 엘리트 코스를 밟아온 정치인으로서 깨끗한 이미지와 정파에 휘둘리지 않고 추진력이 돋보이는 인물이었다.

허장훈은 정적인 정관영의 비밀편지를 읽고 의심 끝에 한밤중에 대모산 정상에서 만나 설명을 듣고 정관영의 진심을 확인한다. 이후 은밀하게 16번을 만나 [한 생각]을 수정 보완하고 작전을 세운다.

관영은 [한 생각 1, 2]를 성공시키려면 나라 제1의 부호 김찬주 회장의 도움이 절대적이라고 판단하여 일본 도쿄에서 만나 [한 생각 1, 2]를 설명하고 도와달라고 설득했으나 비아냥 섞인 반응에 실망한다. 그러나 계획대로 관영은 여당의 대통령 후보가 되었고, 장훈은 야당의 대표가 되었다.

선거 유세가 시작되어 여당 후보인 정관영이 여의도에서 광화문 광장까지를 왕복하는 종이 그래프로 경제 양극화의 현실이 터무니없을 정도로 심하다는 것을 알려 큰 호응을 얻는다.

한편, 야당 후보인 허장훈은 TV 공약 발표에서 관영이 준 아이디어 [한 생각 1]로 경제 양극화를 해결하는 방법을 자세히 설명하여 큰 호응을 얻는다. 그리고 이틀 후에는 역시 정관영이 준 아이디어 [한 생각 2]를 발표하여 큰 호응을 얻는다.

허장훈의 [한 생각 1, 2]는 큰 호응을 받았으나 예상대로 여론은 '뜻은 좋지만, 실현 가능성은 없어 보인다'라는 비관적인 견해가 팽배했다.

투표일이 며칠 남지 않았을 때 여당 후보인 정관영은 지지율이 12%나 앞서있음에도 불구하고 야당 허장훈 후보와 그의 공약 [한 생각 1, 2]를 지지한다며 전격적으로 여당 후보직을 사퇴한다.

이에 여당 대표인 김경희는 크게 당혹스러워하며 관영에게 항의했으나 곧 관영의 진심을 이해하고 경제 양극화 해결책과 대통령 선거 부작용 해결책인 [한 생각 1, 2]를 지지하게 된다.

여론이 우왕좌왕할 때 김찬주 회장이 급거 귀국하여 기자 회견을 자청한다.

정관영의 [한 생각 1, 2]의 내용을 설명 듣고 비아냥거렸던 김찬주 회장이 뜻밖에 [한 생각 1, 2]를 적극적으로 지지하며 부유층의 동참을 호소한다.

관영은 놀라고 의아했으나 김찬주 회장의 이복동생이며 비서인 차주혁의 끈질긴 설득과 요청으로 마음을 돌리게 된 것을 알고 감복한다.

여론이 돌아섰고, 결국 허장훈은 대통령에 당선되었다. 그리고 취임 다음 해에 관영의 [한 생각 1]을 철저한 준비와 김찬주 회장의 도움으로 무사히 성공시켰고, 이어 가난을 부추기는 많은 제도를 개혁해낸다.

극빈층이 아예 없는 나라가 되자 세계의 관심이 쏠렸고, 국가의 위상은 더없이 높아졌다. 빈곤층이 경제적 여유가 생겨 소비자 역할을 제대로 함으로써 내수경기가 살아나 경제발전의 원동력이 되었다.

자본주의 국가의 가장 큰 골칫덩이인 경제 양극화를 확실하게 해결한 공로로 허장훈과 정관영은 공동으로 노벨경제학상을 받는다.

대통령은 힘을 얻어 직접 선거와 추첨제를 접목한 [한 생각 2]도 국민투표에 부쳐 성공시킨다.

싸우는 선거가 아닌 축제의 선거가 된 것이다.

다시 대선이 다가오자 지지율 1위인 야당 후보 김경희에 맞서 [한 생각]을 앞장서서 비난하던 정근우 서울시장이 여권 후보로 떠오른다.

김찬주 회장이 관영을 만나 여권의 정근우가 대통령이 되면 [한 생각]을 무산시킬 수 있으니 [한 생각]을 확실히 성공시키려면 다음 대선에 출마하라고 강력히 요청한다.

지지율 1위인 김경희 야당 후보와 2위인 정근우가 맞붙게 되면 추첨에서 정근우가 당선될 가능성은 50%다. 이에 위험하다고 판단한 관영은 망설임 끝에 무소속으로 나서게 된다.

그러자 정근우는 2위 안에 들 가망이 없어지자 서울시장 재선 쪽으로 방향을 바꾼다.

무소속 관영과 야당 후보인 김경희는 1차 국민투표에서 나란히 1, 2위로 통과되어 2차 추첨에서 맞붙게 되었다.

김경희 후보는 두 아이의 엄마로 키 182cm의 배구 선수 출신이다. 최연소 의원으로 당 대표에 도전하여 예상을 깨고 역대 최연소 당 대표로 당선되었었다.

　　대표가 된 김경희는 듣기를 잘했으며 이견 조율에 탁월한 솜씨를 보이는 등 당 대표의 역할을 훌륭히 해내어 두루 지지를 받아 야당 대통령 후보가 되었고, 관영과는 같은 당에서 활동하며 서로 믿고 의지하는 각별한 사이였다.

　　1차 직접 투표에서는 관영이 크게 앞섰으나 2차에서는 43일간의 축제와 7번의 추첨 쇼 끝에 야당 후보 김경희가 이겨 대통령에 당선된다.

　　6개월 후, 관영과 퇴임한 허장훈은 몽골초원에서 김경희 신임 대통령으로부터 특사 자격을 얻어 북한에 가서 통일을 위한 일을 해보자고 결의한다.

| 차례 |

1

출발

'대화가 통하는 인간들일까?'

'저들과 만남 자체는 어렵지 않을지 모르지만, 온전한 대화가 가능할까?'

'어떤 제안이나 의제도 없이 빈손으로, 그냥 만나서 얘기 좀 해보자는 것이 과연 먹혀들까?'

'당연히 어떤 제안을 갖고 오는 줄 알겠지?'

'그냥 빈손으로 왔다고 했을 때 저들의 반응은 어떻게 나타날까?'

평양을 향한 첫 출발, 가슴이 벅차오른다.

같은 음식을 먹고, 같은 말과 글을 사용하는 한민족임에도 사상과 이념이 뭐라고 남과 북으로 쪼개져 전쟁까지 벌여 130만 명이라는 사상자를 내고도 끝내지 못한 남과 북이다.

그 후 70여 년 동안 서로를 타도해야 할 주적으로 삼아 일촉즉발의 긴장 상황을 끊임없이 연출해온 남과 북, 이 통한의 장벽을 어떻게 무너뜨릴 수 있을까?

전임 대통령 허장훈과 그에게 대통령 자리를 양보했던 전 국회 의원 정관영은 보좌관 4명과 함께 몽골 울란바토르행 비행기에 올랐다.

장훈은 관영과 둘만 있을 때는 관영에게 형님이라고 부르는 사이다.

장훈은, 관영이 제안했고 관영이 함께하자니 결심할 수 있었고, 관영도 장훈과 함께 아니었다면 이 대장정을 시작할 엄두 자체를 내지 못했을 것이다.

관영은 장훈에게 장훈은 관영에게 동업자로서 서로 믿는 구석이 있었다.

'저이가 지금까지 그래왔던 것처럼 무슨 묘책을 만들어 놓지 않았을까?'

'저이가 전임 대통령으로서 무슨 능력을 발휘하지 않을까?'

특히 장훈이 관영에게 거는 기대감은 거의 절대적이었다. 자신에게 제안하기 훨씬 전부터 많은 생각과 준비를 했을 거라고 짐작했다. 그래서 몇 번 물어보기까지 했었다.

"형님, 무슨 묘책이 있습니까?"

그때마다 관영은 물끄러미 쳐다보며 덤덤하게 말했다.

"묘책? 그런 거 없어요. 묘책이 있을 수 있나요? 상대를 만나 얘기하다 보면, 혹시 비빌 구석이 생길 수 있을 수 있지 않을까 기대하는 거지요. 생기면 비벼 보는 거고요."

그래도 관영에게 걸어둔 믿음은 거둬들이지 않았다. 관영의 발상

패턴은 늘 남달랐기 때문에 생긴 믿음이었다.

　울란바토르 공항엔 권영호 몽골 대사와 직원 두 명이 승용차 한 대와 승합차 한 대를 갖고 와 맞이했다. 그런데 뜻밖에도 몽골 대통령 경호대 오토바이크 8대가 붙었다.
　장훈과 관영은 잠시 당황했지만 바로 수긍하고 동행을 받아들였다. 승용차에 합승한 대사도 두어 시간 전에 통보를 받았다고 했다.
　"아마 탑승자 명단을 보고 몽골 비행기 승무원이 본국에 보고한 거 같습니다."
　궁금증은 풀렸으나 이곳에서의 활동에 제약을 받을 생각을 하니 조금은 혼란스러웠다. 지난번 왔을 때는 울란바토르가 아닌 초이발산 공항이 도착지였으므로 번거로운 일이 없이 조용하고 오붓한 시간여행을 할 수 있었다.
　전직 대통령 일행으로서 적응해야 한다. 조금은 번거롭고 불편도 하겠지만 편리한 측면도 분명히 있을 것이다. 우선 대통령 면담이 쉽게 성사되지 않을까 기대가 되었다.

　"일이 이렇게 됐으니 대사님께서 이곳 대통령님께 면담을 요청해 주십시오."
　샹그릴라 호텔로 가는 차 안에서 장훈이 젊고 깔끔한 권영호 대사에게 말했다.
　"네, 알겠습니다. 어떤 내용으로 면담 요청을 할까요?"
　"그냥 여행 온 걸로 하고, 온 김에 인사차 뵙기를 청한다고 하면 되지요."

"면담 날짜나 시간은 언제가 좋을까요?"

"아! 그건 대통령님이 정하시라고 해야죠. 우리는 언제라도 괜찮다고 하세요."

한국의 삼성물산이 지었다는 샹그릴라 호텔은 5성급으로 서울의 여타 호텔 못지않게 외관이나 내부가 훌륭했다.

호텔 측에 이미 정부의 지시가 있었는지 총지배인이 깍듯이 맞으며, 예약했던 객실이 아닌 맨 위층인 34층 절반을 사용하란다. 사양해서 될 일이 아니었다.

식사도 식당으로 가지 않고 모두 방에서 해결했다.

관영과 장훈은 같이했고, 수행원 4명은 2명씩 교대로 했다.

서울에서 온 경호팀이 교대로 2명씩 복도를 지키는 것 외에 몽골 경호팀 몇 명이 복도, 계단, 엘리베이터 등을 지키며 출입하는 모든 사람을 점검하고 있었다.

34층에서 내려다본 울란바토르의 전경은 서울보다는 한참 느슨해 보였다. 면적은 서울의 몇 배나 된다는데 인구는 150만 명밖에 안 된다니 고개가 끄덕여졌다.

드문드문 높은 건물도 보였지만 대체적으로 저층이 대부분이었는데, 건설 붐이 일었는지 여러 곳에 타워크레인이 눈에 띄었다.

첫날 밤은 호텔에서 울란바토르의 야경을 내려다보며 술을 마셨다. 몽골의 명주를 요청했더니 중국의 명주 '몽지람'을 갖고 와 확인해보니 알코올 도수가 52도나 돼서 아주 조금씩 마셨다.

조금씩 취기가 오르며 많은 이야기를 했는데 주로 지나간 일들에 대해서만 했을 뿐 이제부터 해야 할 일에 대해서는 의식적으로 논하지 않았다.

특별한 계획이 있을 수 없고, 일단 맞닥뜨려 보자는 원칙 아닌 원칙만이 계획이었기에 새삼스레 나눌 얘기가 없었다.

둘째 날이 밝았다.

관영은 전에 다 돌아본 곳이기에 관영의 안내에 따라 '간등사원', '칭기즈칸 광장', '국립박물관' 그리고 '나란틀' 재래시장 순으로 돌아보기로 했다. 가는 곳마다 사람들의 관심을 끌어 몽골 경호팀을 분주하게 했지만, 신경 쓰지 않고 차분히 구경했다.

국립박물관을 둘러보고 있을 때 권영호 대사가 장훈의 비서에게 전화를 해와 장훈이 직접 받았다.

"방금 비서실장으로부터 전화가 왔습니다. 대통령께서 내일 저녁 6시에 영빈관으로 초대하셨습니다."

"내일 저녁 6시오? 잘됐네요. 수고했어요."

육상 선수가 출발선에 선 것처럼 살짝 흥분이 이는 것을 느낄 수 있었다.

점심시간이 한참 지난 시간이라 재래시장은 내일 둘러보기로 하고 호텔로 돌아왔다. 움직일 때마다 몽골 경호팀의 호위를 받다 보니 번거롭고 시간도 지체됐다. 어쩔 수 없는 호사이지만 신분이 높다고 좋은 것만은 아님을 다시 한번 느꼈다.

셋째 날, 재래시장을 방문했다.

시장은 역시 활기가 넘치고 비교적 풍성했다. 사람들 얼굴을 보며 오래전에 늘 보았던 그때 그 사람들이라는 생각이 들었다.

그 시절 그 어른들, 거의 감겨 버린 눈, 누런 이를 활짝 드러내놓은 채 웃고 떠들던 그 사람들이 모두 여기에 와 있었다.

관영은 며칠쯤 이들과 어울려 웃고 떠들고 먹고 마시고 놀며 왁자하니 지내고 싶었다. 정겹기도 하고 조금은 서글퍼져서 한 번씩 안아주고픈 충동을 느꼈다.

✦　✦　✦

풍채 좋은 대통령은 몽골 전통 복장으로 현관까지 나와서 권영호 대사를 포함한 장훈 일행을 반갑게 맞았다.

임기 6년 중 2년여가 남아있는 대통령은 밝은 표정으로 장훈에게는 물론 관영에게도 특별한 관심으로 대했다. 통역사를 통해 대화를 이어가다 보니 느슨할 수밖에 없었으나 대통령이 일행을 대하는 모습은 지극히 극진하다는 것을 바로 느낄 수 있었다.

만남의 첫인사와 일행 소개가 끝나고 만찬석에 자리를 잡자, 대통령이 먼저 말을 했다.

"많이 늦었지만 두 분께서 노벨경제학상을 함께 받으셨지요? 진심으로 축하드립니다. 정말 놀랐습니다. 거의 불가능에 가까운 일들을 성공시키시고… 우리도 언젠가는 따라가게 될 겁니다. 앞선 성공사례가 있으니 그만큼 실행하기가 수월하겠지요."

장훈과 관영은 활짝 웃으며 고개 숙여 화답하고 장훈이 말을 받앉다.

"감사합니다, 대통령님. 여기 몽골인민공화국이야말로 저희가 배워야 합니다. 중국과 러시아 같은 거대 강국 사이에서 민주주의를 큰 어려움 없이 받아들여 정착시킨 나라입니다. 몽골은 정치적으로 매우 안정돼 있기에 가능했던 걸로 저는 이해하고 있습니다."

"겉으로는 안정돼 보일지 모르지만, 실상은 문제가 꽤 있습니다. 강대국에 둘러싸인 내륙국의 한계라고 할까요. 밖으로 뻗어나가기가 쉽지 않아요. 그런데 정 의원님께서 우리나라 학생들을 많이 유학시키고 있다고 들었습니다. 정말 고마운 일입니다. 요즘은 한국뿐만 아니라 미국이나 유럽으로도 보내주신다고 하던데… 감사합니다."

관영이 받지 않을 수 없었다.

"아직 미국이나 유럽으로는 많이 보내지 못했습니다. 차츰 더 많이 보내려고 합니다. 저는 어려서부터 우리 한국인은 몽골계 민족이라는 말을 듣고 자랐기 때문에 몽골에 꼭 와 보고 싶었습니다. 그래서 왔는데 정말 그랬습니다. 모두가 형이고 동생이고 누이고 삼촌이었습니다. 모두가 정겹고 반가운 얼굴들입니다."

대통령은 중저음에 울리는 듯한 목소리로 고마움을 몇 번이나 표했고, 만찬 시간 내내 정이 넘치는 대화가 이어졌다.

만찬이 끝난 후 자리를 옮겨서 별도의 면담이 이루어졌다. 몽골 측은 대통령과 비서실장, 그리고 통역관이 참석하고, 한국 측은 장훈과 관영만 참석했다.

먼저 장훈이 몽골 대통령에게 대한민국 김경희 대통령의 친서를 정중히 전했다. 대통령은 정중히 받아 봉투를 열고 친서를 읽었다.

몽골어로 작성된 내용 밑에 같은 내용을 한국어로도 첨부한 친서였다.

내용은 간단했다. 정중한 인사말과 그동안 몽골국과 한국의 친밀한 관계를 강조하고 두 사람의 안위와 두 사람이 드리는 간청을 부디 받아들여 주시기를 부탁드린다는 내용이었다.

대통령은 만면에 환한 웃음을 지으며 말했다.

"두 분께서, 우리 몽골국은 김경희 대통령님께 깊은 감명을 받고 있다고 전해주시고 기회가 되시면 우리 몽골국을 방문해주시기를 바란다는 말씀도 함께 꼭 전해주십시오."

"네, 감사합니다. 그렇게 전하겠습니다."

장훈의 답이 끝나자 대통령이 바로 물었다.

"그런데 친서 내용에 두 분께서 제게 부탁할 일이 있는 것처럼 돼 있는데… 그렇습니까?"

"네, 그렇습니다. 좀 어렵고 번거로우시더라도 대통령님께서 도와주시면 감사하겠습니다."

"제가 도울 일이 있다고요? 허허! 그럴 일이… 말씀해보시지요."

장훈이 잠시 여유를 잡은 다음 말했다.

"저희 두 사람이 북조선인민공화국에 들어가 보려고 합니다. 저희가 북조선에 들어가서 북조선 인민 위원장을 만날 수 있도록 대통령님께서 중재해주셨으면 합니다."

대통령은 의외인 듯 통역의 말을 듣고도 잠시 침묵을 지킨 후 말했다.

"아… 북조선에 가시려고요? 그동안엔 북조선에 어떻게 들어갔었지요?"

"중국에 있는 대사관을 통해서 연락도 하고 만나기도 했는데 그러다 보니 신분이 너무 드러나서 여러 가지 제약이 생기고 번거롭기도 해서 이번엔 대통령님께 중재를 간청드리게 됐습니다. 번거로우시겠지만 부탁드립니다."

"비밀 유지를 위해서군요."

"완전한 비밀 유지는 어렵습니다. 제가 전임 대통령이라 완전 비공개는 불가합니다. 그래도 한동안은 그래야 좋을 거 같아서 뉴스 엠바고를 신청해 놓고 왔습니다."

"잘 알겠습니다. 일단 제가 북조선 대사를 불러 의사를 전달하겠습니다. 두 분이 이곳에 와 계시는 것은 북조선에서도 이미 알고 있을 겁니다."

"그렇겠지요. 굳이 비밀스럽게 할 필요는 없습니다. 대통령님께서 흔쾌히 승낙해주시니 한시름 놓았습니다. 감사합니다.

몽골인민공화국 대통령과의 면담은 이렇게 끝났다.

✦　　✦　　✦

다음 날, 장훈과 관영 일행은 남부 고비 사막을 향했다.

몽골 관광 가이드 1명을 포함한 7명이 지프차 두 대로 나누어 출발했다. '테를지 국립공원'은 지난번에 이미 체험적으로 관광했기에 세계 3대 사막인 고비 사막에 있는 모래 산 '홍고린엘스'와 '욜링암' 협곡을 돌아볼 계획이다.

그러나 이러한 계획은 권영호 대사로부터 걸려온 전화 한 통으로 무산되어 울란바토르로 돌아가게 되었다. 북한에서 즉각 내일이라도 좋다고 연락이 왔다는 것이다.

출발하고 불과 2시간여가 지났을 뿐이었다.

몽골 대통령이 장훈과 관영의 면담이 끝나자마자 곧바로 북조선 대사를 부르지 않고 전화로 알렸단다. 장훈과 관영이 북조선을 방문하여 북조선 위원장과 면담하고 싶어 하니 본국에 연락하여 위원장의 의견을 달라고 했는데 불과 하루 만에 환영한다는 전화통지를 받았다고 했다.

마치 기다리고 있었던 것처럼 즉각적인 화답이었다.

광활한 벌판에 차를 세우고 장훈과 관영은 마주 섰다.

"형님, 고비 사막은 다음에 봐야겠네요."

"그럽시다. 돌아갑시다."

대화는 극히 짧았다.

다시 2시간여를 달려서 호텔로 돌아왔다. 호텔엔 권영호 대사와 북조선 대사가 나란히 호텔 로비에서 기다리고 있었다.

권영호 대사가 소개하려 하자 북조선 대사가 한 발짝 나서며 고개를 숙이고 자기소개를 했다.

"북조선인민공화국 대사 주진호입니다, 반갑습니다."

장훈이 손을 내밀어 반갑게 악수를 하며 치하했다.

"아! 대사님, 반갑습니다. 허장훈입니다. 이번에 수고가 많으셨습니다."

"아닙니다. 위원장님께서 흔쾌히 기뻐하셨고, 정중히 모시고 오라고 말씀하셨습니다."

일행은 로비의 커피숍으로 자리를 옮겨 간단히 일정을 합의했다. 내일 아침 8시 30분 북조선의 고려항공편으로 출발하는 것으로 정했다. 도착지는 평양 순안 국제공항이다.

장훈과 관영은 막상 일정이 잡히자 살짝 설레었지만. 애써 태연하게 대화를 나눴다.

"드디어 가게 되나 봅니다, 형님."

"그러게요. 얼마나 다를까요? 놀라지 맙시다. 그냥 덤덤하게 받아들여야 합니다."

"우리가 어떤 제안이라도 갖고 오는 줄 알 거 같은데요?"

"그렇겠지요. 아무 제안이 없다는 걸 알게 되면 조금은 실망하겠지만, 그게 지금껏 남과 북이 접촉했던 사례들과 다르다는 점이 오히려 강점이 될 수 있습니다."

"그렇지만 위원장에게 면담을 요청해놓고 막상 면담장에선 아무 안건이 없다는 게 좀… 그냥 대화 좀 해보자 그거 아닙니까?"

"그게 진짜 대화죠. 우리부터 마음을 비워야 합니다. 기대해 봅시다."

2

평양 입성

　이튿날 장훈과 관영은 주진호 북조선 몽골 대사와 함께 북조선 국적기 고려항공 소속 비행기에 탑승했다. 같이 왔던 4명의 보좌관은 몽골에 남았다.

　장훈과 관영은 우등석으로 안내받아 예상대로 승무원들의 깍듯한 예우를 받았다. 일반승객은 많지 않았다. 전담 여성 승무원 2명이 모든 시중을 들었고, 역시 전담 남성 승무원 2명은 경호가 주 임무인지 통로 양쪽을 끝까지 지켰다.

　대통령 전용기와는 비교가 되지 않았지만, 장훈과 관영은 저들의 세심한 배려에 만족했다. 탑승 얼마 후 나온 기내식도 의외로 좋았다. 한식과 양식이 혼재된 식사에 장훈도 관영도 연신 고개를 끄덕이며 만족을 표했다.

　비행기는 불과 3시간이 채 못돼서 조선인민공화국에 접어들었고, 30여 분 후 평양 순안 국제공항에 무사히 내려앉았다.

　두려움보다는 기대감으로 설레었지만 애써 침착을 유지했다.

승객들의 출구는 봉쇄되고 장훈과 관영이 먼저 트랩으로 내리도록 조처를 해서 장훈이 앞장서 내리기 위해 문 앞에 섰다.

문이 열리자 푸른 하늘이 보였고 신선한 바람이 맞았다.

처음 대하는 북한의 하늘과 공기를 느끼며 아래를 보았을 때, 20여 명의 환영객이 손을 흔들고 있었다. 장훈이 손을 들어 답했고, 관영도 따라 했다.

예견된 일이었고, 궁금한 건 누가 맞이하느냐였다.

장훈이 거의 다 내려왔을 때 환영객 중 덩치 큰 한 남자가 환하게 웃으며 성큼성큼 다가와 손을 내밀었다. 낯익은 얼굴이었다.

북한 뉴스에서 자주 보이던 얼굴, 북한 권력 서열 5위, 외무상 박재원이었다.

"어서 오십시오, 반갑습니다."

"아! 반갑습니다. 직접 나오셨네요."

두 사람은 악수도 하고 가볍게 포옹도 했다. 이어서 장훈이 관영을 소개하려 하자 박재원 외무상이 성큼 다가가 손을 내밀며 말했다.

"아! 정 의원님. 잘 압니다. 반갑습니다."

악수에 이어 포옹까지 했다. 관영도 얼결에 응했다.

이어서 뒤에 대기하고 있던 여자 화동이 화환을 걸어 주었다. 장훈과 관영은 몸을 낮춰 화환을 받고 어린이를 다독여 주는 것으로 공항 계류장에서의 환영식은 끝난 셈이었다.

곧바로 대기하고 있던 검은색 리무진에 올라 경호팀의 오토바이크 호위를 받으며 출발했다.

"백화원 영빈관으로 모시겠습니다."

박재원 외무상이 출발하면서 앞 조수석에서 뒤돌아보며 말했다.

"아! 이렇게 환대해주시니 고맙습니다."

"먼 길 오시느라 피곤하실 텐데, 점심 식사하시고 좀 쉬시다가 위원장님은 저녁에 뵙도록 하시죠. 위원장님께서 저녁 만찬에 두 분을 초대하셨습니다."

"오늘 저녁이요? 아이고! 영광입니다."

"그때까지 편히 쉬십시오. 백화원이 넓고 조용해서 쉬실만 할 겁니다."

✦ ✦ ✦

백화원 영빈관은 평양 외곽 금수산 기념궁전 내에 있는 호텔로 김대중 대통령이나 노무현 대통령도 묵었던 곳이다. 4층 건물이지만 어지간히 넓었다. 4층의 방도 여느 호텔 방보다 넓고 훌륭했다.

박재원 외무상은 5시쯤 오겠다고 하고 돌아갔고, 조금은 쌀쌀한 날씨지만 장훈과 관영은 지배인의 안내를 받으며 산책에 나섰다. 뒤쪽의 울창한 숲과 앞쪽의 대동강, 그리고 인공호수 등이 잘 배치되어 있고 백화원이라는 이름이지만 아직 너무 이른 봄이라 꽃은 없었다.

숙소로 돌아와 잠시 눈을 붙이고 난 후 장훈과 관영이 마주 앉았다.

"이제 드디어 시간이 된 거 같습니다, 형님."

"그러게요. 아무래도 시작은 대통령님이 해야 할 텐데… 마음 비우고 하십시오."

"그래야지요."

장훈과 관영은 서로를 믿고 의지함으로 큰일을 앞두고도 마음이 무겁지 않았다. 마주 보고 미소를 나누었다.

기다리는 시간은 더디 갔지만 애써 느긋하게 기다렸다.

오후 5시 30분, 장훈과 관영은 박재원 외무상의 안내로 백화원을 떠나 김주형 위원장의 집무실이 있는 노동당 본부청사로 향했다.

오토바이크의 호위를 앞뒤로 받으며 창밖에 펼쳐진 평양 거리를 보았다. 차도나 인도는 서울에 비해 넓어 보였지만 거리는 한산해서 여유로워 보이기까지 했다. 높은 건물도 보였고 서울의 간판이 다닥다닥 제멋대로인 것과는 다르게 이곳 간판은 듬성듬성 보였다. 간판보다 요란한 구호들이 눈에 띄었다.

예상했지만 직접 눈으로 확인한 평양 거리는 서울보다는 울란바토르에 가까웠다.

드디어 노동당 본부청사가 나타났다. 외관으로는 3층 같이 보였고 좌우로 한참 길쭉했으며 특징이라곤 전혀 없어 보였다.

남다른 풍채에 인민복을 입은 김주형 위원장이 1호 청사 현관까지 나와 있다가 장훈과 관영을 맞았다.

"어서 오십시오. 반갑습니다, 대통령님!"

"반갑습니다, 위원장님!"

위원장과 장훈은 만면에 웃음을 지으며 악수하고 이어 포옹을 하고 그대로 유지한 채 위원장이 말했다.

"가까운 길을 두고선 먼 길 돌아오시느라 노고가 많으셨습니다."

"위원장님께서 배려해주신 덕분에 편히 왔습니다."

위원장이 포옹을 풀면서 한 걸음 뒤에 있던 관영에게 성큼 다가가 큰 소리로 말했다. 장훈이 소개를 하려던 참에 위원장이 먼저 선수를 친 셈이었다.

"아! 정 의원님, 반갑습니다."

"위원장님, 반갑습니다."

역시 포옹이 이루어졌고 위원장이 큰 소리로 말했다.

"내 정 의원님 꼭 한번 만나보고 싶었습니다."

"아! 그렇습니까? 저도 위원장님 뵙고 싶었습니다."

포옹이 끝나고 위원장이 뒤에 도열해있던 국무위원들을 소개했다.

인민군 총정치국장 전기현, 국가체육지도위원장 이상우, 내각 총리 노재필 등으로 익히 알고 있던 얼굴들이었다. 특히 서열 2위인 전기현은 인민복도 아닌 군복에 훈장을 주렁주렁 달고 있었다. 딱딱하고 어색한 군복 차림과는 다르게 만면에 웃음이 가득해서 오히려 친근감을 느끼게 했다. 나이도 가장 많아 보였다.

위원장과 장훈은 나란히 걸었고 관영과 일행은 뒤를 따랐다.

"대통령님이 오실 줄 알았으면 비행기를 보내 편안하게 모실 수 있었을 텐데… 다음엔 빙 돌지 마시고 바로 오셔야 할 텐데… 잘 되겠지요?"

위원장의 말소리는 실내에 울려 퍼져 작은 메아리로 돌아왔다.

장훈의 톤도 약간 높아졌다.

"몽골 주진호 대사가 신경 써 줘서 편안하게 왔습니다. 다음엔 직접 자동차로 올 수 있었으면 합니다. …함께 노력해야겠지요."

"그냥 그렇게 하면 되지요. 어려울 거 하나도 없습니다. 합시다."

"하하하! 감사합니다."

만찬장은 그리 넓지 않았고, 은은한 조명으로 그윽한 분위기를 조성하고 있어서 경직됐던 마음이 안정감을 느끼게 했다. 관영은 만찬장에 위원장 부인 박은주가 참석하지 않을까 짐작했는데 짐작과는 다르게 보이지 않았고 언급도 없었다.

온갖 음식으로 채워진 둥근 식탁 중앙에 위원장이 앉고 맞은편에는 장훈과 관영이 나란히 앉았다. 위원장 오른편에는 총정치국장 전기현, 왼쪽엔 체육지도위원장 이상우 그리고 내각 총리 노재필과 외무상 박재원은 장훈과 관영의 양쪽에 자리를 잡았다.

건배주는 북한의 명주로 이름난 '감홍로'다.

위원장이 자리를 잡자마자 일어서서 건배주를 모두에게 일일이 따라주고 환영사를 겸한 건배사를 했다.

"이 술은 개성 인삼이 원료이고 신덕샘물로 빚은 술이지요. 한 번 맛보세요. …대통령님께서 재임 기간에 오셔서 이런 만남이 있었더라면 더 좋았을 거라는 아쉬움이 있지만도 이제라도 오셨으니 정말 반갑습니다. 특히 정 의원님과 함께 오셨으니 기쁨이 두 배로…. 좀 늦었지만, 두 분께서 노벨경제학상을 받으신 것을 진심으로 축하드리며 건배합시다. 건배!"

모두 잔을 부딪친 후 한 번에 잔을 비우자, 장훈이 나섰다. 역시 모두에게 술을 따른 후 선 채로 답사를 겸해 감사 인사를 했다.

"사전절차도 없이 방문하게 됐음에도 이렇게 환영해주시는 위원장님과 국무위원님들께 마음으로부터 깊은 감사를 드립니다. 제 재임 기간에 만남이 실현되지 못해서 아쉬웠는데 퇴임 후이지만 한 번 만나 말씀만이라도 나눠보고 싶어서 왔습니다. 자, 건배합시다. 건배!"

다시 잔을 부딪치고 한 번에 비웠다. 위원장이 잔을 비우고 앉지 않고 관영을 보며 말했다.

"정 의원님도 한 말씀 하시지요."

관영이 술병을 들고 모두에게 술을 따르는 중에 장훈이 말했다.

"이번 방문을 먼저 제안한 사람도 정 의원님이고, 몽골 쪽을 선택하여 오게 된 것도 정 의원님의 생각이었습니다."

"아! 그렇습니까? 잘하셨습니다, 반갑습니다."

관영이 건배사를 했다.

"제가 기업과 정치를 떠나 제일 먼저 찾은 곳은 몽골공화국입니다. 우리와 너무 닮은 그들을 보면서 느끼는 게 참 많았습니다. 마음 한편에는 같은 말을 사용하는 우리 동포는 언제까지 대립상태로 있을 것인가. 안타까웠습니다. 그래서 무턱대고 찾아왔는데 이렇게 환영해주시니 큰 위안이 됩니다. 건배하겠습니다. 우리 동포의 화합을 위하여!"

모두 선 채로 "위하여!"를 외치고 자리에 앉았다.

위원장이 고개를 끄덕이며 관영을 향해 말했다.

"정 의원님! 참 놀랐습니다, 대통령님께 양보하신 거. 아! 그 얘기는 이 자리에서는 안 되겠구나, 다음에 하기로 하고 식사합시다."

주로 위원장이 자리를 주도했고 장훈이 적절히 응대했다. 관영도 가끔 한마디씩 거들었으나 국무위원들은 웃으며 맞장구치는 등의 행동만 할 뿐 대화엔 끼어들지 않았다.

위원상은 조금은 과장된 어투로 좌장의 역할을 했다. 주로 묘향산이나 백두산 등 명산과 명승지를 추천하고 유명 먹거리를 소개하면서 남측의 제주도에 관심을 나타내기도 했다.

장훈도 관영도 알코올 도수가 40도나 되는 술은 버거웠다. 옆 접시에 반은 부어 양을 줄여 마셨지만 더 마시다간 어렵겠다 싶을 때쯤 만찬이 끝났다. 위원장의 얼굴에도 술기운이 퍼진 것을 눈으로 확인할 수 있었다.

본격적인 대담을 위해 위원장의 서재로 자리를 옮겼다. 좌석 배치는 좀 전 만찬에서와 같았지만 만찬 식탁보다는 작은 직사각형 탁자라 서로 간의 거리는 많이 가까워졌다.

대담에 들어가기 전에 장훈이 안주머니에서 김경희 대통령의 친서를 꺼내서 내밀었다.

"김경희 대통령의 친서입니다."

"아! 그런 거가 있었습니까?"

위원장은 의외인 듯 봉투를 받고 장훈을 보며 말했다.

"친서까지 갖고 오신 걸 보니 남조선 특사로 오신 거네요, 그렇지요?"

"네, 특사 자격으로 왔지만 특별한 목적이나 의견을 갖고 온 건 아닙니다. 읽어보시면 아시게 될 겁니다."

"잠깐 읽어보겠습니다."

김경희 대통령의 친서 내용은 평이했다.

김주형 위원장님께 드립니다.

위원장님의 가족분 모두와 동포 여러분의 건강과 평안을 기원합니다.

이곳 청와대에는 이제 막 매화가 피기 시작했습니다. 그곳에도 곧 봄소식이 도착하겠지요.

이렇게 봄은 다가오고 있는데 남과 북의 처지를 생각하면 안타까운 마음을 금할 수가 없습니다. 7,500만 동포의 염원은 외면한 채 아무런 득이 없는 이런 대치 상태를 언제까지 이어가야 하는지 답답한 마음입니다.

안타깝고 답답한 현실에 대화라도 해보고 싶다고 전임 허장훈 대통령님과 정관영 전 국회의원께서 특사를 자청하였습니다.

어떤 특별한 안건이나 조건 없이 무작정 만남을 갈망하여 위원장님께 면담을 요청하게 되었습니다. 두 분의 진정성을 믿어 주시고 유익하고 진전된 대화가 이루어지기를 바랍니다.

모쪼록 두 분과 위원장님의 허심탄회한 대화가 7,500만 동포의 꿈을 이루어내는 계기가 될 수 있기를 기대합니다. 끝으로 이른 시일 내에 기쁜 마음으로 만나 뵐 수 있기를 희망합니다.

대한민국 대통령 김경희 드림

위원장은 일단 읽고 난 후 고개를 끄덕이다 천천히 다시 한번 읽는 거 같았다. 이윽고 위원장이 고개를 들어 두 사람을 보며 친근하게 말했다.

"그러니까 아무 의견이나 조건 같은 거 없이 발가벗고 얘기 좀 해보자, 그거 아닙니까?"

"그렇습니다."

"좋습니다, 해봅시다. 무슨 얘기부터 하면 좋겠습니까?"

"우선 저희 사정을 먼저 말씀드리겠습니다. 저는 전임 대통령이라 행방불명된 것처럼 되면 안 되기에 언론에는 알리되 엠바고를 걸어놓고 왔습니다. 그래도 오랫동안 엠바고를 유지하기는 어려워서 모레는 돌아가야 합니다. 짧은 기간에 큰 성과를 만들어 내긴 쉽지 않을 것입니다. 그래서 여기 정 의원님과 같이 온 것입니다. 남측에서 볼 때 정 의원님은 몽골공화국에 머무는 것처럼 돼 있어서 북측의 허락만 있으시면 오랫동안 이곳에 머물면서 제 몫까지 위원장님이나 다른 국무위원님들과도 허심탄회하게 대화할 수 있을 것입니다. 그리고 저는 이번에 가더라도 수시로 와서 대화에 참여할 수 있도록 해주셨으면 합니다."

위원장이 바로 받았다.

"모레 돌아가신다면 그사이에도 많은 얘기를 나눌 순 있겠지만, 성과라면 뭐가 있겠습니까? …남측은 미국 눈치나 보면서 허구한 날 비핵화만 외치니 애당초 대화가 되지 않는 거 아닙니까? …대통령님은 가시더라도 정 의원님은 계시겠다면 얼마든지 계셔도 되지만 우리를 설득하겠다고… 비핵화만 고집한다면 그건 안 되니까 생각을 접으시고요."

위원장은 장훈과 관영을 똑바로 보며 꼿꼿한 자세로 단호하게 말했다. 순식간에 분위기가 가라앉았다.

위원장은 말을 맺으며 외무상 박재원에게 눈길을 주었다. 박재원 외무상이 자세를 바로 하고 말했다.

"방금 위원장님께서 밝혀드렸듯이 우리의 뜻은 분명합니다. 우크라이나 사태를 보십시오. 소련 해체 당시 우크라이나는 핵무기 보유국이었지만 미국, 영국, 러시아로부터 안전보장과 경제 지원을 받는 대가로 핵무기를 모두 러시아에 반환하거나 해체했는데 지금 어떻게 됐습니까? 경제 지원은 둘째치고 안전보장이 됐습니까? 지금 러시아에 먹히기 일보 직전입니다. 미국이나 영국이 지켜 줄 거 같습니까? …이런 것을 보고도 우리에게 핵을 포기하라는 말이 나옵니까? 일고의 여지도 없는 주장입니다."

외무상의 말에 이어 위원장이 쐐기를 박듯이 말했다.

"지금 당장 벌어지고 있는 우크라이나 사태를 보면서도 자꾸 우리에게 핵을 포기하라고 노래하는데, 정신없는 헛소리 아닙니까? 우리도 저 우크라이나같이 되란 얘긴데… 그걸 어떻게 받습니까?"

말투는 너무나 냉담했고 분노까지 곁들여져 있었다.

장훈은 난감했다. 겨우 딱 한 발짝에서 여지없이 제지를 당하다 보니 앞이 캄캄했다.

침묵이 이어졌다.

잠시 후 관영이 "흠" 하고 목을 가다듬으며 발언권을 챙겼다.

"여기 허상훈 전임 대통령은 퇴임은 하셨지만, 아직 공인의 위치에 있으셔서 말씀에 제약도 받고 조심도 해야 하지만 저는 좀 편하게 제 생각을 말씀드릴 수 있을 것 같습니다. 제 생각은 핵을 포기하느냐 혹은 보유하느냐를 결정할 때의 기준은… 우리 남북 모든 동포에게 어떤 결정이 더 유리하냐가 돼야 한다고 생각합니다. 그렇지 않습니까?"

관영이 모두를 찬찬히 둘러보았다.

"핵은 포기 못 합니다. …못 한다고 방금 위원장님도 밝혀 말씀하시지 않았습니까?"

박재원 외무상이 발끈하며 격앙되어 바로 치받았다.

장훈은 정말 난감했다. 핵 포기라는 말 자체를 할 수가 없는 분위기에 여지없이 짓눌리는 느낌이었다.

이번엔 관영이 자리에서 천천히 일어나 모두를 내려다보았다. 모두 관영에게로 눈길이 쏠렸다.

장훈도 관영의 돌출행동에 도대체 무슨 얘길 하려고 저러나? 하고 우려하면서도 막연하지만, 어떤 종잡을 수 없는 기대를 하게 되는 심정도 슬며시 있었다.

관영은 모든 이의 관심이 자기에게 쏠렸음을 확인하고 조용히 또

박또박 말을 이어갔다.

"이렇게 생각해보십시오. 아주 여러 우여곡절 끝에 남북이 어떤 형태로든 통일이 됐다고 해보자고요. 그러면… 그러면 통일된 이 나라에 핵무기가 있는 게 나을까요, 없는 게 나을까요? 어떻습니까? …제 생각이요? 저는 당연히 있는 게 백 번, 천 번 낫다고 생각합니다. 핵을 보유한 통일된 나라. …든든하지 않습니까? 그러니까 핵은 포기하면 안 됩니다. 포기하지 마세요. 다시 한번 말씀드립니다. 포기하면 안 됩니다. 포기하지 마세요."

일순간 모두 얼어붙었다.

특히 장훈은 입을 벌린 채 "아니?" 하며 관영을 뚫어지게 보면서도 할 말을 찾지 못하고 한참 동안 그 상태를 유지하다가 위원장의 발언에 현실로 돌아왔다.

"이야! 이거! 이거…! 정말입니까? 정 의원님! 내가 잘못 들은 거 아니지요?"

관영이 바로 받았다.

"들으신 그대로입니다. 제 생각은 '핵 포기하면 안 된다'입니다."

분위기는 탄성으로 바뀌었다.

"이야! 이거! 이거! 남측 인사한테서 포기하지 말라는 소리를 처음 듣습니다. 정 의원님! 손 한번 잡아봅시다. 내 속이 뻥 뚫렸습니다. 역시 대통령 자리를 선뜻 양보하신 통이 크신 분 답습니다."

위원장은 벌떡 일어나 관영의 손을 덥석 잡고 한참을 흔든 뒤 다시 손뼉을 치자 모두 일어나 손뼉을 쳤다. 장훈은 앉은 채 이 상황을 마냥 공감할 수 없어서 난감한 표정을 지었으나 마땅한 말을 찾지 못했다. 관영의 입에서 이런 이론이 나올 줄은 상상도 못 했었다.

한참 박수와 환호에 묻혀 있을 때 장훈이 관영의 손을 잡아 끌어 내리며 말했다.

"형님! 아니… 정 의원님! 지금 무슨 말을…?"

장훈이 일단 관영을 보며 입을 열어 무언가 질책을 해야겠다고 생각했으나 마땅한 말을 찾지 못했다. 둘만의 많았던 대화에서도 이런 관영의 생각을 엿볼 수 없었기에 더욱 당황스러웠다.

위원장과 국무위원들도 관영의 기습적인 폭탄 발언에 당황스럽기는 마찬가지였다.

관영은 장훈을 내려다보며 조용히 말했다.

"대통령님, 놀라셨습니까? 미리 말씀을 못 드려 죄송합니다."

관영은 여전히 선 채로 일단 장훈에게 사과는 했지만, 바로 위원장과 국무위원들에게로 눈길을 돌렸다.

모두 놀라 대화가 끊긴 상태에서 관영이 또다시 "흠" 하고 발언권을 챙겼다.

위원장과 국무위원들은 모두 앉았지만, 관영은 그대로 선 채였다.

"한 가지 덧붙이고 싶은 말은 저의 통일에 대한 기본 생각입니다. …통일은 남과 북 모두에게 이익이 되는 방향으로 가야지 손해가 나서는 안 됩니다. 여기에서 남과 북 모두라는 것은 남측 정권이나 북측 정권이 아닌 남측 구성원 모두와 북측 구성원 모두를 지칭하는 겁니다. 모두가 좋아져야 하고 모두가 찬성하는 통일이 돼야 합니다. 어찌 보면 불가능해 보일 수도 있지만, 북측은 위원장님의 판단이 중요한 요소가 될 것이고, 남측은 여론이 중요한 요소가 될 것이기 때문에 이것에 초점을 맞춰 지혜를 모아야 합니다."

모두 경청하는 분위기를 깬 사람은 역시 박재원 외무상이다.

"정 의원님! 남측은 여론보다는 미국의 승인이 우선일 텐데요….
미국이 승인하겠습니까?"

관영이 기다렸다는 듯이 바로 받았다.

"미국의 승인이요? 미국이라… 하! 지금까지 그런 틀 안에서 협
상하고 이런저런 시도를 했었지요? 그 결과가 어땠습니까? 맨날 제
자리 아닙니까? 그런데 또 그 방법으로 하면 되겠습니까? …방법을
바꿔야 합니다. 주변국이나 이해 당사국들의 승인을 모두 받은 다
음에 통일한다는 거, 이게 가능합니까?"

거기까지 말하곤 입을 꾹 다물었다. 위원장과 모두의 이목이 관
영에게로 쏠린 채 비상한 침묵이 이어졌다.

장훈은 '아! 또?'를 떠올리며 아슬아슬한 어지러움을 느꼈다.

침묵 끝에 박재원 외무상의 말이 겨우 나왔다.

"그래서요? …어떻게 하자는 겁니까?"

관영은 모두를 노려보며 잠시 침묵을 지키다가 마침내 단호하게
외쳤다.

"도대체… 도대체 어느 나라가 우리의 통일을 원한단 말입니까?
…미국이요? …중국이요? …일본이요? …러시아요? …영국이요? 그
들이 뭐가 아쉬워서 우리의 통일을 원합니까? 아무도… 아무도 우
리의 통일을 원하지 않습니다. 그래서 이제는 순서를 바꿔야 한다
는 게 제 생각입니다. 우리끼리 은밀하게 다 해놓고 승인은 나중에
받자… 승인이 아닌 통고하는 겁니다. '자! 우리 이렇게 통일했으니

그런 줄 아시오.'라고 하자는 겁니다. 저들이 승인할 수밖에 없도록 하자는 겁니다."

관영은 말을 하면서 가슴이 끓어오르는 걸 느꼈다. 얼마나 참았던 말이었던가. 끓어오름을 억지로 가라앉히려 할수록 쉽지 않았다. 자연히 톤은 높아졌고 비장했다.

장훈은 까마득한 저 아래로 가라앉는 느낌이 들며 어지러웠다.

모두 한 방 먹은 듯 잠시 멍하니 적막이 흐르고 난 뒤 인민군 총정치국장 전기현이 갑자기 탁자를 치며 일어나 소리 지르듯 말했다.

"아이, 그거… 그거 우리가 맨날 우리끼리 하자고 했던 거 아닙니까? 남측은 맨날 미국의 눈치만 보느라고 진척이 안 된 거 아닙니까?"

국무위원 모두가 웅성거리며 "맞아! 맞아!"를 외쳤다.

위원장도 전기현의 말이 끝나자마자 큰 소리로 말했다.

"맞아! 그거 우리가 처음부터 우리끼리 하자고 하잖았습니까?"

관영이 고개를 크게 끄덕이며 차분하게 말했다.

"맞습니다, 맞아요. '우리끼리'라는 말은 분명 북측에서 많이 했죠. 그런데… 그런 얘기를 세상에 다 내놓고 큰 소리로 '우리끼리 하자!' 하면 됩니까? 우리끼리 하자고 할 때는 아주 은밀하게 해야 합니다. 세상에 알려지는 순간부터 반대 압력이 들어오게 돼 있습니다."

잠시 긴장 속에 적막이 흐르던 중 총정치국장 전기현이 못 믿겠다는 듯이 되물었다.

"아… 그러니까 우리끼리 은밀하게… 은밀하게 해보자 이겁니까?"

"그렇습니다. 우리의 문제를 우리가 해결해야지 남들한테 해달라
고 애걸해서 될 일입니까?"

모두가 어안이 벙벙한 채 말을 잇지 못했다.

관영이 계속 선 채로 격한 감정을 실어서 모두와 눈을 맞추며 외
치듯 말했다.

"가만히 생각 좀 해보세요. 남과 북이 싸워야 할 이유가 있습니
까? …땅을 뺏기 위해서요? …서로를 죽이기 위해서요? …행복해지
기 위해서요? 도대체 왜 싸워야 합니까? 누굴 위해서요? 괜히 싸우
는 겁니다. 괜히 으르렁대는 겁니다. 사이좋게 지내도 아무 문제 없
는데 괜히 싸우려고 티격태격하는 겁니다. 바보짓이에요."

모두 고개를 끄덕였고 위원장도 끄덕이다 귀를 기울이는 듯이 고
개를 옆으로 갸웃거렸다.

잠시 후 박재원 외무상이 차분하게 말했다.

"맞는 말씀인데… 남측이 미군을 내쫓아버리면 우리의 위험이 사
라지고, 위험이 사라지면 사이좋게 지낼 수 있는데 자꾸 신무기를
들여오니까 우리도 신무기를 만들어야 하는 거 아닙니까?"

관영이 고개를 끄덕이며 말을 이어갔다.

"정전협정을 맺은 당사자는 남과 북이 아니라, 남측은 빠진 채 남
측 대신 유엔군을 대표한 미국이 협정 당사자가 되었고, 북측은 북
측과 중국이 함께 당사자가 되어 맺었습니다. 그래서 우리 남측의
권리가 유엔군에게로 넘어가 지금까지도 그들이 우선권을 갖고 권
리행사를 하고 있습니다. 그러니 서로 상대의 문제가 무엇인가를

잘 살펴서 상대가 응할 수 있도록 배려해주어야 실현 가능해집니다. 그리고 북측이 지금까지 '우리끼리'라는 말을 많이 사용했지만, 실현 가능한 제안을 한 거는 아닌 걸로 생각됩니다."

말을 마치고 이번엔 관영이 슬며시 자리에 앉았다. 할 말을 다 했다는 뜻이다.

위원장이 고개를 끄덕이며 경청하면서도 무언가 말을 할 듯하다가 의자를 뒤로 물리며 말했다.

"여기까지, 오늘은 일단 여기까지만 합시다. …깜짝 놀랐습니다. 남측의 뜻을 높이 평가합니다. 저는 술이 좀… 여하튼 오늘 새롭고 좋은 얘기를 나누면서 뭔가 좋은 일이 되겠구나, 하는 기대감을 품을 수 있어서 좋습니다. 오늘은 여기까지 하고 대통령님 가시기 전에 또 만납시다. 다음번엔 더 좋은 얘기를 나눌 수 있도록 오늘 얘기를 잘 정리해서 만납시다. 대통령님, 정 의원님, 잘 오셨습니다. 이제 피곤하실 텐데 편히 쉬십시오. 아! 그런데 정 의원님! 그 의견은 의원님 혼자만의 생각이십니까?"

"그렇습니다. 대통령님은 공인이시라 매우 조심스러울 수밖에 없고 대내외적으로 공표돼있는 주장을 바꿔 주장할 수 없는 위치에 계십니다. 저의 이런 주장을 미리 대통령님께 말씀드렸다면 대통령님은 제가 여기 북측에 가자고 했을 때 동의할 수 없었을 겁니다. 김경희 현 대통령께서도 보내주지 않았을 겁니다. 여기 대통령님도 제가 이런 생각하고 있다는 걸 지금 여기에서 처음 알았을 겁니다. 김경희 대통령은 아직 모르실 거고요."

"아…! 혼자만의 생각이라고요? 그게…?"

위원장이 고개를 갸웃거릴 때 박재원 외무상이 나섰다.

"그래도 그렇지! 두 분이 몽골을 통해서 오실 때라도 얘기를 하셨을 거 같은데…."

관영이 다시 말했다.

"안 했습니다. 만약 몽골에서 제가 이런 제안을 할 거라고 미리 말씀드렸다면 대통령님은 부담스러워서 이곳에 오는 거를 망설이셨을 겁니다. 저는 이 생각을 오래전부터 했었지만, 미리 말하면 안 된다는 판단도 했습니다. 오늘 같은 날을 기다렸습니다."

위원장이 관영과 장훈을 번갈아 보며 말했다.

"그래요? 알겠습니다. 다시 만나도록 합시다. 편히 쉬십시오."

3

궁금증

백화원으로 돌아오면서 장훈도 관영도 침묵을 지키며 좀 전의 대화를 되새김했다.

장훈은 관영의 발언이 분명 술기운 탓이 아니라는 것은 확실히 알고 있었지만, 너무 예상 밖이어서 정리해 볼 필요가 있었다.

'어떻게 그런 생각을 했고, 나와의 대화에서는 전혀 내색하지 않을 수 있었을까?'

핵 포기가 아닌 핵을 보유해야 한다고 주장하는 것은 미국과 유엔, 그리고 대한민국이 한결같이 견지해온 기존 방향에 정면으로 배치되는 주장으로 반국가적 발언이다.

또 우리끼리 몰래 통일해놓고 승인은 나중에 통고하는 식으로 하자는 발상도 매우 위험하다. 한국에서였다면 국가보안법 위반으로 감옥 가기에 십상인 발언이다.

관영은 장훈이 큰 충격을 받고 있다는 걸 알았다. 생각할 시간이 필요하겠다 싶어 침묵을 지키기로 했다.

위원장의 반응과 국무위원들의 반응이 예상했던 것 이상으로 괜찮았다고 판단되면서 다음 만남은 언제 어떤 내용으로 어떻게 전개될 것인지 궁금하면서도 기대가 되었다.

백화원으로 돌아와 샤워까지 마치고 침대에 들기 직전 장훈이 어렵사리 말을 꺼냈다.

"형님, 저하고 얘기 나눌 땐 그런 내용이 없었는데… 언제부터 그런 생각을 했던 겁니까?"

관영은 잠시 눈을 맞추고 웃으며 말했다.

"왜요? 놀랐습니까?"

"놀랐지요. 여하튼 형님다운 발상은 맞는데 너무 위험하다는 건 알고 계신 거죠? 언제부터 그런 생각을 하게 된 겁니까?"

"언제부터? …딱히 언제부터가 아니고 평소 내 생각이 그랬던 것 같습니다. 통일된 조국에 핵폭탄이 있으면 좋지 않을까? 누구도 넘보지 못하게… 그런 바람이 있었습니다."

"되기만 하면 좋기야 하겠지만…, 그건 꿈같은 얘기입니다."

장훈의 말에 관영이 정색을 하고 말했다.

"미국이나 일본, 그리고 중국이 엄청 압력을 넣겠죠. 그러면 우리는 어디까지나 '공격용이 아닌 방어용이다' 하고 버티는 겁니다. 압력이 들어와도 악착같이 버티는 겁니다. 그러면서 시간을 벌다 보면 국제적으로 인정되지는 않아도 묵인되는 날이 있지 않겠어요? 인도, 파키스탄, 이란, 이스라엘 등이 그렇게 보유하고 있잖습니까?"

"설령 이런 생각을 발전시켜서 우리 둘이 저들과 합의를 잘했다 하더라도 그 합의서를 갖고 김경희 대통령을 만나면 대통령이 그 합의를 승인하겠습니까? 국회가 하겠습니까? 언론이 찬성하겠습니까? …막막합니다."

"어렵지요. 그래도 너무 그렇게 비관적으로 보지 마세요. 그래서 내가 아까 거기서 말했잖아요, 다 해놓고 발표하자고요. 우리끼리 다 해놓고 승인 말고 통고하자고요."

"그게…, 그게 됩니까? 그건 아닌 거 같아요."

"그럼 다른 방법 있어요? 정주영 회장이 소 천 마리 몰고 올라와서 금강산 개방시켜 관광도 했었고, 김대중 대통령, 노무현 대통령이 직접 북한을 방문해 개성공단까지 가동했지만 결국 어떻게 됐습니까? 이 모든 일이 실패한 것은 반대하는 세력이 남측에도 있고, 북측에도 있고, 미국에도 있고, 중국에도 있기 때문입니다. 그래서 그들이 반대할 시간적, 상황적 기회를 주지 않고 해야 합니다. 그게 바로 내가 얘기하는 방법, 우리끼리 다 해놓고 '우리 이렇게 하기로 했다' 하고 통고만 하는 방법입니다."

"허-참! 그렇게 될 수 있겠어요? 아무도 모르게 감쪽같이 할 수 있다고요? 미국이 손바닥 보듯 환하게 들여다보고 있을 텐데요."

"물론 어렵습니다. 가능성 낮은 것도 사실이고요. 그러나 그 가능성은 지금까지 시도했던 모든 것에 비해서는 매우 높다고 봐요. 어제 위원장과 국무위원들의 반응 봤잖아요."

"그야 평소 자기들이 주장하던 거니까…."

"상대가 주장하는 의견이 내게도 손해가 아닌 이익이라면 좋은 거 아닙니까?"

　장훈과 관영의 논쟁 비슷한 대화는 이후로도 한참 동안 이어져 자정이 다 돼서야 침대에 들었다. 관영은 피곤했지만 쉬이 잠을 이루지 못하다가 겨우 잠이 들었다.

　'여기가 어디지? 아…! 고향 포천의 우리 논이잖아?'

　모내기가 시작됐는지 여기저기 모심기가 한창이다.

　우리 논에도 3명이 모를 심고 있다. 반가운 마음에 가까이 가보니 생판 모르는 사람들이다.

　남자 2명, 여자 1명이 논에 모를 심고 있다. 그중 나이가 많아 보이는 남자가 허리를 구부린 채 옆으로 힐끗 보더니 가라는 듯한 손짓을 하곤 다시 모내기에 열중한다.

　잘못 보았나 하고 좀 더 가까이 가자, 그 남자가 여전히 허리를 구부린 채 팔을 휘저으며 가라는 손짓을 연거푸 3번을 하곤 다시 모내기에 열중한다.

　더 가까이 가까워지자 이번엔 3명이 똑같이 허리를 구부린 채 팔을 휘저으며 가라는 손짓을 강하게 한다.

　짜증이 섞인 듯하다.

　말귀를 알아차리지 못하는 내가 답답하다는 것 같다.

　아무 생각 없이 그들을 지나쳐 갔다.

　논 끄트머리는 냇가 뚝방이다.

　아카시아꽃이 하얗게 피어있는 뚝방에 올라서자 달짝지근한 아카시아꽃 냄새가 났던가!

그때 어디선가 시끌벅적한 소리가 들려왔다.

소리 나는 방향으로 걸어가 무성한 넝쿨 사이로 보았더니 냇가 모래사장에 많은 사람이 모여 있었다.

'씨름판이 벌어졌나?'

옛날에 저 모래사장에서 친구들과 씨름하던 기억이 났다.

'철우와 병주는 이겼는데 태경이한테는 졌었지. 그 애들은 지금 어떻게 됐지? 그런데 웬 사람들이 저렇게 많지?'

허리를 굽히고 넝쿨 사이로 자세히 보니 사람들이 빙 둘러서서 뭐라고 소리를 지르는 거 같고 비명 같은 소리도 들은 것 같은데, 뒷모습이지만 사람들 옷차림이 어딘지 어색하고 낯설었다.

왠지 두려운 생각이 들어 망설여졌다.

'씨름판은 아닌 게 분명하다. 궁금하다. 무슨 일일까?'

용기를 내어 넝쿨을 헤치고 둑을 내려가 자갈밭을 조심스레 걸어 갔다. 저들은 다행스럽게도 여전히 안쪽만 보며 팔을 내 뻗으며 연신 소리를 지르고 있다.

"쳐 죽입시다. …쳐 죽입시다. …쳐 죽입시다."

'쳐 죽이자고? 이게 무슨 소리지?'

도망가야 한다는 생각이 퍼뜩 나는데 궁금증이 이끈 걸까!

자갈밭을 지나 모래밭을 살금살금 기어갔다. 드디어 그들 바로 뒤까지 바짝 다가갔다.

"쳐 죽입시다"라는 아우성 속에 안쪽에서 처절한 비명 같은 소리 가 들렸다.

안으로 들어가고 싶었으나 사람들에 막혀 들어갈 수가 없다.

엎드려 기어서 사람들을 비집고 들어가는데 어찌 된 일인지 걸음이 제대로 떼지지 않는다.

한참을 허우적대다 겨우 한 걸음 내디뎠을 때 앞에 있던 마르고 큰 사내가 내려다본다.

올려다보았다. 키가 하늘에 닿는 거 같았다.

큰 사나이는 위에서 내려보다가 놀랐는지 눈을 크게 뜨더니 안쪽을 향해 외쳤다. 외치는 입이 비현실적으로 커 보였다.

"아! 이놈! …정관영이 여기 있습니다. 제 발로 기어 왔습니다."

이어서 놈은 다짜고짜 멱살을 잡고 안으로 끌고 갔다.

목이 답답하고 숨이 쉬어지지 않았다.

발버둥을 치는데 그마저도 뜻대로 되지 않았다.

그놈은 나를 사람들이 삥 둘러 서 있는 가운데다 내동댕이쳤다. 쓰러진 채 둘러보니 한 사내를 한 놈은 뒤에서 잡고 있고, 한 놈은 주먹으로 얼굴을 때리다 멈추고 이쪽을 쏘아본다.

뒤를 잡힌 사내는 많이 맞았는지 입에서 피를 흘리고 있다. 그런데 비명을 지르며 맞던 사내의 낯이 익다.

그 사내가 이쪽을 보더니 갑자기 악을 썼다.

"도망가라니까, 왜 왔어! 도망가!"

'어? 저 사람은… 허장훈 대통령? 아니! 이놈들이 누군데 대통령을 때려….'

다시 보니 제일 안쪽에 우람한 사내가 등받이 없는 의자에 다리를 떡 벌리고 앉아 웃고 있었다. 그가 말했다.

우렁우렁 울리는 목소리가 메아리치듯 들린다.

"어이, 정관영! 제 발로 찾아왔군. 내가 그리 쉬워 보였나?"

'어? 저놈은 누구더라? 아는 놈인데….'

기억을 더듬는데 그놈이 큰소리로 명령했다.

"죽여버려! 두 놈 다 죽여버려!"

허장훈 대통령을 때리던 놈이 고개를 크게 끄덕이더니 품 안에서 구부정한 단검을 꺼냈다.

'아! …다마스커스 단검이다!'

놈이 씩 웃으며 왼손으로 단도 집을 잡고 오른손으로 칼을 쓱 뽑을 때 칼날이 햇빛에 반사되어 하얗게 반짝였다.

놈은 자랑하고 싶었는지 칼을 치켜들고 좌우로 움직여 햇빛에 반짝이게 하곤 허장훈 대통령을 노려보며 다가갔다.

"안 돼! 안 돼…."

소리쳤으나 말이 나가질 않는다. 버둥거리며 다시 소리를 질렀으나 소리가 터지지 않았다.

그때 놈이 허장훈 대통령의 멱살을 들어 올리고 이쪽을 힐끗 한 번 보고 칼을 들어 올리는 게 보였다.

'아! 안 되는데….'

다급하게 소리 질렀다.

"안 돼! 안 돼…!"

드디어 말이 터져 나갔다.

동시에 발을 내차고 벌떡 일어나며 눈을 떴다. 깜깜했다.

"아? 이거? 휴…! 꿈이구나! 아…! 다행이다."

가슴이 두근거리고 숨이 가쁘게 쉬어졌다.

다시 누워 꿈을 이리저리 되돌려 보았다. 황당했다. 터무니없는 내용이 분명한데도 꿈속에서는 정말 실제같이 느끼고 자지러져 소리까지 질렀으니…. 다시 생각해도 어이가 없었다.

다시 잠 속으로 들어가자 악몽은 이어졌다.

꿈속에서도 어렴풋이 이게 꿈이라는 걸 자각하면서도 꿈을 이어갔다.

잠자리에서 일어났을 때는 꿈속의 일들을 거의 기억할 수 없었다.

✦　✦　✦

장훈과 관영은 아침 식사 후 산책까지 마치고 마주 앉았다.

장훈이 빙그레 웃으며 말했다.

"오늘은 또 무얼로 놀라게 하실 겁니까?"

"어제 많이 놀랐습니까?"

"놀랐는데, 솔직히 말하면 그 내용이 틀리거나 엉뚱해서가 아니라 과감성에 놀란 거더라고요. 첫 대면에서 북측의 허를 그렇게 찌를 생각을 처음부터 하신 겁니까?"

"무슨…?"

"어제 형님의 말씀을 정리해보면 남측과 북측, 즉 우리끼리 은밀하게 핵을 보유한 채 통일을 다 완성시켜 놓고 미국이나 중국 등 당사자들에게 '우리 통일하기로 했으니 그리 알아라. 핵은 우리가 만약을 대비해서 보유해야겠다.' 그거 아닙니까?"

"허허허! 맞긴 맞는데 '통일하기로 했으니'가 아니고 '통일됐으니'이고, '핵은 우리가 보유해야겠다'가 아니라 '우리가 보유한다'입니다. 둘 다 우리 주권, 쉬운 말로 우리 통일은 우리 맘대로, 하하하! 이렇게 말하면 좀 심한가? 여하튼 우리 뜻대로 한다는 겁니다."

"하! 우리끼리… 우리 뜻대로, …되기만 하년 좋겠지만 이게 될까요?"

"어? 전에 내가 [한 생각]을 제안했을 때도 지금과 똑같은 반응이 었는데…. 되기만 하면 좋겠지만 이게 될까요? 그때도 그랬잖아요? 그런데 [한 생각 1, 2] 다 됐잖아요? 이건 더 어렵겠지만, 남측과 북측이 서로를 향해 마음을 열기만 하면 가능합니다. 어제 저는 그런 느낌을 어느 정도 받았습니다."

"곰곰이 생각해보니 일단 방향은 잘 잡은 것 같아요. 어렵긴 하겠지만…."

"와! 하루 만에 대통령님이 인정하셨으니… 오케이! 밀고 나갑시다."

"형님, 저는 내일 돌아갑니다. 오늘 저녁 위원장과 다시 만나게 될 것 같은 데 또 터트릴 거 있지요?"

"없어요. 다만 저들이 어떤 의제를 내놓으면 그냥 그거에 대해서 내 생각을 말하는 거죠."

예상대로 저녁에 위원장과의 만남이 이루어졌다.

이번엔 장소가 1호 청사가 아니고 장훈과 관영이 묵고 있는 영빈관 숙소로 찾아왔다.

영빈관 별채에 만찬 준비가 되어있었다.

외무상 박재원이 미리 와서 장훈과 관영에게 위원장이 올 거라고 알려 주었고 전기현, 이상우, 노재필은 위원장과 함께 왔다. 모두 어제보다 한결 밝은 표정으로 대했다.

남다른 체구의 김주형 위원장은 복도 멀리서부터 환한 얼굴에 큰 소리로 인사를 했다.

"아! 대통령님, 정 의원님, 편안하셨습니까?" 하며 부지런히 걸어와 두 손으로 장훈과 관영의 손을 번갈아 잡고 흔들었다.

장훈과 관영도 반갑게 일행을 맞았다.

만찬은 어제와 달리 처음부터 자유롭게 시작됐다.

"어제 정 의원님의 속 시원한 말씀 덕분에 기분이 너무 좋아서 잠이 안 옵디다. 혹시 정 의원님 오늘 그 말씀 취소하는 거 아니지요? 하하하! 내 한 번 확인해야겠어요."

"그럴 리가요…. 남측 당국자들이나 미국은 어떻든 간에 제 생각은 그대로입니다. 핵은 보유한 채 우리끼리 은밀하게 통일을 완성시켜 놓은 다음 전 세계에 공포하고 연관되어 있는 나라들이 승인하고 안 하고는 신경 쓸 필요가 없다는 게 제 변함없는 생각이며,

그렇게 되면 승인이라는 거는 아무 의미가 없게 된다는 게 제 생각입니다."

"와 하하하! 어제보다 한 발 더 나갔습니다. 승인은 의미가 없게 된다, 그겁니다."

모두 탄성을 내며 손뼉을 쳤다. 장훈도 어제와는 달리 같이 손뼉을 쳤다.

외무상 박재원이 손뼉을 치다 말고 신기한 듯한 표정을 지으며 말했다.

"정 의원님, 대통령 특사이시면 대통령의 의사를 전하기 위해 오신 건데, 그렇다면 대통령의 생각도 그렇다고 봐야 하잖습니까?"

"어제도 잠깐 말씀드렸지만 유감스럽게도 아직은 김경희 대통령 생각은 그렇지 않을 겁니다. 옆에 계시는 허 대통령님과 제가 특사를 자청해서 특사 자격을 받았는데 그때 만약 김경희 대통령에게 이러한 제 생각을 풀어 놓았더라면 제가 이 자리에 올 수가 없었을 겁니다. 그뿐만 아니라 저는 여기 허 대통령님께도 말씀드리지 않았었습니다. 미리 말씀드렸다면 허 대통령님도 부담스러워서 망설였을 겁니다."

박재원 외무상이 바로 받아 공격적으로 물었다.

"그러면 개인 의견이라는 겁니다. 그렇다면 한 개인의 의견을 갖고 어떻게 우리끼리 통일을 완성합니까?"

관영은 설명할 필요를 느꼈다.

"좀 더 설명하겠습니다. 허 대통령님은 내일 몽골 쪽으로 해서 돌아갑니다. 그리고 김경희 대통령과 독대해서 그동안 있었던 일들을 알리게 됩니다. 당연히 놀라시겠죠. 그러나 곧 이해하실 겁니다. 김경희 대통령은 매우 진취적인 분입니다. …제가 후보일 때 당 대표를 하신 분이라 친분이 깊습니다. 얘기가 잘되거나 혹은 의견이 다르더라도 허 대통령님은 여기에 다시 오실 겁니다. 다시 말씀드리면 저는 여기에 계속 남아서 상황을 진척시키고 대통령님은 남과 북을 수시로 왕래하며 김경희 대통령과 북측이 최종 합의에 이르도록 할 계획입니다. 어느 것 하나 호락호락한 건 없지만 차분하게 진척시키다 보면 희망이 보일 거라고 저는 믿습니다."

모두 경청하는 분위기가 되어 관영을 보았다.

위원장이 고개를 끄덕이다 멈추고 차분하게 말했다.

"그러니까 이런 생각이나 의견을 가진 남측 사람은 정 의원 한 사람뿐이라는 거 아닙니까?"

위원장 말이 끝나자 바로 장훈이 손을 들어 발언권을 얻었다.

"아닙니다. 이제 저까지 두 사람입니다. 사실 저도 어제 정 의원님의 돌출 발언을 들었을 때 깜짝 놀랐습니다. 전혀 예상 못 했던 말씀이라 어리벙벙했습니다. 숙소에 돌아와서 늦게까지 토론했고 오늘 낮에도 마무리 토론을 했고, 그래서 의견의 일치를 보게 됐습니다. 제가 돌아가서 김경희 대통령께 잘 설명하겠습니다. 뭐니 뭐니 해도 남과 북의 뜻이 중요하니까요….

단호하게 시작해서 차분하게 마무리 지었다.

듣기만 하던 내각 총리 노재필이 엉거주춤 끼어들었다.

"그래도 어떤 통일을 해보자는 건지 큰 방향은 정해야 하는 거 아닙니까?"

위원장을 비롯해서 모두가 고개를 끄덕이며 관영과 장훈을 주시했다.

관영이 결심한 듯한 표정을 지으며 말했다.

"그전에 토론 자체를 제대로 하기 위한 분위기가 조성돼야 합니다. 지금까지 남과 북이 회담할 때 보면 각각 회담구성원의 지위를 엇비슷하게 맞추고, 인원수도 맞추고, 자리 배치도 정확하게 대치적으로 배치한 다음 각각 자기네끼리 이미 결정된 의견을 갖고 와서는 '양보는 곧 지는 거다'라는 자세로 임하니 그 회담에서 좋은 결과가 있겠습니까? 남과 북 사이는 이기고 지는 관계가 아니고, 지면 다 같이 지는 것이고 이기면 다 같이 이기는 것이라는 자세로 토론에 임해야 합니다. 토론하다 보면 어떤 경우에는 실례되는 말도 할 수 있는데 이런 실언조차도 다 용납돼야 진짜 토론이 가능해집니다."

모두 고개를 끄덕이며 시인하는 제스처를 취했다.

김주형 위원장이 크게 웃으며 받았다.

"하하하! 구구절절이 맞는 말씀입니다. 정 의원님, 대단하십니다. 그럼… 다른 얘기 한번 해봅시다. 내 사실 궁금해서 진즉부터 여쭤보고 싶었는데 참았습니다. 정 의원님은 대통령 되시기 일보 직전에 후보직을 사퇴해 허 대통령님께 양보하셨는데 무슨 일 있었습니까? 그때 지지율도 훨씬 더 높았던 걸로 알고 있는데 왜 갑자기 사퇴하신 겁니까?"

관영은 당황스러웠다. 언젠가 이런 질문이 나올 줄은 알고 있었지만, 이 자리에서는 답하기가 곤란하다고 생각됐다.

관영의 주저함을 눈치챈 장훈이 나섰다.

"제가 말씀드리지요. 그때 마지막 여론 조사에서도 제가 12%나 지고 있었습니다. 그대로 진행됐다면 정 의원님 당선은 거의 확실 했었습니다. 정 의원님의 후보 사퇴는 저와 미리 계획했던 것이었고, 제가 들고나온 공약도 정 의원님이 주신…."

관영이 다급히 제지하며 말했다.

"거기까지만… 대통령님, 거기까지만…. 위원장님, 그 얘기는 이 자리에서는 말씀드리기가 어렵습니다. 나중에 위원장님과 제가 따로 뵐 시간이 생기면 그때 소상하게 모두 다 말씀드리겠습니다. 오늘은 여기까지만…. 그럴 만한 사정이 있습니다."

외무상 박재원이 고개를 갸웃거리며 나섰다.

"그러니까 대통령님이 후보로 내걸었던 공약도 정 의원님이 주신 공약이라고요? 대통령님은 그 공약을 임기 내에 모두 실행시키신 걸로 알고 있는데…."

다시 장훈이 조심스레 말을 했다.

"네. 정 의원님 아이디어가 분명하고요, 그 아이디어를 제게 넘기고 사퇴하신 겁니다. …좀 긴 이야기입니다. 정 의원님이 무엇 때문에 말씀을 꺼리시는지 저는 알고 있습니다. 정 의원님! 제가 의원님의 뜻을 알았으니 그걸 염두에 두고 이야기를 진척시켜 볼게요. 위원장님도 궁금해하시고 모두 궁금해하시니…."

위원장과 국무위원들도 궁금해하는 건 표정에서도 읽을 수 있었다.

관영은 좀 아슬아슬한 느낌이 들어 제지하고 싶었다. 그러나 제

지하기엔 늦었다고 판단됐다.

"우리 남한은 자본주의 국가입니다. 그래서 능력이 출중한 사람과 그렇지 못한 사람 간의 빈부격차가 심해집니다. 저는 비교적 부유한 가정에서 태어나 좋은 학교도 다녔고 미국 유학도 했지만 여기 정 의원님은 어린 시절 너무 가난해서 끼니를 많이 굶었고, 너무 굶어서 죽기 일보 직전까지 여러 번 갔었다고 합니다. 힉교도 중학교 2학년까지밖에 못 다녔고….."

모두의 눈길이 관영에게로 쏠렸지만, 관영은 담담한 표정으로 눈길을 받았다.

"그래도 용케도 군대 갔다 온 뒤에 우여곡절 끝에 사업을 크게 성공시켜서 돈을 아주 많이 벌어 부유층이 되신 겁니다. 그런데 기쁨은 잠시고 크게 행복하질 않더랍니다. 부자가 되었지만, 가난한 사람들을 보고 옛날의 자신을 되돌아보게 된 겁니다. 때마침 신문, 방송 뉴스에서 자살 소식들이 자주 나오는 걸 보면서 연민에 빠져들게 된 겁니다. 그 당시 우리 남한에서 매일 43명씩이나 자살한다는 걸 알게 됐고 그 대부분은 가난 때문이라는 걸 알고는 분통이 터지더랍니다. 국가라는 게 왜 아무 역할도 안 하는지 화가 나더랍니다. 그래서 연민만 할 게 아니라 직접 해결책을 찾아야겠다고 결심하고 연구를 시작한 겁니다. 연구라고 해서 뭐 특별한 건 아니고 혼자 머릿속으로 궁리하는 거죠. 혼자 여기저기 돌아다니면서 궁리하며 시간이 많이 흐른 뒤 어느 날 강원도 화천에 있는 꺼먹다리 위를 서성이다 한 아이디어가 떠오른 겁니다. 그게 바로 나중에 그 아이디어를 [한 생각]이라고 이름을 붙여 부르게 된 겁니다. 자, 그런데 아이디어가 생겼으면 실현해야 하잖습니까? 그래서 대통령이 돼야겠다고 결심한 겁니다."

"그러니까 빈부격차를 줄이는 아이디어… 그것 때문에 대통령이 되려고…."

위원장이 고개를 끄덕이며 혼자 말하듯 말했다.

"그래서 정치권에 뛰어들어서 결국 여당 대통령 후보까지 되었는데 그사이에 선거 때만 되면 온 나라가 두 패, 세 패로 나뉘어서 죽기 살기로 싸우는 걸 보고 덜 싸우고 축제가 되는 선거제도, 즉 대통령 선거에 추첨 민주주의를 접목한 아이디어 [한 생각 2]를 생각해 낸 겁니다. 그런데 여기에서 또 장벽에 맞닥뜨리게 된 겁니다. 남측의 정치 행태를 솔직하게 말씀드리면 여당과 야당은 거의 앙숙 관계입니다. 상대 당의 안건은 아무리 좋은 안건이라도 무조건 반대부터 하는지라 [한 생각]이나 [한 생각 2]가 아무리 좋은 아이디어라고 해도 무조건 반대할 야당을 생각하니 대통령이 돼 봤자 소용이 없겠구나, 판단한 겁니다. … 대통령 선거 2년 전쯤 어느 날 느닷없이 정 의원님이 제 사무실을 찾아와 봉투를 탁자 밑에 슬쩍 놓고 '비밀편지입니다'라고 속삭이더라고요. 놀랐지요. 비밀편지라니… 정적에게 비밀편지를 쓴다는 게 보통 일입니까? 그래서 비밀편지라니까 궁금했지만, 사무실에서는 못 읽고 집에 가서 읽어보았는데 상당히 긴 글이었습니다."

장훈은 물을 한 모금 마시며 관영을 보았다. 불편하지만 체념한 기색이 역력했다.

"거기에 이렇게 씌어있었습니다. '내가 오랫동안 연구한 아이디어 두 개가 있는데 당신이 야당 후보가 되어 그것을 대선 공약으로 들고나오면 나는 여당 후보로 일단 나왔다가 적당한 시기에 당신과 그 공약을 지지하며 후보를 사퇴하겠다.' 기가 막혔죠. 대통령 자리를 양보할 테니 내 아이디어를 당신이 공약으로 들고나오고 대통령이 돼서 그 공약을 이 나라에 실현해라 이겁니다. 하도 어이가 없어서 이게 무슨 수작인가…? 여하튼 기가 막혔습니다. 꽤 긴 편지인데 여러 번 읽어보니 가짜는 아닌 것 같았어요. 사실 말이 안 되는 내용이지만, 편지 자체는 진실성이 있어 보였어요. 그래서 그 후로 우리는 16번이나 은밀하게 만나 토론에 토론을 거쳐 아이디어도 좀 더 구체적으로 가다듬었고, 각각 자기의 역할을 충실히 하기로 하고 헤어졌습니다. …선거철이 다가와서 계획대로 정 의원님은 여당 후보가 되셨고, 저는 야당 후보가 되었습니다. 그리고 각자 자기 역할을 충실히 해냈고, 정 의원님은 약속대로 결정적일 때 후보 사퇴를 하셨습니다. 정치권과 나라가 발칵 뒤집혔으나 결국 제가 대통령에 무사히 당선됐고, 재임 중에 총력을 다해 목표했던 두 아이디어를 성공적으로 대한민국에 실현했습니다. 그리고 퇴임해서 오늘 이 자리에 정 의원님과 함께 와 있습니다. 이 자리에 오게 된 거도 정 의원님의 아이디어입니다."

장훈의 긴 이야기가 끝났을 때 모두의 얼굴에 놀란 표정과 뭔가 복잡한 상념에 젖어있다는 걸 강렬히 느낄 수 있었다. 어색한 침묵이 그것을 증명하고 있었다. 자신들의 정치체제와는 전혀 다른 정치 세계의 생소한 이야기에 마땅히 할 말이 없었을 뿐이다.

어쩔 수 없이 관영이 나서야겠다고 할 때 위원장이 애써 표정을 풀며 다그치듯 물었다.

"아까 나중에 나한테만 따로 말씀하시겠다고 하셨는데, 지금 이 얘기 말고 또 있습니까?"

"아! 그거요? 네, 있습니다. 진짜 결정적인 게 있긴 있는데… 여기서 말씀드릴 수는 없는 겁니다."

관영이 조금 단호하게 말하자 외무상 박재원이 조심스럽게 끼어들었다.

"앞서 말씀하기를, 실례되는 말이나 실언도 용납하자고 말씀하셨는데…."

"그것과는 결이 좀 다른 사정이 있습니다."

위원장이 고개를 끄덕이며 말했다.

"좋습니다. 그 얘기는 나중에 따로 듣기로 하고, 대통령님께서 내일 떠나신다는데 좀 더 계셨으면 좋겠지만… 가시면 언제쯤 다시 오실 수 있는지요?"

"저는 이번에 돌아가서 지금까지의 상황을 김경희 대통령께 보고를 겸해 설득도 해서 김경희 대통령이 방향 설정을 확실히 잡도록하려고 합니다. 그리고 그 결과를 위원장님과 여러 국무위원님께 전하기 위해 곧 올 생각입니다. 이번에 김경희 대통령을 만나서 핵을 보유한 상태로 통일을 이루어보자는 것과 우리끼리 은밀하게 다 해놓고 난 다음 승인을 위한 통고는 나중에 하자는 제안을 우리 남측이 했다고 보고해야 하는데, 김경희 대통령의 반응이 궁금하기도 하고 긴장도 됩니다. 여하튼 결과가 어찌 됐든 저는 곧 올 생각입니다. 좋은 답을 갖고 오도록 노력하겠습니다."

"곧 오신다니 반갑습니다. 그럼 이렇게 합시다. 내일 아침 식사를 두 분께서 오셔서 같이 하도록 차량을 보내겠습니다. 김경희 대통령님께 답서도 드려야 되는데 밤에 써 놓겠습니다. 일단 대통령님이 다녀오셔서 확실한 방향이 잡혀야만 다음 순서와 방법을 의논할 수 있을 거 아닙니까? 그런데 진짜 두 분께서는 김경희 대통령 특사로 오신 건데 오시기 전에 이렇게 중요한 것을 전혀 의논을 안 하셨다니 믿어지질 않습니다. 물론 미리 의논했다가 낭패를 당할 수도 있어서 그랬다는 뜻은 알겠지만…."

"그렇습니다. 저는 정말 아무 생각 없이 일단 만나 보자, 그러면 뭔가 방법이 생기지 않을까였는데…. 여기 정 의원님은 진즉부터 확고한 방향을 결심하고 있었던 거 같습니다. 미리 발설하면 시작도 못 하고 틀어질까 봐 저한테까지 함구했으니까요. 아까도 말씀드렸지만, 저도 놀랐고 국가에서 세워놓은 기본 틀과 정반대되는 발상이어서 반대할 수밖에 없었는데 한발 뒤로 물러나서 생각해보니 맞는 것 같아 저도 동의하게 된 겁니다. 김경희 대통령님도 아마 저와 똑같은 경로를 겪지 않을까 짐작됩니다."

"알겠습니다. 정 의원님이 별나신 분이군요. 오늘은 여기서 마치고 내일 아침에 봅시다."

다음 날 아침, 장훈과 관영은 위원장과 아침 식사를 같이한 후 위원장의 서재에서 찻잔을 앞에 놓고 마주 앉았다. 처음으로 세 사람만의 만남이다.

자리에 앉자 위원장이 탁자 서랍에서 봉투를 꺼내 내밀며 말했다.

"이거 김 대통령님께 드리는 답서입니다. 내용은 별거 없지만 잘 전해주십시오. 내용에도 언급하긴 했지만, 안부도 전해주시고 조만간 뵙기를 청한다고 전해주십시오."

"네, 감사합니다. 위원장님 말씀 잘 전하겠습니다. 그리고 한 가지 말씀드릴 게 있습니다. 제가 남쪽에 가서 대통령과의 일이 잘되고 난 다음에 기자들에게 뭔가 발표를 해야 하는데… 금강산 관광 재개와 개성공단 재개에 대하여 긍정적으로 언급해도 되겠습니까?"

위원장이 조금 놀라는 표정을 짓더니 장훈과 관영을 찬찬히 번갈아 보며 말했다.

"글쎄요? 금강산, 개성공단…? 글쎄요… 그게… 대통령님과 얘기가 잘된 다음이라면… 그러면 다시 시작해 볼 수도 있겠지요."

"알겠습니다. 기자들이 달려들 텐데 대답할 만한 게 생겨서… 감사합니다."

장훈은 확실한 성과가 생긴 것 같아 마음이 푸근해졌다.

위원장은 기다렸다는 듯이 관영을 보며 말했다.

"자! 이제 우리 세 사람뿐이니 정 의원님 말씀해보시지요. 제 생각엔 대통령 자리를 양보한 이유는 다 말씀한 것 같은데 또 다른 결정적인 사연이 있다고요? 어찌 보면 제가 듣기를 바라시는 것 같기도 하고… 한번 들어봅시다."

관영은 당혹했다.

"아, 위원장님! 아! 정말 난처합니다. 저는 여기에 올 때 어떠한 경우라도 솔직하고 직설적으로 말하자, 듣기 좋은 말만 한다든가 빙빙 돌려서 말한다든가 하지 않겠다고 결심하고 왔습니다만, 지금 전임 대통령께서 함께 있습니다. 제가 솔직하고 직설적으로 말씀드리기엔 매우 불편합니다. 대통령님이 떠나시고 난 후에 저를 불러 주시면 그땐 솔직하고 직설적으로 말씀드리겠습니다."

위원장의 얼굴이 일그러졌다. 관영을 쏘아보며 무인가 생각에 젖은 표정으로 침묵했다.

침묵을 깬 건 장훈이었다.

"정 의원님, 제가 있어서 불편하다니요? 또 무슨 말씀을 하시려고…."

"네, 불편합니다. 대통령님, 불편한 것을 안 불편하다고 하면 솔직한 것이 아니잖습니까?"

"그래도 그렇지, 위원장님께서 막중한 시간을 내셔서 마련한 자리인데…."

위원장이 손사래를 치며 말했다.

"아! 됐습니다. 알겠습니다. 그렇게 해봅시다. 모르긴 하지만 나를 한 방 먹이시려고 하는 거 같은데… 이따 저녁에 봅시다."

그것으로 면담은 끝났다. 개운하지 않았다.

위원장의 떨떠름한 표정을 뒤로하고 장훈과 관영은 당사를 나와 영빈관으로 돌아왔다.

장훈은 곧바로 짐을 챙겨 공항으로 출발하여 평양을 떠났다. 떠나기 전 관영에게 원망 섞인 당부를 했다.

"형님, 저한테 좀 미리 언질을 주면 안 됩니까? 왜 자꾸 놀라게 합니까? 조심하세요. 여기는 서울이 아닙니다. 제가 다시 돌아올 때까지 무사하셔야 합니다."

관영은 웃으며 고개를 끄덕였을 뿐 대꾸 없이 작별 인사만 했다.

"천천히 잘 다녀오세요."

장훈은 서울을 향해 떠났고 관영은 백화원에 남았다. 혼자 남은 관영은 허전한 가운데서도 조용히 전의를 가다듬는 한편 불과 보름 전 장훈과 함께 특사 자격을 얻기 위해 청와대에서 김경희 대통령을 만났던 일을 되짚어 보았다.

4

볼모를 자청하다

최종 결정권자는 김경희 대통령이다.

관영이 먼저 만남을 요청했고, 전에 민준식 대통령을 만났던 경험을 살려서 일요일 아침 이른 시간을 제안했었다.

유병민 비서실장은 영문도 모른 채 대통령의 지시대로 새벽에 직접 운전해서 서초동 관영의 집과 필동 장훈의 집을 들러 청와대로 향하면서도 의례적인 인사치레만 했다. 전임 대통령과 현 대통령, 그리고 대통령 후보를 두 번씩이나 했던 정관영 전 의원과의 만남이라면, 그것도 일요일 새벽의 만남이라면, 범상한 만남이 아니라는 것쯤은 짐작했으리라.

배구 선수 출신의 김경희 대통령은 관저 문 앞에서 혼자 기다리고 있다가 반색을 했다.

"어서 오세요. 두 분 정말 정말 뵙고 싶었습니다. 정말 반가워요."

대통령이라는 신분을 잠시 잊은 듯 두 사람의 손을 한꺼번에 동시에 잡으며 격한 목소리로 맞이했다.

"대통령님, 오랜만입니다. 좋아 보입니다."

관영이 격해지는 감정을 누르며 조용히 말했다.

"대통령님, 반갑습니다. 오랜만에 뵙습니다."

장훈도 만면에 웃음을 만들며 반가움을 표했다.

김경희 대통령은 잡았던 손을 풀며 애써 유쾌하게 말했다.

"대통령님한테 대통령 소리를 들으니 이상하네요. 저 오늘 계 탄 거 맞지요? 호호호!"

"그렇습니까? 저는 퇴임했는데도… 하하하!"

"들어가셔서 우선 식사부터 하시죠. 오늘 찰밥을 했습니다. 제가 요즘 체력이 달리는 듯해서 특별히 부탁했습니다. 괜찮겠어요? … 그냥 흰밥도 있습니다."

대통령이 옆으로 반 발짝 앞서가며 두 사람을 식당으로 안내했다.

유쾌한 중에도 관영은 키가 큰 두 대통령 사이에서 자신의 키가 작음에 다소 소심해졌다.

관영이 "찰밥이라고요? 그거 좋은데요. 먹어본 지 오래된 거 같은 데요."라고 말했고, "저도 먹어본 게 언제인지 기억도 안 납니다, 좋습니다." 하고 장훈이 받았다.

관영은 식당에 들어서며 민준식 대통령을 만났던 때를 잠시 회상했다. 식당은 그때와 별반 달라진 게 없어 보였다.

장훈은 자신이 5년간 거주했던 장소이지만 모처럼 다시 와 둘러보니 감회가 새로웠다. 장훈이 대통령 관저로 옮겨올 때 침실 분위기를 바꿨을 뿐 기존 시설이나 장식을 전혀 손보지 않았었다.

유병민 실장까지 모두 식탁 의자에 앉자 장훈이 지그시 웃으며 말했다.

"모두 그대로인 거 같네요."

확인하기 위해서라기보다 반가운 마음에 나온 말이었다.

"네, 그게… 특별히 바꿔야 할 필요를 못 느꼈고요, 대통령님도 전혀 바꾸지 않았다고 들었습니다. 저도 대통령님같이 5년 후에는 이 자리를 비워 줘야 할 텐데, 시설이나 가구를 새로 바꾼다는 게 낭비잖아요. 지금도 훌륭한데 새것으로 굳이 바꿔서 더 좋아 보일는지도 모르겠고요. 이실직고할게요. 사실은 대통령님께 배운 겁니다."

장훈이 놀라는 표정을 지으며 한마디 하려 할 때 관영이 먼저 말했다.

"두 분 다 훌륭하신 대통령이십니다. 그런 것에 시간과 정신을 낭비할 만큼 대통령이라는 자리가 한가한 자리가 아니라는 걸 두 분께서는 정확히 아시고 실천하신 겁니다."

"하하하! 그렇죠. 맞습니다. 한가한 자리가 아니죠. 요즘 대통령님 토지 공개념 문제로 힘드시지요? 개발이익 환수를 강화하려는 대통령의 뜻을 언론이 도와주어야 하는데 그게 안 되니…."

장훈이 재임 시절을 떠올리며 말하자 김경희 대통령이 받았다.

"토지 공개념뿐만입니까? 해외 문제보다 국내 문제가 훨씬 더 어려운 거 같아요. 아, 식사가 나오는군요. 식사하시면서 천천히 말씀 나누기로 해요."

세 여인이 주방 카트 두 대를 밀고 들어오다 공손히 인사를 했다.

관영은 전에 이곳에서 신분을 속인 역술인에게 관찰당했던 일이 생각나 일하는 여자들을 찬찬히 살펴보았다. 오늘은 3명이다. 그중 한 명은 지난번 여자같이 지켜보고만 있고 두 사람이 모든 일을 했다.

대통령과 장훈은 조금은 큰 소리로 인사치레를 했고, 관영은 그냥 미소로 대신했다.

지난번에 입술이 얇은 역술인 여인이 쏘아보던 장면이 떠올라 자꾸 신경이 거슬렸다. 그럴 일은 없겠지만, 기시감이 들어 쏘아보던 역술인 여인을 생각하다가 지금 두 여인이 일하는 모습을 감시하는 여인을 슬쩍슬쩍 살펴보았으나 여인은 전혀 낌새도 없이 일하는 여인들의 손놀림만 세심히 보고 있었다.

여인들이 각각 맡은 일을 마치고 공손히 인사를 하고 돌아서자 관영은 상념에서 벗어났다.

'그렇지! 지금이야 다르지. 픔!'

여인들이 보이지 않자 헛웃음이 속에서 번지다 겉으로 "픔" 하고 넘치고 말았다. 대통령과 장훈이 웃으며 관영을 보았다. 대통령이 먼저 말했다.

"무슨…? 무슨 생각 하시고 웃으셨어요? 혼자만 웃으시지 마시고 같이 웃어요."

"뭐 좋은 일 생각났어요?"

장훈도 관심을 나타냈다.

"아, 아! 별거 아닙니다. 그냥…."

일단 부인을 하고 잠깐 생각을 하다가 오래전 일이라 이젠 털어 놔도 되지 않을까라는 판단이 들며 잠시 망설여졌다.

"말씀하세요. …궁금해요."

대통령의 애정 어린 재촉을 받자 결심이 섰다. 먼저 목을 푸는 기침으로 결심을 알렸다.

"오래전 바로 이 자리에서 있었던 비밀 이야기입니다. 이젠 세월이 많이 지났으니 털어놔도 될 거 같네요. 한번 들어보시겠어요? 재미있어요."

대통령과 장훈, 그리고 유병민 실장은 수저를 든 채 일제히 관영에게 눈길을 주며 관심을 나타냈다. 관영은 수저를 아직 들지도 않았다.

"비밀요? 여기에서요? 그런 일이 있었어요? 어떤 비밀입니까?"

다시 대통령이 채근했다.

관영은 다시 한번 목을 푸는 기침을 하고 이야기를 시작했다.

"전에 민준식 대통령 때 바로 이 식당 이 자리에서 있었던 일입니다. 그때도 일요일 새벽에 제가 이곳에 왔었습니다. 그때 비서실장이셨던 김정철 실장이 오늘같이 새벽에 저를 태우러 서초동 우리집까지 왔었고, 청와대에 들어와 이 식당에서 떡국으로 식사하고 나서 2층에서 많은 대화를 했었습니다."

관영 자신도 약간의 흥분이 일어남을 느끼며 거기까지 말했을 때 세 사람 모두 '오!' 하는 표정이 되었다.

관영은 오늘 제대로 시간과 장소가 맞아떨어졌으니 그동안의 갑갑증에서 벗어날 좋은 기회라고 판단했다.

현직 대통령과 전임 대통령, 그리고 비서실장까지 수저를 든 채 관영에게 주목했다.

"바로 이 의자에 앉아 떡국으로 식사하려고 하던 중에 누군가가 저를 쏘아보고 있는 듯한 눈길이 느껴져 무심코 고개를 들어보니 아까 지켜보던 여자분같이 감시하던 여자가 저를 쏘아보고 있더라고요. 그래서 저도 좀 자세히 마주 보게 되었는데 입술이 얇고 묘한 느낌이 드는 여자였습니다. 그러나 그때는 별생각 없이 그냥 넘어갔습니다. …2층에서 대통령과 대화는 현직 대통령이 차기 대통령이 될 사람을 불러서 나라 살림의 일관성을 찾기 위한 귀중한 대화라는 자부심을 느꼈을 정도로 진솔한 대화였습니다. 그런데 민준식 대통령이 이 만남은 김정철 실장의 아이디어라고 밝혀주더라고요. 그래서 만남이 끝나고 현관에서 제가 김정철 실장에게 고마웠다고 인사를 했습니다. 그랬더니 김정철 실장이 당황하는 듯하더니, 잠시 후에… '대통령은 순수한 사람이 아닙니다. 이번 만남을 제안한 사람은 제가 아니고 영부인입니다'라고 하는 겁니다. '이게 무슨 소리지?' 하고 생각하는데 대기하고 있던 차 문이 열리고 떠밀리다시피 차에 오르게 되어 '무슨 소리입니까?'라고 더 물어보지도 못하고 그냥 청와대를 나오게 됐습니다."

"영부인이요? 와! 이거… 관상을 본 겁니까?"

대통령이 물었고, 관영은 의도적으로 대답하지 않고 톤을 낮추어 이어갔다.

"그리고 시간이 한참 지나서 제가 3선 국회의원이 된 후에 여당에 입당해서 대통령 후보가 됐는데 어느 날 아침 보좌관이 싱글싱글하며 하는 말이 어제저녁에 TV에서 전국의 소문난 유명 역술인 7명을 실험적으로 검증을 했는데 그중 가장 정확하게 맞춘 여자 역술인이, 묻지도 않았는데 다음 대선엔 정관영 후보가 당선된다고 했다는 겁니다. 21세기 대명천지에 점쟁이라니 콧방귀를 뀌고 말았죠. 그런데 저녁에 퇴근해서 집에 갔더니 아내가 제 눈치를 살피며 그 역술인 이야기를 하는데… 입술이 얄팍한 역술인이 그렇게 말하더라는 겁니다. 입술이 얄팍한 역술인이라는 말에 정신이 번쩍 들면서 그제야 나도 한번 보자고 했지요."

그 장면까지 끝내고 다음 이야기를 이어 가려 할 때 모두가 거의 동시에 탄성을 질렀다.

"어머! 이게… 이게 정말로 있었던 일이란 말입니까? 점쟁이를 데려와 관상을 본 거잖아요. 와! 말이 안 나오네요. 정말… 그래서 아까 보니까 정 의원님이 제 옆에 서 계시던 조 여사님을 자꾸 보셨군요. 제가 다 민망했었어요. 왜 그러시나 했어요."

대통령이 신분도 잊은 채 소리쳤다.

이어서 장훈도 흥분을 감추지 않고 격한 소리로 말했다.

"와, 민 대통령도 참 어이가 없네! 지금이 어느 땐데 역술인을? 대통령이 되기 전부터 점쟁이를 집으로 불러서 점을 봤다는 소문이 진짜였네요. 그래도 그렇지 차기 대통령감을 점쟁이한테 감정하게 하다니… 그런데 정 의원님, 대통령 안 되셨잖아요? 그럼 뭐야! 그 점쟁이 엉터리잖아요?"

관영은 자신의 이야기 파장이 제대로 전달되고 있는 거에 만족하면서 뒷이야기에 기대감을 주기 위해 아주 작지만 울림이 있는 목소리로 말했다.

"아직 진짜는 안 나왔어요. 지금부터가 진짜입니다."

"빨리해보세요. 음식이 다 식겠어요. …그래도 밥보다 그 얘기마저 다 들어야겠어요."

관영이 얼른 받았다.

"그래서 TV를 켜고 다시 보기로 보았는데, 소리도 없애고 얼굴도 가리고 오직 입술 모양만 크게 나오는데 얇은 입술이 말하는 모양을 보니 확신이 탁 들더라고요. 그래서 다음 날 사무실에 가서 전날 그 보좌관을 불러 은밀하게 TV에 나왔던 그 역술인 사진을 구해보라고 했더니 난감한 표정을 짓더니만 불과 30여 분 만에 핸드폰에 7장의 사진을 담아 왔더라고요. …보았더니 아! 그 여자가 딱 맞는 겁니다. 기가 막혀 말이 안 나왔지만, 어쩌겠어요."

"어머! 어이가 없네, 정말."

"그런데 나중에 그 사진을 써먹을 기회가 온 겁니다. 제가 후보직을 사퇴하고 난 뒤 허장훈 후보가 독주하고 있을 때 민준식 대통령이 선거 자체를 무산시키려 하고 있다고 김정철 비서실장이 알려온 겁니다. 정말 눈물 나게 고마웠어요. 그래서 대통령이 관계기관장들을 불러 모아 선거 무산 방법을 책동하고 있을 때 제가 기자 회견을 자청해서 민준식 대통령과 만났던 일을 밝혔습니다. 그리고 그 문제의 점쟁이 사진도 김정철 실장 핸드폰으로 보내서 대통령이 보도록 했습니다. …아차 싶으면 그 점쟁이 사건을 공개할 수도 있다는 경고 뜻으로 보낸 것이지요. 대통령은 사태의 심각성을 눈치채곤 무산시키려던 계획을 접을 수밖에 없었지요. 그러고도 안심이 안 됐는지 저녁에 김정철 비서실장을 제게 보내 사과하게 하고 그 아이디어는 끝까지 김정철 비서실장이 제안한 걸로 마무리 짓게 한 겁니다. 김정철 실장은 처음부터 점쟁이 아이디어를 반대했었다고 합니다."

관영의 긴 이야기가 끝나자 장훈이 고개를 크게 끄덕이며 소리치듯 말했다.

"아! 그때 그 선택권 무시가 아니냐 하면서… 정 의원님이 시퇴하셔서 야당 후보만 있으니 선거 자체를 무산시키려는 듯한 청와대 대변인 발표가 오전에 있었는데 저녁 발표에서는 언제 그랬냐는 듯 취소를 해서 웬일인가 했더니… 와! 그런 일이 있었던 거군요."

대통령이 혀를 차며 말했다.

"참 어처구니가 없다는 말이 딱 들어맞는 사건이네요. 그 비밀을 혼자 간직하느라 힘드셨겠어요. 아이고! 이제 식사합시다. 다 식었어요."

겨우 식사가 시작되었다. 식사 시간 내내 대화 내용은 그 사건과 연관된 것으로 이어졌다. 매스컴에 떠돌던 민준식 대통령과 영부인의 점집 순례기가 주요 주제였다.

식사를 마치고 2층으로 자리를 옮겨 조금 낮은 탁자를 마주하고 앉았다.

관영이 전에 민준식 대통령과 긴 대화를 했던 곳이다.

통유리를 통하여 아침 햇살이 환하게 들어오는 밝은 방이다. 통유리 창 밖으로 잘 가꾸어진 정원이 내려다보였다.

차는 새콤하고 약간은 떫은맛이 나는 모과차였다. 차를 가져온

두 여인이 찻잔을 내려놓는 동안 잠시 끊겼던 대화는 여인들이 가고 나자 대통령이 먼저 말문을 열었다.

"오늘 이렇게 비밀스럽게 뵙자는 것은 무언가 큰일을 하자는 거지요? 은근히 긴장되는데요. 차 드시면서 시작하시죠."

장훈이 바로 받았다.

"아, 아! 대통령님, 무슨 긴장까지 하십니까. 제가 실업자 아닙니까? 할 일 없이 놀다 보니까 여기 정 의원님이 몽골 여행이나 가자고 하셔서 함께 여행 잘하고 돌아왔으니 보고 겸 인사차 왔습니다. 온 김에 일거리 하나 만들어 가면 좋고요. 마냥 손 놓고 노는 것도 상당한 고역이거든요."

대통령과 비서실장이 고개를 끄덕이며 경청할 때 관영도 덩달아 끄덕이며 웃었다. 대통령이 크게 공감을 나타내며 쾌활하게 말했다.

"두 분께서 몽골 여행에서 의미 있는 일이 많았나 봐요. 뭔가 활력소가 될 만한 일들이 많던가요? 의미심장해 보여요. 저도 임기 끝나면 두 분과 같이 몽골 여행하고 싶은데 데려가 주실래요. 아이! 꼭 몽골이 아니더라도 두 분과 함께라면 어디든 좋을 거 같아요."

관영과 장훈은 대통령의 말이 끝나기도 전에 크게 웃으며 이구동성으로 화답했다.

"아! 그럼요. 영광이지요. 진짜 꼭 한 번 같이 하시죠. 대환영입니다."

"두 분 약속하신 겁니다. 잊으시면 안 됩니다. 이젠 본론으로 들어가시죠. 무슨 좋은 계획이 있으신가요?"

대통령이 본론에 들어가자고 선언하자 장훈이 관영의 얼굴을 보앉고, 관영이 장훈에게 먼저 하라고 턱짓을 했다. 장훈이 목을 가다 듬으며 말했다.

"흠! 그럼 제가 먼저 말씀드리겠습니다. 우리 두 사람에게 특사 자격을 주실 수 있으실까 해서 찾아뵈었습니다."

"특사요? 무슨 특사를 말씀하시는 거죠. 북한에 가시게요? 두 분이 함께요?"

대통령은 바로 정곡을 찌르면서도 놀라워했다.

"예, 그렇습니다."

장훈이 짧게 대답했고, 관영은 고개를 끄덕여 동의했다.

"처음부터 설명해주세요. 어떤 계획이 있으신 건가요?"

"아니요, 특별한 계획 없습니다. 그냥 한번 가보려고요. 일단 가서 상황을 살펴보다 어떤 판단이 서면 새로운 국면을 만들어 보는 거고요. 지금으로서는 특사 자격으로 가는 거 외에는 특별한 계획이 없습니다. 들어가 있다 보면 어떤 상황이 만들어지지 않을까 하는 기대감을 안고 가보려고 하는 겁니다."

"들어가 있다니요? …특사로서 잠시 다녀오시는 게 아니고요?"

"북한과 우리는 70년 동안이나 떨어져 있었기 때문에 달라도 너무 다른 세상에 살고 있어서 몇 번의 만남으로 상황변화를 기대할 수 없습니다. 가능하면 상주하다시피 하면서 제대로 길을 찾을 수 있을 때까지 끈질기게 부딪쳐 보려고 하는데 그쪽에서도 그것을 용납할지 모르겠고… 대통령님께서 특사 자격을 부여해주시면 가서 부딪쳐봐야죠."

"그게… 북한 문제라면 국정원하고 협의해야 될 거 같은데요, 그렇잖아요?"

대통령이 비서실장을 보았다. 유병민 비서실장은 입술을 꾹 닫고 생각하는 듯한 표정을 짓다가 말했다.

"그래야 되겠죠. 그래도 오늘은 두 분의 말씀을 다 들으시고 판단하시지요."

관영이 나섰다.

"물론입니다. 국정원하고도 협의해야지요. 도움도 받아야 할 테니까요. …제가 대략적인 얘기를 하겠습니다. 대통령님께서 충분히 검토하신 후에 저희에게 기회를 주시면 저희는 특사 자격으로 몽골로 날아가서… 몽골 대사를 만나 몽골 대통령 면담을 주선해 달라고 할 겁니다. 그렇게 해서 몽골 대통령을 만나면 특사임을 밝히고 대통령께서 북한과의 다리를 놔주십사 부탁을 하는 겁니다. …다행히 그것이 잘되면 저희 둘이 북한에 들어가 머물면서 그쪽의 생각이라든가 실태를 알아보고 꾸준히 접촉해볼 겁니다. 그러다가 허 대통령님은 먼저 귀국해 일하시고 저는 계속 평양에 남아있으려고 합니다. 제가 평양에 계속 남아있으려고 하는 거는 저들에게 믿음을 심어주고… 이를테면 자발적인 볼모 역할도 하는 겁니다. 저들을 설득한다기보다 저들의 말을 최대한 많이 듣고 이해해서 공감의 폭을 넓혀가다 보면 무슨 묘책이 나오지 않을까 하고 기대해보는 겁니다. …제가 설득당할지도 모르죠. 하하하!"

말을 이어가다 보니 조금은 격해지는 자신을 다독이며 마무리 지었다. 대통령과 유 실장은 심각한 표정으로 들으며 가끔 탄식을 토했다.

"이거 참! 대통령으로서 할 말이 없네요. 두 분의 각오가 너무 비장해서 제가 찬성이니 반대이니 할 수가 없네요. 분명한 것은 통일은 돼야 하는데… 미국도 중국도 관심도 없으니… 겉으로만….”

다시 관영이 나섰다.

“그들 모두와 국내 반대론자들에까지 동의를 얻으려고 하면 한 발짝도 못 나갑니다. 그래서 끈질기게 이렇게도 해보고 저렇게도 하다 보면 작은 가능성의 실마리라도 잡을 수 있지 않을까 하는 거죠. …요는 저들이나 우리나 얼마나 간절히 원하고 있느냐입니다. 솔직히 저들도 원하지 않고 있죠. 통일이 될라치면 저들의 정권은 무너지게 되니까요. 아까도 말씀드렸다시피 가능성은 희박합니다. 그래도 해보긴 해야죠. 해보겠습니다.”

대통령은 한숨을 쉬다, 고개를 끄덕이다 하며 집중해서 들었다.

장훈이 틈을 타 끼어들었다.

“정 의원님께 처음 이 제안을 받았을 때 전임 대통령이 할 수 있는 것으로 딱 맞는 거 같더라고요. 최소한 남북 간 긴장 완화엔 확실한 도움이 되지 않을까 합니다. 무언가 목표를 갖고 일을 한다는 게 뿌듯하기도 하고 새로운 환경에 도전하는 긴장감도 있고…. 잘 해내겠습니다. 기대하십시오.”

“호! 듣기만 해도 뿌듯하네요. 참 대단한 계획을 세우셨네요. 두 분께서 이 일을 추진하시다 세월이 흘러 다 못하시면 제가 퇴임 후에 이어받을게요. 좋네요. 조만간 국정원 쪽하고 외무부 쪽하고 협의해서 결정하겠습니다. 저는 대환영입니다. 이 건은 이렇게 마무리하고요, 다른 얘기 좀 하시죠. 최근 이슈로 떠오른 토지 공개념 문제를 어떻게 풀어야 할지 의견 좀 줘보실래요? 이 문제 때문에 나라가 쪼개질 판이에요. 사실 토지 공개념이라고 말하지만 완전한 공개념은 아니고요, 개발이익 환수법을 좀 강화하자는 건데 공개념이라는 말에 화들짝하고 언론에서 무섭게 반대하니까 땅이 없는 사람들도 덩달아 반대하는 이상한 현상이 벌어지고 있어요. 무슨 묘안이 없을까요?"

잠시 침묵이 흘렀다. 고개를 숙이고 생각에 젖어있던 관영이 말을 이어받았다.

"묘안은 항상 단순한 데 있더라고요. 어렵게 자꾸 설득하려고 하지 마시고 직접 국민께 물어보세요. 국민투표요. …말씀으로도 설명해야겠지만 아주 쉬운 글로 단순 명쾌하게 설명해서 모든 국민이 찬찬히 읽고 생각하게 한 뒤에 국민투표에 붙이는 겁니다. 그리고 과감하게 유효 투표 50% 이상 찬성이 아니라 70% 이상 찬성이 돼야 가결된 걸로 하겠다고 하세요. 실제로 50% 조금 넘는 거로 토지 공개념을 하게 되면 진짜로 나라가 쪼개집니다. 자신 있으시면 80%로 하면 누구도 찍소리 못할 겁니다. 만약 투표에 지면 깨끗이 포기하시고요. 80%는 좀 무리일까요? 75%도 괜찮을 거 같네요. 사실 70%만으로도 충분합니다."

"우와! 정 의원님은 전에도 그러셨는데 참 명쾌하세요. 저도 국민투표는 생각하고 있었지만 몇 %를 올려서 기준으로 정하는 것까지는 생각 못 했네요. 압도적이어야만 반대론자들이 더는 반대를 못한다는 거죠?"

"못 하는 게 아니라 그 사람들은 여전히 계속 반대를 하겠지만 그 주장이 국민에게 먹히지 않는다는 거죠. 압도적 찬성인데 계속 반대를 주장하는 사람은 국민 밉상이 되는 거죠. 언론도 마찬가지고요. …검토해보십시오. 국민투표를 전자투표로 하게 되면 빠르고 정확할 테고요. 프로그램이 점점 고도화되고 단순해지면 비용도 점차 줄일 수 있을 겁니다."

그렇게 청와대 면담은 마무리되었다.

✦ ✦ ✦

불과 보름 전에 있었던 일이고 지금은 평양에 들어와 결전의 한판을 목전에 두고 있다.

기회는 의외로 빨리 온 것이다. 위원장과 단둘이 만날 기회를 얼마나 원했던가. 기다리며 다짐했다. 가차 없이 직설적으로 한다. 망설이지 말자. 오늘이야말로 이 나라 이 민족의 운명의 날이 될 것이다. 물론 내게도 그렇다. 깨질 때 깨지더라도 해야 한다.

시간이 갈수록 긴장감은 더해지고 결의는 굳어갔다. 기다리는 시간은 더디 간다. 겨우겨우 저녁이 되어가는데 아무 연락이 없다. 기다렸다. 마냥 기다렸다.

저녁 식사 시간에 부를 거를 예상하고 호텔 측에 식사를 취소했는데 연락이 없다. 혹 늦은 시간이라도 연락 오지 않을까 기대했지만 감감무소식이다. 그렇게 그날이 가고 다음 날도 그다음 날도 소식이 없었다.

기다림에 지친 나머지 별별 상상이 시도 때도 없이 떠오르다 사라지곤 했다.

5

청와대 벙커에서

한편 장훈은 평양을 떠나 울란바토르를 거쳐 서울에 도착하자마
자 청와대로 직행했다.

'관영의 돌출 발언들을 김경희 대통령은 어떻게 받아들일까?'
'자신도 동의했듯이 대통령도 결국엔 승인할까?'

관저가 아닌 대통령 집무실 현관에서 유병민 비서실장이 반갑게
맞았다.
"어서 오십시오, 대통령님."
대통령이 나와 직접 맞아 줄 걸로 예상했던 자신이 쑥스러우면서
도 서운한 감정을 숨길 수 없었다. 실장은 집무실로 곧장 가지 않고
집무실 뒤쪽으로 돌아가 엘리베이터에 타도록 권했다.
장훈은 알았다. 이 엘리베이터는 지하 벙커로 내려가는 엘리베이
터다. 이곳 청와대의 주인이었던 장훈 자신도 여러 번 사용했던 지

하 벙커다. 내려가면서도 왜 지하 벙커로 안내를 받는지 의아했다.

유병민 실장도 현관에서 맞을 때 "어서 오십시오, 대통령님" 외엔 이상하리만치 계속 미소를 지으며 안내를 하면서도 말은 없었다. 장훈도 의아했지만, 묻지 않았다.

엘리베이터 문이 열리자 김경희 대통령이 환하게 맞았다.

"어서 오십시오, 대통령님."

"아! 대통령님, 안녕하셨습니까? 그런데 왜?"

"호호호! 여기가 좋을 거 같아서요. 조심해야죠."

대통령이 손가락으로 위를 가리키며 말했다. 장훈은 마지못해 고개를 끄덕여 수긍했다.

벙커 대회의실을 지나 몇 번의 방향을 바꿔 대통령 벙커 집무실에 도착하자 대통령이 말했다.

"이곳을 쓸 일이 없어져야 하는데… 만약을 생각해서 이곳으로 모셨어요. 대통령님도 이곳을 여러 번 사용 하셨었지요?"

"맞아요. 한 여덟 번 사용했던 거 같아요."

"저는 이제 두 번째예요."

실장까지 단 세 명이 탁자에 둘러앉았다.

대통령이 직접 차를 따랐다.

"그냥 커피인데 괜찮지요? 저는 하루에 커피를 네댓 잔 마시는 거 같아요. 졸리지 않아서 좋아요."

"저도 커피 좋아합니다. 여기로 내려오기를 잘한 것 같은데요. 놀랄 만한 일들이 있습니다."

장훈은 미처 생각지 못했지만, 관영의 발언과 북측의 반응을 전하는 장소로 이곳이 적격이라는 생각이 들었다. 절대로 새어 나가서는 안 되는 내용 아닌가!

장훈은 가방에서 북한 김주형 위원장의 친서를 꺼내 내밀었다.

대통령은 친서를 소리 없이 읽었다.

"편지에는 특별한 게 없네요. 하긴 제 편지도 그랬으니까요. 이제 풀어놔 보시지요. 놀랄 일이 뭔지 궁금하네요."

장훈이 낮은 기침으로 목과 마음을 추스르고 그동안의 이야기를 풀어놓기 시작했다.

"놀랄 만한 제안이라기보다는 의견을 낸 쪽은 저쪽이 아니라 우리 쪽 정관영 의원님입니다. 무슨 의견이냐 하면… '핵 포기하지 마시오.'입니다."

장훈이 거기까지 말하고 반응을 기다렸다. 대통령의 반응을 기대했다.

"예! 핵을 포기하지 말라고요? 그게 무슨 말입니까…?"

유병민 실장이었다. 놀란 반응을 보인 사람은 대통령이 아니었다.

"북측한테 핵을 포기하지 말고 통일될 때까지 갖고 있어야 된다는 논리입니다. 통일된 조국에 핵무기가 있으면 좋다는 겁니다."

"와아! 이건… 그게 말이 됩니까?"

역시 유병민 실장이다.

"왜 말이 안 됩니까?"

장훈이 말했으나 대통령은 여전히 미동도 없이 허공에 초점을 맞추고 있었다. 잠시 침묵이 흐른 뒤 대통령이 탄식하듯 말했다.

"그뿐입니까? 다른 건 없어요?"

"있습니다. 미국이나 중국, 이런 데다가 승인받고 통일하기는 틀렸으니 우리끼리 비밀리에 다 해놓고 승인은 나중에 받자. 그것도 승인 요청이 아니라 통고 형식으로 하자. 우리끼리 완벽하게 해놓고 '우리 이렇게 했다' 하고 통고하자는 의견을 정 의원님이 냈고, 북측은 크게 손뼉 치며 환영의 뜻을 밝혔습니다."

"와…! 그거 북한이 맨날 주장하던 것 그대로 아닙니까? 그게 말이 됩니까?"

이번에도 유병민 실장의 반응이었다. 톤은 조금 낮아졌지만, 숨소리가 들릴 정도로 격해졌음을 표정으로 말하고 있었다.

대통령은 여전히 미동도 없다.

장훈은 대통령의 반응을 기다리다가 먼저 치고 나갔다.

"저도 처음에는 놀랐지만 결국 동의했습니다. 그래야 통일의 가능성이 있다고 판단한 겁니다."

"아니! 대통령님 왜 그러십니까? 이거 완전히 북한한테 놀아나는 겁니다."

실장은 대통령의 생각을 알고 있다는 듯이 자신의 신분도 생각지 않고 탄식을 쏟아냈다.

김경희 대통령이 장훈을 물끄러미 바라보다 고개를 돌려 실장을 보며 차분하지만 또렷하게 말했다.

"실장님! 저 말이 정말 틀린 말이라고 생각합니까? 맞는 말이잖아요?"

장훈은 소름이 쫙 끼치는 전율을 느꼈다.

실장은 입을 반쯤 벌린 채 상황판단을 하기 위해 눈을 껌뻑거리다 겨우 한마디 했다.

"대통령님, 정신 차리세요. 큰일 납니다."

장훈이 나서야 했다.

"실장님! 북한이 핵을 포기하겠습니까? 포기했다가 리비아의 카다피가 어떻게 됐습니까? 지금 우크라이나의 운명이 어떻습니까? 소련 해체 당시 천 개가 넘는 핵탄두가 우크라이나에 배치돼 있었습니다. 그런데 안전보장과 경제 지원을 받는 조건으로 모두 러시아로 반환했는데 지금 어떻습니까? 러시아의 침공으로 나라가 박살나고 있잖습니까? 이런 상황에서 북한한테 핵을 포기하라는 게 씨가 먹힙니까? 그리고 통일된 조국에 핵이 있다면 누가 우리를 함부로 건드리겠습니까?"

"그래도 그렇지, 미국이 가만히 있겠어요?"

실장의 목소리는 작아졌다.

김경희 대통령이 조용히 말했다.

"왠지 이 벙커로 와야 할 것 같아서 왔는데 예감이 맞았네요. 정의원님의 발상 패턴을 조금 알거든요. 전에 함께 당을 할 때 대화를 많이 했었어요. 그래서 북한에 가신다기에 뭔가 획기적인 생각을 하고 있어서 가시려고 하는 거구나 했었는데 역시…. 그런데 그렇게 방침을 세우고 진행하면 가능성이 있다고 보는 겁니까?"

"꼭 있다고는 못 하지만, 지금껏 해 왔던 패턴으로는 전혀 가능성이 없다고 본 겁니다. 그러니 새로운 방법을 택해보자는 거죠. 정의원님은 가능성이 있다고 믿는 거 같았습니다. 대통령님의 승인만 해주시면 진행해보겠습니다. 정 의원님은 계속 거기에 남아있고 저는 수시로 왔다 갔다 하며 상황을 전하고, 미국 측이나 중국 측에도 다니면서 연막도 피우고 분위기를 부드럽게 해놓는 일을 할 겁니다. …국정원의 도움도 받아야 합니다."

실장은 여전히 못마땅한 표정으로 장훈과 대통령 얼굴을 살폈다.

대통령이 긴 한숨을 뿜으며 골똘히 생각에 잠겼다. 무거운 침묵이 흘렀다. 침묵 끝에 대통령이 말했다.

"대통령님, 정 의원님이야 그런 아이디어를 내어놓을 만하더라도 대통령님은 쉽게 동의하기 어려웠을 거 같은데… 만약 재임기에 이런 일이 있었다면 지금같이 동의하실 수 있었을까요? 사실 저는 지금 두렵지 않다고 할 수 없습니다. 미국도 미국이지만 언론과 야당을 어떻게 넘어가지요? 언론이 알게 되면 당장 탄핵 얘기가 터져 나올 겁니다. 남과 북이 의견의 일치를 봤다고 해도 진짜 통일까지는 길고 긴 여정일 텐데…. 전임 대통령이 아닌 현재도 대통령 신분이라면 그래도 동의하시겠습니까?"

장훈은 김경희 대통령이 느끼는 압박의 무게를 알기에 쉽게 입이 떨어지지 않았다. 그래도 용기를 내야 했다.

"대통령님. 이건 우리나라, 우리 일입니다. 저들은 자기들 이해득실 때문에 종전 선언 하나 하는 것도 몇 년째 제자리에 멈춰 서 있잖습니까? 저들의 승인을 받고 무얼 한다는 건 헛소리입니다. …제게 현재도 대통령이라면 정 의원님의 아이디어를 동의하고 실행에 옮기는 모험을 하겠느냐고 물으셨죠? 네, 제 임기에 그런 기회가 있었다면 당연히 했을 겁니다. 진행하다 보면 어느 시점에선 북측이 딴청을 피울 겁니다. 통일이 될라치면 북한 정권은 무너져야 하니까요. 정 의원님은 통일은 남측도 북측도 손해가 없는 방향으로 해야 한다고 하지만… 또 다른 시나리오가 필요할 거라는 게 제 의견입니다."

"또 다른 시나리오라면 어떤 시나리오를…"

"아직은… 정 의원님은 생각하고 계신 거 같은데 아직 거기까지는…."

대통령의 침묵이 이어졌고 실장도 고개를 갸웃거리며 침묵했다. 이윽고 대통령이 입을 열었다.

"대통령님이 그렇게 말씀해주시니 제가 결심하기가 훨씬 수월해졌습니다. 보안 유지를 위해 국무위원들과도 논의해볼 수 없어 안타깝지만 유일한 돌파구라니 해야지요. 이렇게 된 이상 모든 책임은 제가 감당할 테니 소신껏 진행하셔서 꼭 성공하도록 하십시오. 민족의 염원인 통일이 두 분의 어깨에 달려있습니다. 제가 할 수 있는 일은 제가 하겠습니다. 정 의원님께도 건강에 유의하시라고 안부 전해주시고 무거운 짐을 지워드려 송구하다는 말씀도 전해주십시오. 진행 과정에서 양보를 거듭하더라도 성공은 하라고 전해주십시오."

대통령의 결심이 확고하다는 건 발음 하나하나와 표정에서 확인할 수 있었다.

"알겠습니다. 대통령님, 잘 결심해주셨습니다. 최선을 다해 성공하도록 하겠습니다. 그리고 개성공단 재개 문제와 금강산 관광 재개 문제, 그리고 이산가족 상봉 문제도 심도 있게 논의해보겠습니다. 일단 저쪽에서도 반응이 나쁘지 않으니까요."

"그러세요. 잘 진척됐으면 좋겠습니다."

절차상 중요한 고비중 하나는 성공적으로 넘겼다고 생각했다. 일단 남과 북의 최고 결정권자들이 통일을 위한 합의에 첫발을 뗀 셈이다.

그날 오후 청와대 대변인 담화가 있었다.

> 허장훈 전임 대통령께서 대통령 특사 자격으로 2월 14일부터 16일까지 북한을 다녀왔습니다. 북한 김주형 위원장에게 친서를 전달했고, 이산가족 상봉과 금강산 관광 재개 문제, 그리고 개성공단 재개 문제 등 폭넓은 논의를 한 결과 어느 정도 상호 공감대를 형성했으나 구체적인 결론엔 이르지 못했고, 차후에 논의를 이어 가자는 데 동의했습니다. 김경희 대통령의 친서에 김주형 위원장의 답서도 있었습니다. 허장훈 전임 대통령께서는 조만간 다시 북한을 방문하여 논의를 계속 진행할 계획입니다. 이상입니다.

언론은 속보로 알렸고, 국민 대부분은 크게 놀라지 않았지만, 금강산 관광 관련 업체나 개성공단에서 철수했던 기업들을 한껏 들뜨게 했다.

신문 사설들에는 기대한다는 글도 있었고, 몇몇 신문은 비난하는 글을 올리기도 했다. 또 퍼주기 병이 도졌다며 당할 걸 뻔히 알면서도 그따위 짓을 하느냐는 조롱 섞인 사설도 있었다.

장훈은 으레 그럴 줄 알았으면서도 은근히 부아가 났다.

"그러면 그렇지, 그 타령 쯧쯧!"

장훈은 주한 미국대사관을 찾아가 북한을 다녀왔음을 설명했다. 내용이야 대변인이 발표한 그대로였지만 대사관을 나올 때 설움 비슷한 것이 올라왔다. 이렇게 꼭 보고를 해야 하나? 하는 탄식이 절로 나왔다.

국정원 원장을 만나 대변인의 발표내용을 좀 더 밀도 있게 설명하고 협조를 부탁했다.

장훈은 자신이 속해 있던 야당 대표도 만났고 국회의장도 만났다.

금강산 관광 관련 회사 대표들과 개성공단 철수 기업 대표단의 면담 요청을 받아들여 설명회도 열었다. 그들도 마음의 준비 정도는 하도록 해야 할 거 같았기 때문이었다. 100명이 넘는 기업 대표들과 기자들까지 장내는 제법 북적였다.

장훈이 단상에 올라 설명을 시작했다.

"오늘 이 자리에 오신 기업 대표님들께서는 큰 기대를 안고 오셨을 텐데 송구스럽게도 현재로서는 어떤 합의를 본 것이 없어 안타깝게 생각합니다. 그러나 다음번 방문 때는 좀 더 진전된 결과를 낼 수 있지 않을까? 하는 조심스러운 예상을 해봅니다. 북측의 반응이 상당히 긍정적이었기 때문에 드리는 말씀입니다. 모든 현안 중에서 금강산 관광 문제와 개성공단 재개 문제를 최우선으로 합의를 보려고 합니다. 어느 정도 얘기가 진전되면 여기 계시는 대표님들께서 대표단을 구성하여 협상에 직접은 어렵겠지만, 간접이라도 참여하실 수 있게 하려고 합니다. 이상입니다. 질문 있으시면 받겠습니다."

대표단 중 두 명이 손을 들었고, 기자들 중에서는 여러 명이 손을 들었다.

장훈은 대표단의 두 명 중 한 명을 지목했다. 지목받은 사람은 일어나 준비해온 글을 읽었다. 간절함이 바로 느껴졌다.

"개성공단에서 봉제업을 하던 김충선입니다. 갑작스럽게 개성공단 철수 발표를 한 후 정부에서는 충분히 보상하겠다고 했는데 눈곱만큼 보상하곤 지금껏 아무것도 없었습니다. 123개의 입주기업 가운데 도산한 업체도 많고 완전 휴업 상태에 있는 기업도 많습니다. 그동안에도 가끔 공단 재개 운운하는 얘기도 있었지만 근래 들어서는 그마저도 없었습니다. 이제 전임 대통령님께서 직접 북한에 가셔서 협상하신다니 이보다 반가울 수가 없습니다. 꼭 협상이 잘 돼서 다시 공장을 돌릴 수 있기를 학수고대하겠습니다. 대통령님 감사합니다."

"네, 잘 알겠습니다. 질문이 아니시고 격려해주셨습니다. 질문은 없으신가요?"

조금 전 손을 들었던 대표단 중 다른 한 명이 다시 손을 들었다. 아주 직설적인 질문이었다.

"언제쯤 개성공단을 가동할 수 있을까요?"

장훈은 곤혹스러웠다. 장담할 수 없는 상태에서 뭐라 답하겠는가.

"확답을 못 드려 죄송합니다. 다만 최선을 다해 노력할 것이며… 며칠 후 다시 북한을 방문합니다. 성원해주시고 기다려 주십시오. 또 다른 질문… 앞에 계시는 기자님 질문하세요."

지목받은 기자는 일어나 당당하게 질문했다.

"《독립일보》 정진영 기자입니다. 전임 대통령으로서 북한을 방문하셔서 김주형 위원장을 만나 금강산 관광 재개와 개성공단 재개 등의 문제들을 논의하고 오셨다고 하셨는데 금강산이나 개성공단 문제들은 이미 부작용이 커서 중단된 것인데 이것을 다시 시작한다는 건 그 부작용들이 다 해소되었다고 판단하신 겁니까?"

이 기자의 질문엔 다분히 의도가 있어 보였다. 장훈은 잠시 망설여졌지만, 질문엔 답해야 했다. 대충 얼버무려서는 안 된다.

"정 기자님, 그 부작용이란 게 어떤 걸 말씀하는 겁니까?"

장훈도 다분히 의도를 갖고 되물은 것이다. 기자는 당황하지 않고 그 정도쯤이야 하듯이 큰 소리로 말했다.

"막대한 돈이 북한 정권으로 흘러 들어가는데도 관광객을 쏴 죽인다든가, 서울 불바다 운운하면서 툭하면 미사일을 쏘아 대고 협박까지 하잖습니까?"

바로 받았다.

"네, 그런 일이 있었지요. …그러면 좀 지나간 일들이지만 하나씩 살펴봅시다. 먼저 금강산 관광이 중단된 이유부터 살펴봅시다. 우리 국민 박ㅇㅇ 씨가 북한 초병에 총을 맞고 사망한 사건이 발단된 건데 북한 초병이 멀쩡히 관광을 잘하고 있는 남한 국민을 쏜 건 아니고 박ㅇㅇ 씨가 당일 새벽 5시경에 개방이 허용된 해수욕장을 지나 관광통제선 넘어 북한군 군사지역으로 들어갔다가 북한 초병의 총격으로 사망한 사건입니다. 여기까지는 확인된 사실이고요. 자 이제 시간이 좀 지났으니, 감정적으로 생각지 말고 이성적으로 판단해보자고요. 이 사건의 책임을 어느 한쪽만 잘못했다고 탓할 수 있는 건가요? 우리 남측 사람이 사망했으니 북측이 무조건 잘못이라고 할 수 있나요? 우리 측도 잘못이 있잖아요. 그 새벽에 관광통제선을 넘어 군사지역으로 들어간 것, 그것이 실수로 들어갔다고 해도 잘못은 잘못이잖아요. 북한도 마찬가지로 실수로 넘어온 관광객인지 아닌지 제대로 확인도 하지 않고 총을 쐈으니…. 비록 군사지역이라고 하지만 인근에 관광객이 많다는 건 알고 있었을 텐데…. 자 그러면 어떻게 해야 합니까? 서로 잘못을 인정하고 다시는 그런 일이 일어나지 않도록 우리 관광객들에겐 좀 더 세밀한 사전교육이 필요할 거고요, 북한도 경계 초병들 교육을 제대로 해서 그런 참사가 일어나지 않도록 해야지요. 분단 50년 만에 아주아주 어렵게 겨우겨우 만들어 10년을 이어온 남북 관광길을 덜컥 막아버려야 했습니까? 전임 대통령들과 정주영 회장의 노력으로 어렵사리 길을 튼 것이고 10년을 이어온 것인데….”

장훈은 잠시 말을 멈추고 망설이는 듯하다가 모두를 휘둘러보고 낮은 목소리로 말했다.

“막아버린 그 대통령이… 자신의 임기에 자신의 노력으로 직접 튼 길이라면… 그래도 막아버리는 결정을 했을까요? 아주 잘못된 결정입니다. 그래서 이제라도 대화로 전보다 나은 관광길을 만들어보려고 하는 겁니다. 되고 안 되고는 대화를 해봐야 알겠지요. 다음은 개성공단 재개 문제인데… 기자님, 개성공단의 문제점들을 알고 계십니까? 아는 대로 말씀해보세요.”

기자는 의외의 질문에 당황한 듯했으나 베테랑답게 침착하게 말했다.

"아까도 말씀드린 대로 막대한 돈이 북한 정권으로 들어가 핵이나 미사일 개발에 사용되지 않나 하는 의구심이 들고요, 지금도 툭하면 신형미사일 개발에 성공했다며 쏘아 대고 있잖습니까? 올해만 해도 벌써 여러 번 쏘았고요."

"미사일 얘기부터 할까요? 기자님! 우리는 미사일 개발 안 하고 안 쏠까요? 우리는 개발도 안 하고 쏘지도 않는데 일방적으로 북한만 개발하고 쏘고 합니까? 대답해보세요."

"……."

"제가 대통령 자리에 있었을 때는 할 수 없었던 말들을 지금은 조금 편한 마음으로 하고 있습니다. 이해하실 줄 믿습니다. 북한이 핵실험을 하고 미사일도 쏘고 하니까 개성공단을 철수했다고 하는데…. 철수하고 났더니 북한이 핵실험도 안 하고 미사일도 안 쐈습니까? 개성공단도 철수시킨 대통령 자신이 노력해서 만든 것이라면 그렇게 쉽게 철수 결정을 했을까요? 어떤 일을 결정할 때 감정에 치우치면 그 결과가 좋게 나올 수가 없습니다. 어렵겠지만 다시 협상해보려고 합니다. 남과 북 모두에게 이익이 되는 방향으로 하는데 우리 측 요구 조건을 구체적으로 할 겁니다. 안 되면 안 하면 됩니다. 우리의 요구 조건은 첫째는 공단 사업에 관계된 인원은 출입이 자유로워야 하며, 둘째는 인력 수급에 대하여 철저한 준비가 돼 있어야 하고, 셋째는 인터넷, 핸드폰 등을 정상적으로 사용할 수 있어서 국제 전화를 쓸 필요가 없게 해야 하고, 넷째는 인력 채용 시 면접 후 적절한 인력만 채용 결정할 수 있어야 하고, 다섯째는 작업지시를 직원에게 직접 할 수 있도록 해야 하고, 여섯째는 공단 주위에 북한군 집총 보초로 공포 분위기 조성은 안 된다는 등이 북한이 개선할 문제이고… 우리 정부도 입주업체를 적극적으로 도와줘야 합니다. 이런 문제들이 잘 해결되면 외국기업도 입주할 수 있을 겁니다. 지난번의 실패를 반면교사로 삼아 협상해보려고 합니다. 조금 전에도 말했지만 안 되면 안 하면 되는 거고요."

  장훈의 이날 기자 회견은 언론과 정치권을 강타했다.
  늘 북을 악으로만 간주하던 언론매체는 기사도, 칼럼도, 사설도, 허장훈 전임 대통령 발언은 정신이 혼미해진 사람의 발언이라고 매도했다.
  반대하는 논객과 정객들도 개탄스러운 일이라고 한마디씩 거들었다.
  찬동하는 언론매체와 논객들은 마땅히 할 만한 말을 했으며 앞으로의 일이 기대된다고 했다.
  장훈은 나름 만족했다. 이제 다시 북한을 다녀와야 할 조건이 만들어졌다고 판단했다.

6

평양, 벙커에서

관영은 위원장의 부름을 기다렸다.

사흘, 나흘이 지나도 소식이 없자 이건 다분히 의도가 있는 지연술이라고 판단되었다. 따라서 위원장의 심중에 그만큼 비중 있게 자리하고 있다는 건, 불리하지 않다고 판단되어 느긋하게 기다리기로 작정했다. 오히려 좋은 징조라고 판단했다.

엿새째 되는 날 저녁, 드디어 위원장의 부름이 있었다.

관영은 몸과 마음이 요동치며 드디어 때가 됐음을 가슴 뻐근하도록 느꼈다.

드디어 결전이다.

✦　✦　✦

"제가 요즘 며칠 건강이 좋지 않아서 좀 늦었습니다. 이젠 괜찮아졌습니다. 하하하!"

위원장은 실제 건강이 좋아 보이지 않았지만, 호탕하게 웃음으로 맞았다. 단둘만의 식사였다. 반주도 조금씩 했다.

"정 의원님, 그동안 백화원에만 계셨습니까? 이제 평양 시내도 돌아보시지요. 서울만은 못하겠지만 한 번 돌아보세요."

"네, 그러겠습니다. 오늘 위원장님 뵙고 난 다음 평양도 돌아보고, 북조선 전체도 돌아보고 싶습니다. 위원장님께서 허락하시면 몇 년 동안이라도 있으면서 북녘땅을 찬찬히 돌아보고 싶습니다."

"그게 뭐 어렵겠습니까? 교통이 남조선보다 못해서 불편하시겠지만 돌아보시지요."

"우리 남측엔 대통령이 되려는 사람은 전국을 돌아보는 게 이제 당연한 일이 되었습니다. 허장훈 대통령은 후보가 되기 전에 9개월 동안 전국을 돌아보았고, 지금 김경희 대통령은 1년 6개월 동안 전국을 돌아보았습니다. 한 나라의 대통령이 될 사람이 나라가 어떻게 생겼고, 어떤 사람들이 어떤 삶을 살고 있으며 무슨 생각들을 하고 있는가를 알아보는 거죠."

"아! 전국을…."

위원장이 고개를 끄덕이다가 문득 지나가듯 물었다.

"김경희 대통령은 어떤 사람입니까?"

관영은 위원장이 알고 싶은 것이 무엇인지 알고 있었기에 바로 답했다.

"배구 선수 출신으로 키가 182cm나 됩니다. 운동선수답게 마음이 열린 사람입니다. 정치인으로서 때가 묻지 않았고 자기주장보다

남의 말을 잘 경청합니다. 나라의 미래를 예측하는 일에 많은 시간과 열정을 쏟고 그것에 대비하려고 합니다. 머잖아 토지 공개념 제도의 기초를 마련하기 위한 국민투표가 있을 겁니다. 지금 남한에서는 땅 투기가 극성이고, 부동산 문제가 심각하거든요."

위원장은 관영의 말을 고개를 끄덕이며 집중해 듣는 듯하더니 갑자기 방향을 바꿔 말했다.

"이제 자리를 옮깁시다."

위원장의 관심사는 따로 있었기 때문이리라.

위원장이 앞섰다. 관영이 위원장의 뒤를 따라가는데 위원장이 멈춰서 기다렸다가 관영이 옆으로 나란히 걷기를 손짓으로 권했다.

만찬장을 나서서 안으로 몇 번 방향을 바꾸며 한참을 갔다.

말없이 걷기만 하던 위원장이 손짓으로 가리키며 말했다.

"저기가 내 방입니다."

"아! 네."

관영은 이제 곧 위원장의 집무실에 들어가면 오랫동안 계획하고 준비했던 폭탄을 터뜨려야 한다는 중압감이 밀려왔다.

위원장의 집무실은 널찍했고, 푹신한 양탄자 바닥에 갈색의 거창한 소파가 눈에 띄었고, 육중한 흑갈색 책상, 그 뒷벽과 한쪽 벽은 전체가 책장으로 책이 빈틈없이 꽂혀 있었다.

위원장은 책상 쪽으로 가며 따라오라고 연거푸 손짓했다.

관영은 목적지에 왔다고 판단했었기에 망설이는데 위원장이 자기 책상 의자에 앉지 않고 벽을 장식하고 있던 책장 앞에 서서 무언가 만지는 듯하더니 책장이 옆으로 스르르 밀려나며 문이 나타났다.

위원장이 뒤돌아 관영을 보며 이리 오라고 손짓했다.

관영은 잠시 망연했지만 속으로 '아! 비밀장소' 하곤 고개를 끄덕이며 다가갔다. 나타난 문은 엘리베이터 문이었다. '아, 지하 벙커구나' 하고 알아챘을 때 문이 열렸다.

한참을 내려갔다.

관영의 머릿속은 몇 가지 생각들이 거의 동시에 엉킨 채 떠올라 침묵을 지켰다.

위원장이 자랑하고 싶었던지 관영을 보며 말했다.

"지하 220m까지 내려갑니다."

"와—아!"

관영은 놀라움을 감추지 못하는 한편 '그럼 청와대 벙커는?' 하는 생각이 퍼뜩 떠올랐다.

엘리베이터가 멈췄다.

"한 번 더 갈아타야 합니다. 이거 만들 때만 해도 220m짜리가 없어서…."

"와—아!"

관영은 또 한 번 놀랐다.

두 번째 엘리베이터가 내려가기를 멈추자 비로소 목적지 바닥에 닿았음을 감지했다.

220m 지하라고 하는데 밝기나 숨쉬기가 별 느낌이 없었다. 그냥 커다란 건물의 실내 모습 그대로였다. 조명과 환기를 어떻게 한 건지 모르겠으나 그랬다.

관영은 잠시 후의 일들에 대한 압박감 속에서도 여러 가지로 궁금했으나 침묵을 지켰다.

앞서가던 위원장이 돌아서서 환하게 웃으며 큰 소리로 말했다.

"여기서 1년은 지낼 수 있습니다. 그럴 일이 없겠지만… 하하하!"

"아! 네―에."

관영은 실제로 놀라기도 했지만 조금은 과장해서 답했다.

저녁 만찬 후 위원장 집무실부터는 사람을 단 한 명도 볼 수 없었다. 이곳에서도 마찬가지로 적막감에 조금은 으스스했다. 이리저리 방향을 바꿔 도착한 곳은 큼직한 거실 같은 곳이었다.

위원장이 한쪽에 있는 옷장 같은 곳에서 타월 천으로 된 가운을 꺼내 내밀며 친근하게 말했다.

"정 의원님, 우리 이렇게 된 거 아예 옷 벗고 제대로 얘기해 봅시다. 여기 물 좋아요."

"예? 물이요…?"

관영은 아연했다. 그러고 보니 유리문 안쪽으로 욕탕이 보였다.

"남자답게 발가벗고 제대로 붙어보자는 겁니다. 내 이 시간을 많이 참고 기다리면서 어떻게 하면 제대로 된 얘기를 할 수 있을까 고심 많이 했습니다. 벗고 들어갑시다."

위원장이 옷을 벗기 시작하자 관영은 너무나 파격적 상황에 주춤거릴 수밖에 없었다.

한 방 맞았다고 생각하다가 그게 아니라 위원장이 내게 무언가 큰 기대를 하고 있다는 결론에 이르자 다시금 가슴이 뻐근해졌다.

이렇게 비밀스러운 곳을 노출까지 해가며 굳이 내 말을 듣겠다는 것이다. 어쭙잖은 내용으론 안 된다는 얘기다. 엉뚱한 내용은 위원장의 분노와 경멸을 받게 될 것이다.

위원장이 옷을 벗어 바닥에 널브러뜨려 놓은 채 욕실로 들어가는데 뒷모습이 가관이다. 보기에 불편할 정도로 대단한 비만이다.

저 미웁스럽도록 비대한 몸의 소유자를 온 인민들이 하늘이 내려주신 백두혈통으로 위대한 지도자로 추앙하고 있다니 터무니없는 괴리감을 느끼게 했다. 이 해괴한 상황이 꿈인 양 느껴져 묘한 상념에 전의가 사그라드는 것을 느꼈다.

관영은 이내 마음을 다잡고 옷을 벗어 차근차근 정돈하고 팬티만 입은 채 나무로 된 평상에 앉아 생각에 빠졌다.

'이게 무슨 상황이지? 하―참!'

한참을 그렇게 주저앉아 있었다.

그때 안에서 큰 소리가 들려왔다.

"뭐 합니까? 빨리 들어오세요. 좋습니다."

관영이 반사적으로 일어섰다.

아무 생각 없이 팬티를 벗고 욕실 입구에 비치돼있는 수건 한 장을 꺼내 앞을 가리고 욕실 문을 열고 들어갔다. 훈기가 훅하고 덮쳐왔다.

위원장이 김이 피어오르는 물 위로 상반신만 내놓고 환하게 웃으며 맞았다.

"하하하! 정 의원님, 몸 좋습니다."

관영은 얼결에 대꾸 타임을 놓쳐 바로 샤워실로 들어가 물을 받으며 또 생각에 잠겼다.

'이제부터… 샤워실을 나가면… 그다음엔….'

샤워를 마냥 하고 있을 순 없다.

부닥치면 되게 돼있다. 부닥치자. 마음을 다잡았다.

이번엔 수건으로 가리지 않고 당당하게 걸어 위원장이 들어앉아 있는 욕탕으로 들어가 물이 목까지 차도록 몸을 낮춰 앉았다. 물의 느낌은 부드러웠고 적당히 따뜻했다.

"정 의원님, 제가 한마디 하면… 여기 욕탕에 나 말고 들어온 사람은 정 의원님이 처음입니다. 생각해보시오. 누가 나하고 같이 발가벗고 목욕하겠습니까?"

"아! 그런가요? 영광입니다. 하하하!"

"영광은 아니고요, 모두 나를 어려워하고 가까이 오지 못합니다. 제가 왜 이곳으로 장소를 택했는지 아시겠습니까?"

"글쎄요… 그냥 말씀해보시죠."

"그러죠. 지금 여기 2천 평이 넘는 지하 전체에 우리 둘뿐입니다. 아무도 없어요. 그리고 우린 벌거벗고 욕탕에 들어앉아 있잖습니까? 다시 말해서 우리 말을 우리 자신 외엔 누구도 들을 수도 없고, 누구도 녹취를 못 한단 말입니다. 정 의원님도 나도 맨몸이라 서로 몰래 녹취를 못 할 것 아닙니까? 그러니 마음 놓고 말씀해보시라고요."

관영은 위원장의 의도를 확실히 알았다.

지하 벙커로 온 것은 짐작했었지만 욕탕에 벌거벗고 들어온 것은, 아닌 게 아니라 의아했었다. 해명을 들은 셈이다.

"아! 그러셨군요. 제가 녹취라도 할 것 같았습니까? 하하하! 그렇게 생각하시는 것도… 있을 수 있는 일이긴 하네요. 여하튼 좋네요. 제가 오늘 좀 과한 말씀도 드려야 하는데 괜찮으시겠습니까? 과한 정도가 아니라 심한 말씀이 될 수도 있습니다."

말소리가 울려 관영 자신의 말끄트머리가 들렸다.

"그런 거 같아서 여기로 온 겁니다."

"듣기에 따라서는 몹시 불쾌하실 수도 있을 텐데, 괜찮으시겠습니까? 말소리가 울려서…."

"일단 들어 봐야… 말소리가 울리네. 계속 물속에서 하긴 그러니까 탕에서 나가 가운 입고 얘기해봅시다. 나갑시다."

위원장이 몸을 일으켜 탕을 나가는데 뒷모습이 역시 가관이다. 관영은 다시 한번 회의를 느끼며 일어섰다.

둘은 물기를 닦고 가운을 입었다. 그리고 탁자도 없이 서로 마주 놓여 있는 두 개의 똑같은 회전의자에 자리를 잡았다. 미리 그렇게 의자를 배치해놓은 것이 분명했다.

앉자마자 위원장이 선수를 치듯 말했다.

"자! 이제 얘기해보시지요."

관영은 고개를 끄덕이며 마음을 다잡았다.

처음부터 제대로 된 직구를 던져야 한다. 망설이면 안 된다.

"그러죠. …제가 대통령 자리를 양보한 이유를 말씀드려야겠지요. 한마디로 무서웠기 때문입니다. 저라는 사람이 대통령으로서 한 나라를 이끌어갈 능력이 안 된다는 거를 알았기 때문입니다. … 대통령이 되는 것은 거의 확실했지만, 제 능력이 어림도 없다는 판단을 한 겁니다. 한 나라를 앞서서 이끌어 가진 못하더라도 전체적인 관리라도 해야 하는데 그것도 자신이 없었습니다. 각 분야에 능통한 인물을 배치해서 경영하면 될 거 같아도, 그것도 뭘 알아야 적절한 인재를 고르죠. …처음에는 할 수 있을 것 같아서 도전했었는데 정치권에 들어가서 상황을 조금씩 알아가면서 깨닫게 됐습니다. 내 능력으로는 안 되겠구나 판단되더라고요. 능력은 안 되더라도 할 순 있죠, 나라 망치는 것을 감수하고 탄핵을 각오한다면 말입니다. 정치가 무서웠고, 언론이 무서웠고, 국민이 무서웠습니다."

관영이 잠시 말을 끊고 위원장 눈과 정면으로 부딪쳤다.

위원장 눈썹이 움찔하더니 퉁명스럽게 뱉듯이 말했다.

"지금 저더러 능력이 있어 이 자리에 있느냐, 묻는 거지요?"

관영은 위원장의 직설이 마음에 들었다. 예상했었던 반응보다 더 센 직설이다.

위원장으로서는 발칙한 도발로 여길 만한 내용 아닌가?

"어디까지나 저 자신의 능력을 말하는 거지만… 이런 이야기를 위원장님이 아닌 다른 사람들과 함께 있을 때 하게 되면 위원장님이 불편하실 테니까 단둘이 말할 기회를 얻으려 했던 겁니다. 이제 이렇게 얘기가 시작되었으니 좀 더 할까요?"

위원장이 분노를 느끼고 있는 게 분명했다. 입을 앙다물고 관영을 쏘아보며 숨을 고르고 있다. 금방이라도 폭발할 듯한 표정이다.

관영도 예상했었지만, 적잖이 당황했다.

팽팽한 침묵이 이어졌다.

그렇게 족히 30초쯤 지났을까, 위원장이 쿵 내려놓듯이 말했다.

"나를… 통치 능력이 없다고… 그렇게 본 겁니까?"

밀리면 안 된다고 얼마나 다짐했던가?

마치 기다렸다는 듯이 시뮬레이션대로 바로 쐈다.

"직접 판단해보시죠, 저한테 묻지 마시고. 제가 저를 그렇게 판단했듯이 위원장님도 직접 자신을 판단해보십시오."

위원장 눈이 더욱 광채를 띠었다. 분노가 절정에 이른 거 같았다.

화를 참느라 말이 갈라져 더듬거렸다.

"이만하면…! 뭐… 뭐가 문제입니까?"

관영도 화가 치밀었다. 바로 치받았다.

"이만하면 이라고요? 정말 북조선이 이만하면 괜찮다고 생각하십니까? 제가 판단하기에는 아닌 거 같은데요."

관영의 공세에 위원장이 놀란 기색이다.

"우리 공화국 경제가 좀 안 좋긴 하지만… 그건 미국놈들 때문에 그런 거고…."

부드럽게 하고 싶었으나 그게 안 되었다. 재차 야무지게 치받았다.

"좀 안 좋은 정도라고요? 좀 안 좋은 정도가 아니라 전 세계에서 거의… 많이 안 좋은 거로 아는데요."

위원장의 동공이 흔들렸다.

"전 세계에서? 거의… 거의 뭐… 꼴등이라는 겁니까?"

고개를 천천히 끄덕이며 치받았다.

"맞습니다. 거의… 인정하시기 어려우시지요, 위원장님! 무섭지 않습니까? …평양시민만 잘 다독거리면 문제없다고 생각하십니까?

평양 밖 지방 인민들은 살림살이가 아프리카에 있는 나라들보다도 못하다는 것 모르십니까? 아시면서 모른 척하시는 것 아닙니까?"

위원장 눈에 힘이 들어가고 얼굴이 벌게져 소리쳤다.

"뭐요? 지금… 아니… 이런! 뭘 안다고… 지방엘 가보기나 하고 하는 얘기요?"

"아니요, 가본 적 없어요. 탈북민들이 증언합니다. 살기가 너무 힘들어서 국경을 넘어 중국으로 탈출한 사람이 얼마나 되는지 아십니까?"

"탈북민? 그… 남측이 꾸민 엉터리 얘기? 그따위 말을 갖고…."

"엉터리 얘기라고요? 중국으로 탈출했다가 남쪽으로 온 사람만 3만 5천 명이나 되는데 엉터리라고요?"

관영은 마음을 가라앉히고 싶었지만, 뜻대로 되지 않았다.

위원장은 관영을 노려보다가 오른쪽 주먹으로 의자 팔걸이를 탁탁 내려치며 소리쳤다.

"3만 5천 명이라고? 말도 안 되는 소리 때려치우시오!"

위원장이 벌떡 일어나다 멈칫하더니 다시 주저앉았다.

숨소리가 예사롭지 않았다.

관영은 여기에서 끝나면 안 된다는 생각이 퍼뜩 들어 얼른 말했다.

"이제 다른 얘기를 하고 싶은데요. 제가 할 말이 많거든요."

"듣기 싫습니다. 그따위 엉터리 같은 소리만 늘어놓을 거면 때려치웁시다."

"엉터리가 아닌 진실인 걸 아시니까 겁이 난 것 아닙니까?"

관영이 한마디도 지지 않고 꼬박꼬박 반박하자 위원장이 어이없다는 듯 노려보며 입을 앙다물었다. 관영도 피하지 않고 마주 보았다.

위원장이 무언가 한참 생각하는 듯하더니 뱉어내듯 말했다.

"무섭긴… 뭐가 무섭다는 겁니까? 해보시오! 다 해보시오."

잠시 뜸을 들이다가 차분하게 말했다.

"위원장님 선친의 장례식 때 위원장님의 표정을 TV 화면으로 보았습니다. 겁에 질린 표정이 역력했습니다. …제가 잘못 본 겁니까?"

위원장의 눈이 튀어나올 듯이 노려보다가 퉁명스럽게 내뱉었다.

"겁? …장례식 때? 겁은 무슨? 그냥 묻지 말고 다 해보시오."

"그때 저는, 저 사람도 몹시 무서워 떨고 있구나. 나이도 어린 저 사람은 자리를 양보할 수도 없고 그냥 그 자리에 앉아야 하니 얼마나 무서울까? 안타까웠습니다. …저는 무서워서 양보했잖습니까? 그런데 여기에서 짚고 넘어가야 할 것은, 제가 무섭다는 것과 위원장님이 무서워한 거는 다른 의미일 겁니다. 제가 무서워한 것은 저 자신의 능력이 모자람을 알고 무서워한 거고, 위원장님이 무서워한 것은 능력 문제도 있지만 그보다는 자신의 신변에 위협을 느끼고 있다는 것입니다. 누군가 반기를 들고… 총 들고 들이닥치지 않을까, 하는 두려움이었을 겁니다. 제 판단이 틀렸습니까?"

관영의 말은 냉혹했다.

위원장은 마땅한 댓거리를 찾지 못했다.

"내가 무서워서 떨었다고? …내가? 묻지 말고 계속하시오."

위원장의 말소리가 현저히 낮아졌다.

관영도 한숨 돌리고 톤을 낮춰서 이어갔다.

"이제 또 방향을 바꿔서 진전시켜 보겠습니다. 위원장님, 저번에 얘기했던 대로 남과 북, 즉 우리끼리 잘 합의해서 핵을 보유한 채 통일된다고 하면 어떤 형태로 통일이 돼야 한다고 생각하십니까? 예를 들자면 한민족공동체 통일이 있고 연방제 통일이 있는데 어떤 형태가 돼야 한다고 생각하십니까? 즉 처음부터 하나의 정부를 탄생시키느냐 아니면 과도기 체제인 연방제로 시작할 거냐입니다."

"그딴 거… 그냥 하고 싶은 말, 다 해보라고요. 자꾸 묻지 말고…."

위원장이 부쩍 짜증 섞인 말투다. 당연하다고 생각했다.

"이런 이야기는 서로의 의견을 주고받고 확인하면서 진척시켜야 합니다. 그래야만 결론에 도달할 수 있는데 저더러 일방적으로 하라시면… 해보죠. 인간은 미래를 상상할 줄 알기에 불안해합니다. 그래서 그에 대하여 생각하는 능력을 키워 왔습니다. 그런 의미에서 과거 남북의 모습과 현재의 남북 모습을 기반으로 미래를 예측해보는 것도 의미가 있다고 봅니다. 지금부터 50년 전 그러니까 1970년대 초만 해도 북쪽이 남쪽보다 국민소득이 두 배 정도 높았습니다. 그러다가 70년대 중반부터 역전되더니 점점 차이가 벌어져서 지금은 남한이 국가 전체적으로는 54배, 1인당 국민소득은 27배입니다. 믿기 어렵고 마음 상할 만하시지만 엄연한…."

위원장이 얼결에 치고 들어왔다.

"누가 그따위 엉터리 숫자를… 마음 상하다니, …그게 뭐! 50 몇 배? …좀 낫다는 거는 알고 있지만 그따위 엉터리 숫자놀이 갖고…."

위원장이 흥분했으나 목소리는 그리 크지 않았고 몸짓도 별로 없었다. 관영은 여기서 밀리면 안 된다는 걸 그동안 머릿속 시뮬레이션을 통해서 알고 있었다.

"그 숫자가 틀렸다고 해도 아주 전혀 근거가 없는 허무맹랑한 숫자는 아니라는 건 아실 겁니다. 여하튼 현재 상황으로 볼 때 10년 후 남과 북의 경제 차이가 어떻게 될까요? 아마도 더 벌어질 겁니다. 훨씬⋯."

위원장의 표정이 험악해졌다.

무언가 말을 할 듯하다가 한숨을 내뿜는 것으로 대신했다.

다독여야 했다.

"좀 다른 얘기입니다. 제가 여기 북쪽에 혼자 남아있는 것은 위원장님의 의심을 풀어드리기 위해 자발적인 볼모로 있는 것입니다. 저는 볼모라 아무런 저항 능력이 없습니다. 위원장님의 결단에 따라서 죽을 수도 있다는 것을 압니다. 그러나 그전에 죽음을 각오하고 진실을 얘기하자. 진실이야말로 가장 가까운 길이요, 확실한 길이다. 그래서 지금까지 그 누구도 위원장님 앞에서 하지 못하던 말을 하는 겁니다. 국무위원들이나 인민들까지 위원장님을 위대하시고 영명하시며 하늘이 내린 천재라고 추앙하더라고요. 열정적인 몸짓으로 표현하던데⋯ 위원장님께서는 그게 진심에서 우러나온 말과 행위라고 생각하십니까? ⋯어릴 적부터 집중적이고 반복적인 세뇌 교육의 결과 아닙니까? 그렇게 몸짓으로 호들갑을 떨어야만 충성을 의심받지 않기 때문에 그러는 거 아닐까요?"

위원장의 표정이 묘해졌다. 종잡을 수 없는 표정이다.

관영 자신도 지금 이 형국이 유리한지 불리한지 판단이 되지 않았다. 여하튼 할 말은 다 하자는 생각으로 말을 이어갔다.

"남쪽에서는 그걸 보고 어이없어 하며 비웃고 있다는 거 아십니까? 전 세계적인 비웃음거리로 해외토픽에도 등장했었는데 모르셨나요? 위원장님도 그런 광적인 광경을 처음 맞닥뜨릴 때 솔직히 어색하고 난처하고 무서웠지요? 지금이야 그런 광경이 자주 있다 보니 지금은 어느 정도 그러려니 해졌고요. 또 다른 이야기를 해보겠습니다. 우리 인간은 상상할 줄 알기에 모든 인간은 불안해합니다. 위원장님도 겉으론 표현 못 하시지만 많이 불안하실 겁니다. 남쪽은 선진국이 되었다는데… 이대로 가다 보면 점점 더 차이가 벌어질 텐데, 이 나라의 미래는 어떻게 될까? 나의 미래는… 그리고 내 아내와 아이들의 미래는…. 그만할까요, 아니면 잠깐 쉴까요? 다음에….."

위원장의 표정을 살피던 관영은 여기에서 멈춰야겠다고 판단했다. 그만큼 위원장의 얼굴이 위험하리만치 붉어졌다가 서서히 다시 하얘졌다.

갑자기 눈에 정기가 사라져 허공을 보는 거 같았다.

여몄던 가운이 앞이 벌어졌는데도 여밀 힘도 없는 듯 고개를 뒤로 젖히고 눈을 감은 채 그냥 널브러지듯 앉아있다. 한참을 그 상태를 유지했다.

충격이 대단했음을 여지없이 보여주는 모양새다.

관영은 자신의 말이 큰 충격을 줄 것이고 그래야만 된다고 믿었었으나 이젠 더럭 겁이 났다. 오늘을 얼마나 기다렸던가? 그런데 준비한 말을 다 하지 못하고 멈춰야 하는 사태가 온 듯해서 난감했다.

그 상태로 족히 5, 6분 지났을 무렵 위원장이 고개를 들었다.

"정 의원님… 하던 말씀 계속해보세요."

착 가라앉은 목소리다.

"예? 무슨… 다음에 하시죠."

"이제 괜찮아졌으니 마저 해보세요. 하고 싶은 말이 더 있을 거 아닙니까?"

위원장의 말소리는 또렷하고 분명했다.

"있어도 그렇지요. 다음에… 하시지요?"

"다음이 어디 있어요? …마저 하세요."

위원장은 단호했다.

관영은 진퇴양난에 빠졌다. 이러지도 저러지도 못하고 머릿속이 복잡했다. 더 했다가 진짜 곤욕을 치를 수도 있다고 생각하니 섣불리 결정할 수가 없었다.

"더 할 얘기가 없는 겁니까? 제 상태가 걱정돼서 그렇다면… 이젠 걱정 안 해도 되니까 말씀해보세요."

위원장이 의외로 차분하게 윽박지르듯 독촉했다.

꺼림칙했지만 관영이 마냥 피할 수만은 없게 됐다.

잠시 생각 끝에 결단할 수밖에 없었다.

"알겠습니다. 마저 해보겠습니다. …그럼 이제 통일을 합의하고 난 다음 상황을 같이 생각해보자고요. 저는 다시 한번 말씀드리지만, 국민 또는 인민 모두에게 좋은 방향으로 해야 하는 거를 원칙으로 삼고 해야 한다고 생각합니다. 하지만 국민 또는 인민 모두가 좋게 하려면 상황에 따라서는 누군가는 손해를 볼 수도 있다고 생각하고 그 손해라는 건 권력이나 생명이 될 수도 있다는 겁니다. 그게 위원장님 자신일 수도 있습니다. 괜찮으시겠습니까?"

"묻지 마시고… 권력이나 생명? 그게 구체적으로…."

"어떤 형태로든 통일이 됐을 때… 한민족공동체 통일, 즉 하나의 정부 형태로 통일됐을 때 위원장님의 신분은 어떻게 돼야 한다고 생각하시는지 또 연방제로 통일됐을 때는 어떤 신분이어야 되는지 생각해보셨어요? 아! 묻지 말라셨지. …여하튼 한민족공동체 통일엔 하나의 정부, 한 명의 대통령이든 위원장이든 한 명의 통치자가 있어야 하는데 위원장님이 할 수 있겠는지요? 또 연방제 통일됐을 때라도 이 북쪽의 통치자 역할을 계속할 수 있으시겠는지요?"

위원장이 자세를 바로 하며 한숨을 쉬며 말했다.

"계속—해보시오."

"위원장님! …핵무기가 인민을 행복하게 합니까? 도대체 핵무기를 어디에 사용하실 생각입니까? 같은 민족인 남측 동포에게 쏠 수 있습니까? 아니면… 미국 본토까지 날아갈 수 있다고 하는데 그렇다고 미국과 정말 맞짱 뜰 수 있습니까? 세계 제1의 경제 대국이며 군사 대국인데 상대가 되겠습니까? 땅덩어리로 쳐도 수십 배나 되고 인구도 열세 배나 됩니다. 게다가 막강한 동맹국은 얼마나 많습니까? 아예 '우리는 죽어도 좋다. 너희도 얼마만큼은 피해를 감수해야 할 거다.'라는 식으로 전쟁할 순 없는 것 아닙니까?"

머릿속에서만 웅크리고 있던 말이 무엇에 취한 듯 쏟아지는 자신의 말이 확신에 차 있다는 것을 스스로 느꼈다.

위원장의 표정도 수긍하는 듯한 느낌이 들 정도로 처연했다.

최후의 일격만이 남았다.

입술을 천천히 빨고 나서 톤을 낮춰 망설임 없이 내질렀다.

"위원장님! 이제 진짜 본 말씀을 드리겠습니다. 진심으로 권면해 드리는 말씀입니다. …위원장님! …남북, 북남 통일의 주역이 되십시오. 통일의 주역이 되셔서 통일을 이루고, 그런 다음 권좌에서 물러나서 평범하고 평온한 삶을 사십시오. 자제분들을 생각해서라도….."

순간, 위원장 표정이 돌변했다. 눈썹에 힘을 주고 입을 씰룩거리더니 잡아먹을 듯이 쏘아보며 소리쳤다.

"뭐… 뭐라고! 물러나라고? 당신이 뭔데… 죽고 싶어 환장했나? 듣자듣자 하니까 별 개떡 같은 소리를… 물러나라니… 이런—쌍!"

관영도 놀랐다. 차분히 잘 듣고 있길래 분위기가 잘 조성됐다고 판단하고 던졌던 회심의 일격이 엄청난 부메랑이 되어 해일로 돌아올 줄이야. 너무 쉽게 판단했던 자신이 한심스러웠다. 그러나 어쩌랴, 이미 뱉은 말인걸.

똑바로 마주 보며 침묵했다.

위원장이 분노를 못 이기겠는지 흥분해서 더듬거리며 소리쳤다.

"내가 그렇게 호락호락해 보였소? 물러나라니! 그게 나를 위한 거라고? …통일? 그딴 것 안 해도 상관없어요. 그까짓 통일이야 우리 핵 한 발이면 끝나는 거 모릅니까? 내가… 맘먹기 달렸다는 것 다 알지 않습니까? 남조선은… 내가 핵폭탄 날릴까 봐 쩔쩔매는 주제에… 그래서 여기 왔으면서… 하—아! 나더러 물러나라고… 죽고 싶소?"

자신도 모르게 바로 치받았다.

"죽고 싶냐고요? 죽이는 건… 마음대로 하시고요. 저는 볼모로
왔다고 했잖습니까? 죽는 것 두렵지 않습니다. 그까짓 권좌가 그렇
게 좋습니까? 혼자서 전 인민을 구렁텅이에 몰아넣으면서도 권좌가
좋다고요? 저 인민들이 무슨 죄입니까? 잘난 가문 하나 때문에 전
인민을 바보 천치로 만들었으면, 살림이라도 넉넉하게 만들어 줘야
지…."

관영은 자신도 모르게 큰소리가 터져 나오는 걸 자제할 수 없었
다. 이판사판의 심정이 되어 위원장이라는 권위 같은 건 의식하지
않고 들이댔다.

위원장이 화가 난 중에도 움찔거리는 표정을 보이다가 다시 소리
쳤다.

"무슨 정신 나간 소리를…! 물러나라니? 내가 왜? 전 인민을 내가
어쨌다고… 남조선과 미국만 아니면… 치! 내가 없으면 거저먹으려
고? 헛소리 그만하고…."

"남조선과 미국 때문이라고요? 핑계입니다. 허구한 날 전쟁물자
만 만드느라 망쳐놓고… 아닙니까? 그래 놓고서도 추앙하라고요?
뭘 잘했다고 추앙을 바랍니까? 부끄럽지도 않습니까? 전 세계에서
꼴찌인데…."

"그만!"

위원장이 소리치고 다음 말을 이어가려 할 때 관영이 가로채 소
리쳤다.

"그만이라고요? 뭘 그만둡니까? 맨날 추앙만 받다가 이런 소리 들으니 듣기 싫습니까?"

위원장이 어이가 없는지 눈을 크게 뜨고 노려보았다.

"안 무섭습니다. 통일의 주역이 된 다음 권좌에서 물러나 평안하게 살라는 게 뭐가 나쁩니까? 인민들… 2천6백만 인민들 생각 좀 하라고요. 위원장님 가문만 중요하고 2천6백만 인민은 안중에도 없습니까?"

관영은 지기 싫었다. 다음 일까지 걱정하기 싫었고, 이 자리에서 뭔가 해내지 않으면 안 된다는 생각밖에 들지 않았다.

어차피 엎질러졌고 주워 담을 수도 없다. 끝장을 봐야 한다.

"불안하지 않습니까? 나라가 이 지경이 됐는데도 불안하지 않습니까? 평양시민만 적당히 보살펴 주면 문제없을 거 같습니까? 평양 시민도 버거워서 강남군, 중화군, 상원군 그리고 승호 구역까지 떼어내어 황해북도로 편입시켰지 않았습니까? 다음은 또 어디를 떼어 낼 겁니까? 평양마저 이 지경인 데도 불안하지 않다고요?"

사실 이 정도 되면 위원장이 자리를 박차고 일어나 파장을 선언해야 마땅하다.

정수리 꼭대기까지 화가 치민 상태가 분명한데도 자리를 지키고 앉아있다. 어이가 없어서인지 화가 너무 치밀어서인지 눈만 크게 뜨고 노려보며 숨을 헐떡이고 있다.

관영이 마지막 하고 싶었던 말을 톤을 낮춰 던졌다.

"자제분들에게도 위원장님이 겪고 있는 그 불안한 미래를 안겨 주고 싶습니까? 멋지게 통일 과업을 완수하시고 물러나십시오. 그게 순리입니다.”

위원장이 일그러뜨린 표정을 유지한 채 관영을 노려보다가 말했다.

“순리라고? 물러나라… 순리? 내가 없어져야….”

위원장의 말에 탄력이 빠졌다. 관영을 물끄러미 쳐다보다가 다시 고개를 뒤로 젖혔다.

관영은 몇 박자쯤 쉬고 난 후 자신이 할 수 있는 진심을 온전히 담아 차분하게 말했다.

“이렇게 큰 집에서 갇혀 하루하루가 불안하고 의지할 곳 없는 고독한 삶을 살지 마시고 좀 작은 집이지만 온 가족과 더불어 마음 편히 살며 세상 어느 곳이라도 훨훨 날아다닐 수 있는 삶을 선택하십시오. 제가 힘이 돼 드리겠습니다. 아시겠지만 저는 재산도 꽤 있으며 아이디어가 많은 사람입니다. 모든 문제는 다투지 말고 아이디어로 풀자는 생각을 달고 사는 사람입니다. 제가 비상한 노력을 다해서 도와 드리겠습니다. 제 말씀은 여기까지입니다. 지금까지의 말씀은 위원장님 외엔 그 누구에게도 한 적이 없고 나중에도 없을 겁니다. …말씀의 행간을 깊이 살펴주셨으면 합니다.”

관영은 준비했던 말들을 다 쏟아냈다고 판단되어 잠시 위원장을 살펴본 후 목을 뒤로 젖히고 눈을 감았다. 어찌 보면 방자한 태도라고도 할 수 있는 자세였다. 난 할 말을 다 했으니 죽일 테면 죽여라 하는, 모두 다 토해낸 자의 자세였다.

위원장은 눈을 감고 있는 관영을 물끄러미 바라보았다.

초점은 관영의 얼굴이 아닌 자신의 의식 속 어떤 그림의 움직임이 아니었을까? 오랫동안 그 그림의 움직임을 응시하다가 다시 그림을 지우기를 반복했으리라.

관영은 아무 생각 없이 그대로 널브러진 자세를 고수했다.

이윽고 위원장이 긴 숨을 토해내는 걸로 기척을 한 다음 입을 열었다.

"누구에게도 한 적이 없고 나중에도 없을 것이라는 말씀… 믿어도 됩니까?"

"네."

관영은 자세를 고치지 않고 간결하게 답했다.

"그렇다면 내가 제안을 하나 할까 하는데…."

관영이 자세를 얼른 바로 했다.

"제안이요? 네, 해보시죠."

위원장이 관영과 눈을 맞춘 뒤 슬그머니 거두며 말했다.

"그냥 내 편이 될 순 없습니까? 내 식구처럼…."

"그게… 무슨 얘깁니까? 식구라니요?"

위원장이 입술을 오므렸다 폈다 하더니 어렵게 말했다.

"내가 물러나기는 쉽지 않습니다. 그래서 정 의원님이 내 식구가 되어 나를 도와서 우리 공화국을 살기 좋은 나라로 만들어 보자는 겁니다. 좀… 도와주면…."

관영은 알아들었다.

"그게… 지금 상태로는… 주변 여건이 꼼짝달싹도 못 하게 돼 있어서 어렵습니다. 어느 정도래야 해볼 텐데… 남쪽이나 여타 다른 나라들과 교역이 이루어져야 하는데, 그러려면 비핵화하라고 할 거고… 막상 개방되면 정권이 위태로워지고… 그때 가서는 명예롭게 물러나지도 못합니다. 분명히 개방 뒤에는 정권 몰락이 따라올 겁니다. 그런 식으로는 제가 도움이 되지도 않고 제가 도울 수 있는 길은 아까 말씀드린 것뿐입니다."

위원장이 실망했는지 다시 고개를 젖히고 장고에 들어갔다.

관영은 기다렸다. 이제는 느긋하게 기다렸다.

잠시 후 위원장이 고개를 젖힌 상태로 말했다. 쇳소리가 섞여 나왔다.

"그렇다면… 아이디어로 저를 돕겠다고 했는데 말해보시오."

관영이 곧바로 자세를 고쳐 앉았다. 잠시 위원장의 표정을 살핀 후 천천히 말했다.

"돕는 방식은… 아직은 미완성입니다. 다만 미리 말씀드릴 수 있는 건 자제분들을 유럽 쪽으로 미리 유학 보내놓고 가족들도 적절한 이유를 만들어 보내놓으시면 더 좋고요. 아마 선친께서도 그런 생각이 있으셨기 때문에 위원장님을 스위스로 유학 보냈던 것 아니겠습니까? 그런 생각한 적이 없으신가요? 만약을 생각해서… 선친께서도 늘 불안하셨을 겁니다."

"나더러 통일의 주역이 되라고 했는데 어떻게…?"

"통일의 열쇠를 쥐고 있는 분입니다."

"내가 쥐고 있다? 내가… 없어져야…."

위원장의 말이 축 가라앉은 채 띄엄띄엄 혼잣말처럼 나왔다.

관영은 위원장의 표정이 심상찮아 보였다. 분노도 아니고 뭔가 깨달은 것 같지도 않고 종잡을 수 없는 표정이었다. 지치고 맥이 풀려 보이기도 했다. 침묵의 시간이 길어지고 있다.

관영도 침묵을 지켰다.

한참 후 위원장이 슬그머니 일어나 가운을 벗어 늘어트려 놓은 채 욕실로 향했다. 그런데 걸음걸이가 묘했다. 비대한 몸집이 주춤거리며 가다가 멈췄다가 다시 가다 한다.

관영의 눈에도 이상한 조짐이 보여 몸을 일으키며 주시했다.

그때 위원장이 욕실 문을 미는 듯하더니 기우뚱하며 가슴을 부여 잡고 오른쪽으로 기울어지는 게 보였다.

관영은 반사적으로 튀어 달려가 위원장이 옆으로 쓰러질 때 발을 쭉 뻗어 가까스로 머리를 받히며 소리를 질렀다.

"위원장님! 위원장님…!"

그야말로 간발의 차이로 위원장의 머리는 관영의 발등에 얹혔다.

가까스로 머리가 바닥에 부딪히는 건 막을 수 있었지만, 당혹감에 휘말려 정신이 혼미했다. 상체를 겨우 받혀 안긴 했지만, 뭔가를 하긴 해야 하는데 가슴이 쿵쾅거리고 정신이 없다.

"위원장님! 위원장님…!"

자신도 모르게 다급하게 소리를 질렀다. 그때 위원장이 두 손으로 가슴을 움켜쥔 채 바람 빠진 쇳소리를 겨우 내뱉었다.

"주머니에 야 아 악…."

"약이요? 주머니에? 알았어요."

관영은 위원장의 머리를 살짝 내려놓고 자신의 가운을 벗어 도르르 말아 머리를 받히고 튀듯 위원장의 옷이 널브러져 있는 곳으로 달려가 주머니를 뒤졌다.

가슴이 요동을 쳐 주머니를 뒤지는 손이 덜덜 떨렸다.

있었다. 상의 겉주머니에 있었다. 그런데 두 가지다.

하나는 알갱이 약이 들어있는 대롱 모양의 작은 병이고, 또 하나는 병뚜껑에 볼펜으로 눌러쓴 듯한 '코' 자가 보이는 더 작은 병이었다. 뚜껑을 돌려 열자 분무기가 보였다.

둘 다 들고 달려갔을 때 위원장은 가슴을 움켜쥔 채 실신한 모습이었다.

숨을 쉬고 있는지도 알 수 없었다.

확인할 겨를도 없이 우선 약부터 먹여야겠다는 생각이 들었다.

"아! 알약은 먹일 수가… 침착하게… 그러면… 침착하게…."

관영은 누가 있는 것처럼 혼자 중얼거리며 분무기 약병을 들고 허공을 향해 눌렀다.

이상 없이 분무 되어 묘한 냄새가 난 것 같았으나 생각할 겨를도 없이 위원장의 코 밑에 대고 분무기를 눌렀다. '코'라고 써 놓았으니 맞을 것으로 확신했다.

한 번, 두 번, 세 번 누르고 잠시 기다렸다. 길고 긴 몇 초가 지나가고 또다시 누르려 할 때 배와 가슴이 살짝 들리다가 내려가는 게 보였다. 다시 배와 가슴이 들렸다가 내려가고 숨소리가 미세하게나마 들렸다.

"위원장님! 위원장님, 정신 차리세요!"

다시 분무 약병을 두 번 더 누르며 가슴을 보자 위원장의 가슴이 오르내리고 숨소리가 좀 더 명확해졌다. 이어서 위원장이 가늘게 눈을 떴다.

"위원장님! 위원장님! 정신이 드세요? 숨 쉬세요, 숨… 이제 괜찮아요. 비상약 뿌렸어요. 위원장님! 위원장님! 정신 차리세요. 위원장님…!"

관영은 낮게 소리 지르며 위원장의 머리를 들어 자신의 무릎에 앉혔다.

벌거벗은 위원장이 벌거벗은 자신의 무릎을 베고 있다는 것조차 잊은 채 의문에 빠졌다.

'이게 심장쇼크인가? 고혈압인가?'

관영은 이런 상황은 상상해보지 않았기에 심장 이상인지 아니면 고혈압 때문인지 알 수 없었고, 한가하게 그걸 짚어볼 여유가 없었다. 위원장을 살려야 한다는 다급한 생각만 들 뿐이었다.

"위원장님! 위원장님! 정신 좀 차려보세요… 정관영입니다."

위원장의 숨쉬기가 훨씬 원활해졌고 눈이 게슴츠레하게 떠졌다. 위기 상황은 면한 것 같았다.

"위원장님! 정신이 듭니까? 저 정관영입니다."

위원장의 입술이 실룩였지만 그뿐, 여전히 정신은 온전히 돌아오지 않은 것 같다.

어떻게 해야 할지 판단이 서지 않는다. 여전히 가슴은 쿵쾅거렸다.

의사를 불러야겠는데 여기는 지하 220m이고 연락할 방법을 모른다. 위원장이 깨어나야 알 수 있을 텐데, 그는 아직도 낯설고 험한 곳을 헤매고 있다.

부지불식간에 일어난 일 앞에서 당황할 수밖에 없었고, 이런 상황을 예측 못한 자신이 원망스러웠다.

자신의 말이 위원장의 입장으로 보면 무지막지한 말이 될 수 있다는 건 예측했었고 그래야만 위험하긴 하지만 진실의 끝에 닿을 수 있다고 믿었었다.

"위원장님, 정신이 드십니까? 저 정관영입니다."

위원장의 얼굴에 핏기가 돌기 시작했고, 조금 뜬 눈에 눈동자가 움직이는 것이 보였다. 잠시 후 위원장의 입술이 씰룩이더니 더듬거리며 말했다.

"내가… 넘어… 쓰러졌나?"

"아닙니다. 쓰러지지 않았고 주저앉았습니다. …제가 약을 코에 뿌렸습니다. 이제 괜찮아지셨습니다. 아! 춥지 않으세요?"

관영은 위원장이 베고 있던 가운으로 위원장을 덮었다. 생각 같아서는 위원장을 소파로 옮기고 싶었지만, 역부족이라는 걸 느낌으로 알았다.

관영의 다리가 위원장의 무게에 저려오기 시작할 때쯤 위원장이 움직였다. 일어나려는 듯했다.

관영의 도움으로 겨우 일어나 앉아 주위를 잠시 살피더니 일어서려는 자세를 취했다.

"아! 일어나시려고요? 괜찮으시겠어요? 그럼….."

관영은 위원장의 겨드랑이에 팔을 넣어 힘을 주며 말했다.

"천천히… 천천히 저한테 기대십시오. 천천히….."

관영은 신중하게 해야 한다고 마음속으로 뇌이며 행동했다.

벌거벗은 위원장을 벌거벗은 관영이 부축해서 겨우겨우 앉았던 회전의자에 앉히고 가운을 입히고 자신도 가운을 입었다.

위원장은 안도하는 듯 숨을 길게 내뱉으며 머리를 기대고 눈을 감았다. 표정은 편안해 보였다.

관영도 한결 안심되어 길게 숨을 내뱉으며 가슴을 쓸어내렸다.

"위원장님 위에 연락해서 의사를 불러야 하잖습니까? 어떻게 연락하지요?"

위원장이 눈을 감은 채 손을 까딱이었다. 좀 기다리라는 신호로 보였다. 관영도 의자에 앉아 기다렸다.

그렇게 얼마간의 시간이 지났을 때 위원장이 말했다. 거의 회복된 목소리였다.

"저기 제 옷 좀 주시고, 저 안에 인터폰이 있을 거요. 한 번 눌러주시오."

위원장이 가리키는 곳은 옷장이었다. 관영이 위원장의 바닥에 널브러져 있는 옷들을 집어 위원장에게 주고 옷장 문을 열었다.

인터폰이 부착돼있었다. 바로 꾹 길게 눌렀다. 한 번 더 눌렀다.

인터폰에서 손을 떼자마자 바로 멀리서 소리가 들리고 점점 요란해지더니 한 무더기의 사람이 들이닥쳤다.

불과 몇 초 만의 일로 위원장이 팬티만 겨우 꿰고 난 시간이었다. 아마 엘리베이터에서 대기하고 있었던 모양이다. 아니면 가까운 벙커 모처에 숨어있었는지 모르지만, 너무 빨리 들이닥쳐서 관영은 놀랐고 당황스러웠다.

위원장은 이 지하 벙커 전체에 우리 둘뿐이라고 분명하게 언급했었다.

남자가 다섯에 여자는 세 명이었는데 그중 몇 명이 의사이고 간호사인지 알 순 없었다.

관영은 옷을 입으며 그들을 보았는데 익숙한 듯 의사 1명이 위원장의 안색을 살피고 체온계를 귀에 대며 물었다.

"괜찮으십니까?"

위원장이 고개를 끄덕거렸다.

의사가 손짓하자 두 사람이 뛰어나가더니 금방 바퀴 달린 침대를 밀고 들어왔다.

"실신하셔서 제가 이 약을 코에 뿌렸습니다."

관영이 의사로 보이는 남자에게 약병을 보이며 말했으나 남자는 힐끗 한번 관영을 보았을 뿐이었다.

속옷만 입은 위원장을 부축하여 침대에 눕히고 담요를 덮은 후 밀고 나갔다.

그사이 관영도 옷을 입고 그들을 따라 엘리베이터를 타고 지상으로 올라왔다.

이 모든 과정이 불과 몇 분 사이에 있었던 일이다.

신기한 것은 그들 중 누구도 관영에게 말을 걸지 않았을 뿐만 아니라 눈도 맞추지 않고 마치 유령을 대하듯 했다.

묘한 건 관영도 그들과 똑같이 그들을 알은체하지 않았다는 것이다. 왠지 그래야만 될 것 같은 생각이 무심결에 들었던 거 같았다.

아무 말도 하지 않기로 미리 약속한 듯이 그랬다.

7

관영 죽다

백화원으로 돌아와 좀 전에 있었던 일들을 되짚어 보았다.

마치 먼먼 꿈속에서 헤매다 돌아온 거 같았다.

지하 220m 벙커 목욕탕에서 단둘만의 목욕도 하고 벗은 채로 마주 앉아 오래전부터 작정하고 별렀던 그 말들을 남김없이 다 쏟아 냈다는 게 실감이 나지 않았다.

그리고 아찔하고 끔찍했던 순간, 그게 실제로 있었던 일이었는지 믿어지지 않는다.

'그나저나 위원장은 어떻게 됐을까? 괜찮은 건가… 가슴을 움켜쥐었었지… 아! 심근경색인가 보다… 코에 뿌린 약, …전에도 이런 일이 있었나 보다. 그러니까 그 약을 휴대하고 다녔지. 효과가 빠르긴 했어. 그 비상약이 없었으면… 으 으 윽!'

생각만 해도 심장이 떨리고 머릿살이 오그라들었다.

누워 잠을 청했다. 자정이 다된 시간이고 몸도 마음도 지쳐 피곤했지만, 쉬이 잠을 이룰 수가 없었다.

벙커에서 있었던 일들이 자꾸 떠오르고 거기에 상상이 여러 갈래로 펼쳐져 잠을 이룰 수가 없었다.

상상이라는 게 어찌 된 일인지 한결같이 위원장이 죽고 난 후의 상황을 이리저리 꿰맞추는 것이 대부분이었다.

'어? 왜 이런 상상만 떠오르지? …정말 죽나? 그러면 어떻게 되지? …어떻게 전개될까? 누가 정권을 잡게 되나? 여동생? 마누라 박은주? 아니면 자식? 그것도 아니면, 총정치국장 전기현?'

그중 머릿속에 온전히 그려지는 인물은 서열 2위인 총정치국장 전기현의 모습이었다. 훈장이 주렁주렁 달린 군복을 입고 있는 노회한 인물이 뇌리에서 반복해서 그려졌다.

처음부터 직접 정권을 잡지 않고 위원장의 직계를 앞세우고 수렴청정하다가 어떤 상황을 만들어 권좌에 올라앉을 거라는 시나리오였다.

'아! 그런데 그 전기현도 나이가 많아 보이던데… 그러면 어떻게 되지? …몇 살이나 될까?'

다시 원점으로 돌아와 상상을 이어갔으나 전기현의 모습은 사라지지 않고 여전했다.

그런 상상을 끝없이 반복하다가 잠 속으로 빠져들었다.

✦　✦　✦

그리고 의식이 돌아온 건 갑자기 입이 턱 막히며 숨쉬기가 버거워졌기 때문이었다.

입속으로 무언가가 들어왔다. 이어서 머리가 들리고 무언가가 훅 씌워지는 거 같았다. 절로 신음 비슷한 것을 토했는데, 입 밖으로 나가지 못하고 도로 목구멍으로 역류했다.

관영이 겨우 정신 차렸을 때는 아무것도 할 수 없는 상태였다.

입안 가득히 헝겊 같은 게 물려있는 데다가 머리통엔 무언가가 씌워져 있었고, 이제 막 몸을 강제로 엎어 놓고 두 팔을 뒤로 당겨 묶고 있었다.

이게 무슨 상황인지 가늠도 하지 못하고, 묻지도 못하고, 이러지도 저러지도 못하고 입을 크게 벌리고 코로만 숨쉬기에 버거웠다. 말을 할 수도 없고, 앞을 볼 수도 없고, 몸을 움직일 수도 없는 상태에서 생각해야 했다.

분명 꿈은 아니었다. 그 외는 아무것도 아는 게 없다.

도대체 뭔 상황인지 생각이라도 해야 하는데 숨쉬기가 버거워 생각조차 할 수가 없었다.

'이놈들은 누구지?'

겨우 생각을 해냈다.

'아! 위원장이 죽었나? 그래서 나를… 진짜 죽었나? 정말?'

이 와중에도 위원장이 죽었다고 판단되자 머리 가죽이 오싹 오므라들고 털이 곤추섰다.

'그럼 어떻게 되는 거지? 위원장이 죽었으면…'

괴한들은 여러 명 같은데 말없이 할 일만 했다.

뒤로 팔을 묶은 후 곧이어 몇몇이 몸을 번쩍 들더니 어디엔가 내려놓았다. 흔들리며 바퀴 구르는 소리가 여러 사람의 발걸음 소리

속에 척추를 통해 미세하게 들렸다.

이제 상황이 확연하게 판단되며 두려움이 생생하게 느껴졌다.

'지금 나는 모처로 끌려가고 있다. 위원장의 죽음을 나와 연결 지어 나를 끌고 가는 거다. 아마 죽임일 거다.'

거기까지 생각이 미치자 숨쉬기 버거운 중에도 상상이 펼쳐졌다.

아내와 아이들이 먼저 생각났다. 가족도 모르게 죽어야 한다니….

장훈도 생각났다. 장훈도 모르고 있잖은가? 통일이고 뭐고 이젠 죽임당할 일만 남았다. 피할 길은 아예 없다.

잠옷만 입은 몸이 조금 전과 다르게 차게 느껴져 건물 밖으로 나왔음을 알았고, 또 여러 명이 번쩍 들어 옮긴 곳은 자동차 바닥이라는 걸 알았다. 그리고 어디론가 달려가고 있다.

옆으로 뉘어져 눌린 팔이 저려 왔지만, 돌아누울 수도 없다.

가족에게 북으로 간다고 제대로 알리지도 않고 온 것이 후회스럽지만, 당장은 숨쉬기에 전념해야 하는 처지다.

입안 깊은 곳까지 수건인지 무언지를 깊게 밀어 넣은 터라 입은 물론 코로 숨쉬기도 힘들어 가슴이 헐떡이며 오직 숨쉬기에만 전념해야 했다.

높은 산을 오를 때 5,000m쯤부터는 오직 생존 문제만 생각할 뿐 다른 생각은 못 한다는 어느 산악인의 글을 읽었던 기억이 이 순간에 떠올랐다.

'내가 이렇게 죽는구나!' 생각하다가도 숨쉬기에 전력을 다해야 했다.

입을 크게 벌린 채 코로만 숨쉬기가 이렇게 어렵다니…. 정말 코로만 숨쉬기가 이렇게 버겁다니…. 온 힘을 끌어모아 겨우겨우 숨을 쉬어야 했다.

가끔 덜컹거리며 몸이 제 맘대로 움직일 때마다 숨쉬기는 더 힘들었다.

혀를 움직여 보려고 했으나 얼마나 야무지게 깊이 틀어막았는지 혀조차 무용지물이었다.

목적지가 어디인지 계속 가고 있다.

눌린 팔은 저리다가 이젠 감각이 없어졌다.

차 바닥에 모로 누운 채 몇 시간을 달린 거 같은데 계속 가고 있다. 아니 어쩌면 고작 10여 분 달렸을 뿐인데 길게 느껴졌을 수도 있다.

얼마의 시간이 흘렀는지 정신이 가물가물하고 입 깊숙이 틀어막힌 채 코로 빨아들이고 코로 뿜어내자니 정말 죽을 지경이었다.

숨쉬기에 완전히 지쳐 실신할 때쯤 달리기는 멈췄다.

차 문이 열리고 또 몇 명이 몸을 옮겨 실었다. 그리고 미세한 바퀴 소리가 척추를 통해 아련하게 들린다. 건물 안으로 들어가는 게 피부로 느껴졌다.

잠시 후 멈췄다. 그리고 밑으로 푹 꺼지는 듯한 느낌이다. 엘리베이터가 맞을 것이다.

잠시 후 멈췄다. 문이 열리는 소리가 들리고 다시 미세하게 바퀴 소리가 들리고 철문이 철커덕 열렸다 닫히고 또 철문이 철커덕 열리고 닫히고 또 한 번 철커덕 열리고 닫힌 뒤 몇 명에 의해 몸이 들리고 내쳐졌다.

차가운 맨바닥이다. 목적지에 다다랐음을 알았다.

이제 입 막은 거 좀 빼 달라고 말해야 하는데 할 수가 없다. 별수 없이 발만 이리저리 버둥거렸다.

그때 오른쪽 종아리에 큰 충격이 오며 통증이 느껴졌다. 버둥거리는 다리를 누군가가 사정없이 걷어찬 것이리라.

너무 아파서 더욱 버둥거릴 수밖에 없었는데 이번엔 기다렸다는 듯이 무차별 발길질이 가해졌다. 한참 이어졌고 관영은 버둥대며 비명 한번 지르지 못하고 고스란히 맞았다.

어느 순간 머리통에 씌워졌던 것을 확 빼는 바람에 머리가 들렸다가 바닥에 쿵 소리를 내며 짓찧었다.

아팠지만 눈을 떴다. 제대로 보이는 게 없다.

이번엔 입을 틀어막았던 것을 확 잡아 빼는 바람에 턱이 들렸다가 내려앉았다.

숨통이 한꺼번에 열리는 걸 감당하기가 벅차서 캑캑거렸다.

입안이 너무 허전해서 이빨이 몽땅 빠진 줄 알았다.

캑캑거리는 중에도 어렵게 혀를 움직여 보고 이빨이 있는 걸 알았다.

그때 관영의 눈앞에 인간의 얼굴이 나타나 관영의 턱을 치켜들고 노려보며 말했다.

싸늘한 저음이다.

"요 쥐새끼 같은 첩자 새끼! 뒈지려고 기어들어 왔지. 넌 죽었어, 새끼야! 이 쌍놈의 새끼!"

순간 번쩍하며 정신이 날아갔다 돌아왔다. 뺨을 제대로 맞았다.

뺨은 맞았지만 이젠 숨쉬기는 나아졌다.

뺨을 맞고 나서 얼얼한 중에도 상대를 보았다. 기억에 없는 얼굴이다. 군복을 입고 있다는 것까지 확인했을 때 뺨에 불꽃이 연거푸 떨어져 정신을 차릴 수 없었다.

한 손으로 턱을 받치고 손바닥과 손등으로 좌우 뺨을 야무지게도 쳐댔다. 몇 번을 맞았는지 모른다. 절로 터져 나온 비명을 놈은 즐기는 거 같았다.

"요 쥐새끼 같은 첩자 새끼…! 우리가 그렇게 호락호락해 보였냐? 네가 온 진짜 이유가 뭐지? 진짜 목적이 뭐냐고 새끼야!"

놈은 차분하다. 욕을 하면서도 서늘한 저음이다. 서두르지도 않았다.

"잘 생각했다가 이따가 물을 때 제대로 대답해라. 네가 여기 온 목적과 위원장님께 무슨 말을 어떻게 했는지 똑똑히 기억했다가 답해야 한다. 어설프게 했다가는 어떻게 될지 상상해봐 새끼야. 여기는 북조선인민공화국이야 새끼야… 풀어줘!"

팔을 뒤로 묶인 채 뺨을 속수무책으로 맞아 정신이 몽롱했지만, 위원장과의 일을 묻는 말은 분명히 들었다.

놈이 벌떡 일어나 멀어져가고 다른 한 놈이 관영의 뒤에 와서 줄을 풀었다. 줄을 풀 때 둘러보니 온통 회색 벽만 보이고 군복을 입은 놈이 한 명 더 있었다.

줄을 푼 놈과 또 한 놈은 말없이 관영을 노려보다가 철문을 열고 나가며 문을 닫는데 철문 닫히는 소리가 요란하게 울렸다.

묶였던 팔에 피가 돌며 감각이 서서히 돌아왔지만, 의자도 없이 시멘트 맨바닥에 주저앉아 있었기에 엉덩이가 감각이 없었다.

간신히 몸을 일으켜 섰다가 걸음마 배우듯 몇 걸음 걸으며 방을 살펴보았다. 출입하는 철문 외엔 아무것도 없었다. 창문이 아예 없는 사방 회색 벽뿐이다.

위를 보니 높은 천정에 갓을 씌운 전등이 방 안을 비추고 있을 뿐 정말 아무것도 없었다.

방은 크지도 작지도 않은 것 같은데 너무 조용해서 자신의 숨소리가 크게 들렸다.

'위원장이 어떻게 됐길래… 죽었나? 혼수상태…? 이놈들은 누구지?'

추위가 느껴져 자신이 잠옷 차림에 맨발이라는 걸 알아차렸다. 걷어차인 정강이나 호되게 맞은 뺨의 아픔보다 추위가 문제였다.

실제 온도는 그리 낮지 않을 수도 있다. 맞은 정강이나 뺨의 통증과 공포에 질려서 추위를 더 느꼈는지도 모른다.

온몸이 추위로 후들대더니 이빨이 딱딱딱 부딪친다. 가슴이 덜덜거리고 오그라들었다.

관영은 두 손으로 가슴을 마사지해보았으나 역부족이다.

가슴을 세게 문지르다 두드리기도 하고 어깨와 팔을 문지를 때 닭살처럼 소름이 바짝 돋아 있는 게 손에 집혔다.

바짝 웅크리고 이리저리 문지르다 문득 기억 하나가 떠올랐다. 전에 자주 하던 복식호흡이다.

웃옷을 벗고 편안히 앉아 숨을 들이마시고 한참 참았다가 내쉬고 한참을 참았다가 들이마시기를 반복하면 어느 순간 몸에 열이 오르고 나중엔 땀까지 흘렸던 기억이다.

추웠지만 윗도리 잠옷을 벗어 접어 바닥에 깔고 책상다리 자세로 허리를 곧게 펴고 앉아 코로 길게 들이마셔 배를 최대한 부풀렸다.

추위 때문에 어려웠지만, 이를 악물고 내뿜기를 마지막까지 참았다가 조금씩 내보내 배가 등가죽에 닿도록 내뿜고 참을 수 없을 만큼 참았다가 다시 코로 길게 들이마시고 내뿜기를 반복했다.

그렇게 조금 변형된 복식호흡을 5번쯤 했을 때 몸에 기분 좋은 변화가 생기는 걸 감지할 수 있었다.

왼손은 배에 오른손은 가슴에 대고 몇 번을 더하자 몸이 서서히 풀리는 것을 알 수 있었다. 어깨와 팔을 쓸 듯이 문질러 보니 닭살이 거의 없어졌다.

계속 복식호흡을 하되 억지로 참는 시간을 줄여 좀 더 자연스러운 호흡을 했다.

비로소 생각할 여유가 생겼다.

위원장이 죽었든 혼수상태이든 자신은 살 가망이 없어 보였다. 위원장이 죽거나 혼수상태면 누가 대신 그 자리에 오를 것인가?

궁금했다. 죽음보다 궁금증이 앞섰다.

'저들은 누구인가?'

'누구의 지시를 받고 움직이는 건가?'

'왜 나를 첩자라고 하는가?'

'위원장과의 일이 어떤 변고를 일으켰길래 이 난리인가?'

'아내와 아이들은 나의 죽음을 어떻게 알게 되고 어떻게 받아들일까?'

'장훈과 김경희 대통령은 나의 죽음을 어떻게 알게 되고 어떻게 대처할까?'

어느 것 하나 알 수가 없다.

이런저런 생각에 빠지다 보니 또 추워져 변형된 복식호흡을 다시 해야 했다.

복식호흡과 생각에 빠지기를 번갈아 하며 기약도 없는 시간을 보냈다. 낮인지 밤인지도 모르는 시간이 한도 끝도 없이 이어졌다.

적막하기 그지없는 침침한 방에 거친 숨소리만 울려 퍼졌다. 일어나 서성이다 다시 앉아서 복식호흡을 하며 겨우겨우 견뎠다.

'어차피 죽은 목숨이다. 어차피 죽을 목숨… 할 수 없지.'

지긋지긋하고 영원만 같았던 시간이 흐르고 흘러 마침내 멀리서 쇳소리가 들렸다. 두 번째 쇳소리가 들리고 세 번째의 쇳소리가 요란하게 들리며 군인 세 명이 들어왔다.

그리고 다짜고짜 다가와 관영의 손을 뒤로해 묶었다. 그리고 한 명이 앞서고 따라오라고 손짓했다. 관영은 따랐고 두 명은 뒤를 따라왔다.

철문 세 개를 지나고 우측으로 가다 좌측으로, 다시 우측으로, 그렇게 여러 번 방향을 바꾼 다음 어느 문 앞에 도착했다. 문을 노크하자 "들어와" 소리가 들렸다.

들어갔다. 뺨을 치던 그놈이다. 군인들은 처음부터 끝까지 한마디도 하지 않았다.

방 가운데에 나무 탁자와 동그란 나무 의자가 하나 있었고 그놈은 등받이 의자에 앉아있었다. 놈이 등받이도 없는 나무 의자를 턱으로 가리켰다.

관영은 비로소 놈을 제대로 볼 수 있었다. 의외로 몸집도 있었고 잘생긴 얼굴이다.

"각오했나? 제대로 지껄이지 않으면 이렇게…! 알았나?"

"이렇게!" 하며 또 따귀를 쳤다. 역시 음습한 저음이다.

손이 뒤로 묶였기에 느닷없이 얻어맞은 뺨을 어루만질 수도 없었다. 대신 그놈을 노려보았다.

"그렇지! 그렇게 대들어야 재미있지."

또 뺨을 쳤다. 이번에는 연거푸 쳐댔다. 정신을 차릴 수가 없어 휘청거렸다.

"여기 온 목적이 뭔지 말해봐."

얼얼한 중에도 관영이 바로 답했다.

"나는 대통령 특사로서 경색된 남북관계를 허심탄회한 대화로 풀고 서로 돕고 협조하여 궁극적으로는 통일을 논의해보기 위해 왔습니다."

"좋아! 거기까지는 좋아. 그런데 왜 특사라면서 돌아가지 않고 여기서 개기는 거지?"

"남과 북은…."

관영이 말을 시작하는데 또 뺨따귀가 날아왔다.

"남과 북이 아니라 북이 먼저야! …북과 남! 알았어?"

관영은 어이가 없었지만, 수긍의 뜻으로 받아들였다.

"그럽시다… 북과 남은 너무 오랫동안 헤어져 있었고, 모든 면에서 너무 다르고 서로의 생각도 달라서 한두 번 만남의 대화로는 합의점에 도달하기 어렵다고 판단되어… 나는 여기에 있으면서 협상을 계속하고 같이 왔던 허장훈 전 대통령은 남과 북을… 북과 남을 오가며 협상 진척이나 문제점을 김경희 대통령께 보고도 하고 새로운 대안을 갖고 오기도 하기 위해서 돌아갔는데 곧 다시 올 겁니다. 나는 아까도 말했듯이 지속적인 대화를 갖기 위해 남아있는 겁니다."

"새끼… 핑계는 그럴듯하다만 협상을 위원장님과만 하는 이유가 뭐야? 말은 번지르르하지만 결국 이간질이 주목적이지? 위원장님과 인민을 이간시켜서… 엉! 어떻게 한번 해보려고… 그래서 위원장님께 뭐라고 주접을 떨었냐? 뭐라고 떨었기에 위원장님이…."

"위원장님이… 어떻게 되셨습니까?"

관영의 다급한 질문에 또 따귀가 올라왔다.

"왜? 궁금하냐? 그러니까 왜 그랬냐고 새끼야! 뭐라고 주접을 떨었냐고 엉?"

또 따귀를 맞아 얼얼했지만, 궁금함은 따귀의 아픔을 상쇄시키고도 남았다.

"…어떻게 되셨습니까?"

"이 새끼 미쳤나? 내가 묻잖아 새끼야!"

이번엔 아예 일어나서 좌우로 뺨을 쳐댔다. 맞으면서도 궁금증은 사라지지 않았다.

'죽었나? 아니면 혼수상태?'

관영은 맞으며 자신도 모르게 소리를 질렀다.

"별말 안 했다고…! 어떻게 됐냐고?"

"어? 이 새끼가 어디서….."

놈은 제 성질을 못 이기겠는지 벌떡 일어나 관영 쪽으로 와선 멱살을 잡고 뺨을 쳤다. 다시 의자 채 쓰러트린 후 발길질을 무차별해댔다.

놈은 흥분 상태로 욕을 하고 폭행하면서도 말만큼은 결코 큰소리를 내지 않았다.

관영은 결국 위원장 안위의 궁금증을 포기해야 했다. 스스로 결정했다.

'죽었거나 혼수상태.'

널브러진 관영을 다시 일으켜 의자에 앉히고 심문이 계속됐다.

"어차피 넌 죽어… 곱게 죽을래 개고생하다 죽을래? 다시 묻지. 위원장님께 한 말 있지? 여기서 한 번 더 해봐! 뭐라고 했어?"

어차피 죽는다는 말이 관영을 일으켰다.

"통일… 통일하자고 했다. 통일의 주역이 되라고 했다. 통일의 영웅이 되라고 했다. 그러기 위해서 중국처럼 개방정책을 하고 우선 금강산 관광, 개성공단도 지난번 실패를 거울삼아 제대로 해보자고 했다, 됐냐?"

어차피 죽을 거라면 너 딴 놈에게 굽신댈 이유도 없고 선처를 기대할 것도 없잖은가!

놈이 피식 웃었다.

"좋아, 그 정도 배짱은 돼야지. 그런데 그 정도 얘기라면 위원장님을 따로 만날 필요가 없을 텐데… 너 핵 포기하자고 했지? 여럿이 있을 땐 포기하지 말자고 해놓곤… 포기해야만 개방정책이 가능하다고 그랬지? 미국과 남조선이 많이 도와주게 될 거라고 하면서 말이야.”

관영은 겁이 없어지고 부아가 일었다.

“지랄…! 아예 각본을 써라. 너희는 핵을 포기하라면 질색하는 인간들인데, 그리고 나도 포기 말아야 한다고 했잖아 새끼야. 통일됐을 때 필요하다고 했잖아! 그런데 넌 누군데 이렇게 멍청하냐?”

놈이 또 피식 웃었다.

“흐흐! 죽을 놈이… 그래, 내가 좀 멍청하지. 그런데 왜 위원장님이 실신하신 거냐고? 어떤 말을 했기에… 무슨 말을 했기에 실신까지 하신 거냐고?”

‘죽진 않았다’로 이해됐다.

“그건 내가 물어야 한다. 왜 위원장의 심장이 그렇게 되도록 너희는 뭐 했니? 앞에서만 아양 떨면서 그것 하나 진작 고쳐주지 못한 놈들이… 너희는 그걸 고칠 의사도 없냐? …지하에 도착해서 바로 욕탕에 들어갔다가 나와서 대화했지. 그리고 얼추 대화가 끝나고 위원장님이 다시 가운을 벗고 탕에 들어가시다 바로 그 문 앞에서 쓰러지셨으니… 다행히 비상약이 있었으니 망정이지….”

“그곳에 도착해서 인터폰 누를 때까지 2시간 18분이야. 그 시간 동안 무슨 얘기 했냐고? …위원장님의 심장이 문제가 있지만 그래도 뭔가 크게 충격을 받아서 실신하신 거잖아 새끼야! 2시간 18분 동안 뭘 했냐고? 헛소리 말고 바른 대로 말해!”

“2시간 18분? 에이─! 아닌데… 실신하셔서 약을 코에 뿌리고… 기다리고, 그때 그렇게 시간이 많이 갔나? 하긴 정신이 없었으니까.

여하튼 내가 한 얘기는 통일합시다. 위원장님은 통일의 주역이 되어 민족의 영웅이 되십시오. 그리고 나를 볼모라고 생각하고 나를 믿어 주시오. 내가 여기에서 핵을 포기하지 말자고 말한 걸 남한에서 알게 되면 바로 감옥행이다. 그런 얘기했고… 얘기는 혼자 하나? 위원장님도 이런저런 말씀하셨지. 위원장님이 하신 말씀도 할까?"

놈이 손으로 거부하는 시늉을 했다.

"이 새끼! 말 둘러대는 거 봐라. 야! 그따위 얘기는 여럿 있을 때 한 얘기고 단독으로 만나 할 얘기가 있다고 했잖아 새끼야! 그게 뭐냐고 새끼야! 위원장님이 충격받을 만한 말한 거 있을 것 아냐? 그걸 말하라고 새끼야! 이 새끼가 말귀를 못 알아듣는 척하네. 여기서 당장 죽을래? 말해, 딴말 말고 그 얘기만 해!"

관영은 지지 않기로 했다.

"이 새끼, 더럽게 말 못 알아듣네. '통일의 첫걸음으로 이산가족 상봉, 금강산 관광, 개성공단 등을 재개하되 지난번같이 폐쇄적으로 하지 말고 좀 개방적으로 합시다. 어느 정도 성과가 나면 신의주, 청진, 함흥이나 원산 같은 데도 그곳에 적합한 방법을 모색해봅시다.'라고 했다. 그런 얘기를 너 같은 놈들하고 같이 앉아서 얘기하면 너 같은 놈들 때문에 위원장님이 편하게 얘기를 나눌 수 있겠냐? 아양만 떨지 말고 나라의 미래를 생각 좀 해라, 멍청한 새끼야."

관영은 위원장이 죽지 않았다는 거를 알았으나 이놈은 왜 위원장과의 밀담 내용을 캐내려 하는지 궁금했다.

위원장을 실신하게 했으니 그 대가를 치르게 하려는 의도보다 또 다른 목적이 있어 보였다. 이놈의 정체는 뭘까? 틀림없이 이놈을 부리는 놈이 있다.

인민군 총정치국장 전기현, 늙은 여우 같은 놈의 얼굴이 어른거렸다.

"이 새끼, 말솜씨 한번 현란하네. 말은 그럴듯하지만 그런 얘기는 너희 놈들이 만날 때마다 지껄이던 얘기잖아 새끼야! 위원장님을 곤혹스럽게 만든 얘기는 따로 있을 거 아냐, 새끼야! 죽기 전에 말해. 말 안 하면 어떻게 되는 줄 알아 새끼야?"

또 뺨을 오지게 때렸다.

얼얼한 중에도 독이 올랐다.

"다 말했어, 새끼야! 더 무슨 말을 하라는 거야? 그게 다라니까… 내가 한 얘기는 그게 다고 위원장님도 하신 말씀이 있지 듣기만 하셨겠냐? 그것도 말할까?"

"아, 이 새끼! 곧 뒈질 놈이…."

놈이 일어서더니 뒤 허리춤에서 뭉툭한 권총을 뽑아 들고 총구를 관영의 앞이마에 댔다.

"말해! 이제부터 딴소리하면 바로 쏜다."

바로 눈 위로 총구가 보였다. 순간 관영은 아찔했다.

생전 처음 당하는 아찔한 위협에 당혹하며 부르르 떨어야 했다.

가슴이 쿵쾅거렸다. 자신이 겁에 질려 경련을 일으키고 있다는 것을 알았다.

'아! 이게 뭐야. 이렇게 죽나? 정말? 어처구니없이… 정말?'

놈의 살기 띤 숨소리가 바로 앞에서 들렸다.

"새끼! 죽는 건 겁나냐? 어디 또 나불대봐. …말해! 뭘 말해야 하는지 알지? 셋을 세기 전에 말해. 아니면 바로 쏜다. '하나!' …말해."

관영은 까마득한 절벽 끝에 한쪽 까치발로 서 있다.

이렇게 죽는 건 피해야 한다는 생각을 얼핏 한 거 같았다.

"무슨… 말을…."

관영의 떨리는 목소리를 놈은 비웃으며 받았다.

"갑자기 그 호기는 어디로 가고… '둘!' 말해, 말하면 살려 줄게."

무슨 판단을 하기에는 총구가 닿은 이마가 너무 선뜻했다. 그런데 놈의 '말하면 살려 줄게' 소리가 귀에 닿을 때 즉각 머릿속 어디에선가 외치는 소리가 들렸다.

'거짓말! 거짓말이야… 죽일 거다… 어차피 죽을 거다.'

절체절명의 순간에 살기를 포기하면 맑은 정신이 든다고 했던가? 있는 힘을 다해 부르짖었다. 소리가 두 갈래 세 갈래로 찢어져 나왔다.

"무슨 말을 하라고 새끼야! 없는 말을 만들어서 하라고! 이 개새끼야!"

"호-오! 이 새끼… 그럼 죽어 봐라."

놈이 이마에 댄 권총의 방아쇠를 당기려고 손가락이 움찔거리는 게 바로 눈앞에 보였다.

눈을 감았다 떴다.

방아쇠를 당기는 게 보였다.

"빵! …철컥!"

아무 느낌이 없다. 죽은 건가?

"하하하! 새끼… 뒈지는 줄 알았지? 그냥 죽이면 되나, 재미없게."

'어! 이게 뭐야? 내가 안 죽은 거야? 분명히 방아쇠를 당기는 걸 보았는데… 빵! 소린 뭐였지? 아! 입으로 낸 소리? 이 새끼가 날 갖고 노는 거 아냐? 휴…! 여하튼 살았네.'

놈이 입으로 빵 소리를 내며 빈 권총 방아쇠를 당겼던 모양이다.

놈이 의기양양하게 여태껏과는 다르게 큰 소리로 말했다.

"밤새 잘 생각해봐라. 내일 아침에 들렀을 때도 말을 안 하면 그걸로 끝인 줄 알아. 털어놓을 마지막 기회다. 더는 없다. 알았냐?"

관영은 놈들에 이끌려서 다시 창문 없는 차디찬 그 방으로 돌아왔다.

아직 살아있음을 실감하기도 전에 다시금 절망감에 빠져야 했다. 달라진 거라고는 헌 담요 한 장과 물 주전자, 그리고 보기에도 끔찍한 변기통이 구석에 놓여 있다는 것이다.

시멘트 맨바닥에 얇은 잠옷과 담요 한 장으로 싸늘한 냉기를 견디기는 너무나도 버거웠다. 이 상태로 견디기는 무리다. 그러나 어찌해 볼 수 없는 신세가 아닌가! 위원장에게 했던 말 모두를 털어놓아도 살려줄 가능성은 없어 보인다. 어차피 죽을 목숨이지만, 죽기 전까지는 추위를 견디는 게 시급한 문제다.

담요를 두르고 일어서서 뛰는 시늉을 하다가 무리라는 걸 알고 걸어보았다. 이상하게도 다리는 걷어차이고 뺨도 수없이 맞았음에도 큰 통증을 못 느꼈다. 아마도 너무 추워서, 추위에 모든 신경이 마비되어 통증이 없는 거로 짐작되었다.

일어서서 서성이다가 지치면 앉아서 예의 그 복식호흡을 했다. 호흡을 집중해서 할 때는 그런대로 견딜 만했지만, 생각에 빠질 땐 호흡을 놓쳐 추위에 몸서리를 쳐야 했다.

섰다 앉았다를 번갈아 하며 추위에 떠는 자신이 한심스러웠지만 달리 방법이 없어 치를 떨어야 했다. '내일 아침이 되면 놈이 올 테고 그러면 나는 죽겠지'라는 생각조차 추위에 묻혀 버렸다.

아내와 딸, 아들 그리고 장훈, 김경희 대통령도 문득문득 생각났지만, 그들보다 몸에 닥친 추위가 몸과 마음, 영혼까지 지배했다.

시간이 가는지 마는지 알 수 없었고, 배가 고픈 거 같기도 했으나 그조차도 추위에 압도되어 온전히 느끼지 못했다.

끝없는 시간, 멈춘 듯한 시간, 이젠 진이 빠져 복식호흡도, 뛰는 것도, 걷는 것도 못 해 담요를 뒤집어쓰고 웅크린 채 이를 악물고 개 떨듯 떨어야 했다.

떨고 또 떨고, 끝없이 떨며 지긋지긋하고 영겁 같았던 시간의 어느 시점, 철문 여닫는 소리가 환청처럼 들렸다.

'하루가 지났나?'

두 번의 철문 여닫는 소리가 더 들리고 놈과 부하로 보이는 세 놈이 들어왔다. 담요를 뒤집어쓰고 떨고 있는 관영을 놈이 내려다보며 말했다.

"어때? 생각 좀 해봤나? 털어놓으면 살려 준다고…."

관영은 놈을 노려보았다.

"와—아! 이 새끼 눈깔 보니 털어놓을 생각이 없다는 거지. 그냥 뒈질래?"

놈이 따귀를 쳤다. 한 대, 두 대, 세 대 마구 갈겼다. 얼은 몸, 얼은 뺨에 맞아 정신이 혼미해졌지만, 특별히 통증은 느끼지 못했다.

"말해! 위원장님한테 뭐라고 했길래… 충격을 준 말, 그걸 말하라고 새끼야!"

독이 오를 대로 오른 관영이 죽을힘을 다해 대들었다.

"특사를… 지금이 어느 때인데 특사를 이따위로… 위원장이 심장에 병이 있어서 그런 걸 왜 나한테 뒤집어씌우는 거냐고? 내가 심장병을 만들었냐 이 개새끼야?"

놈은 한참 노려보다 고개를 끄덕이며 느긋이 말했다.

"그래서? 죽어도 말 안 하겠다는 거지? 알았다, 알았어."

놈은 일어나 두말없이 돌아 나가다 한 번 뒤돌아보고 빙긋이 미소를 보이고 나갔다. 부하 세 놈도 따라 나갔다. 철문 여닫는 소리가 요란하다. 다시 정적이다.

관영은 다시 혼자가 되자 상황이 어떻게 돌아가는지 생각해보았으나 알 순 없었다.

다시 추위가 엄습해와 담요를 뒤집어쓰고 웅크려 덜덜 떨어야 했다. 그런데 얼마 지나지 않아 철문이 열리는 소리가 들렸다. 떨리는 와중에도 정신이 번쩍 들었다. 가슴이 뻐근하게 옥죄며 소름이 끼쳤다.

놈이 들어오며 내뱉듯 말했다.

"지금 당장 말 안 하면 그냥 끝내란다. 시간을 갖고 즐기려고 했더니 그냥 총살해 버리라네. 안됐다. 너는 여전히 말 안 할 거지? 할 거면 지금 하고… 미안하게 됐다. 지금 한 번뿐이다. 안 할 거면 가자."

관영은 추위로 이빨이 딱딱 부딪치는 중에도 어안이 벙벙해져 아무 대꾸도 할 수 없었다.

추위에 짓눌렸던 머릿살이 오그라들며 옥죄었다.

'이번엔 진짜구나, 진짜 죽는구나. 이렇게 빨리? 아! 이렇게 허무하게?'

관영의 입이 벌어져 덜덜거리고 다물어지지 않았다.

망연자실한 관영의 표정을 본 놈이 이죽거렸다.

"왜? 죽을 줄 몰랐어? 알았을 것 아냐! 아까처럼 대들어봐. 나 원망하지 말고 위원장님께 충격을 준 말, 그 말이 뭔지만 말해! 그러면 저 위에서 살려줘라! 그럴지도 몰라."

달콤했다. 하지만 다음 순간, '말을 하면 살려준다고? 거짓말, 거짓말… 그냥 죽어?' 어금니를 꽉 물어 정신을 집중했다. 그리고 죽을힘을 다해 소리쳤다.

"내가 위원장한테 한 말은 이미 다했고… 판단은 네가 하든지, 네 윗놈이 하든지 너희 놈들 몫이야, 새끼야! 특사를 이따위로 취급하는 나라가 나라냐? 같은 민족끼리 잘해보자고 온 특사인데, 이 모양을 만들어! 개 같은 놈들… 위원장의 심장을 그따위로 방치해 놓은 놈들이 염치도 없이 그 죄를 특사한테 덮어씌워! 더러운 종자들 같으니… 죽일 테면 죽여 새끼야! 난 더 할 말이 없어."

인간은 가끔 머리에 없는 말도 하는 동물인가 보다. 순간적으로 터져 나온 말은 점점 거세어져 걷잡을 수 없이 폭발했고 표정도 살기등등했다. 관영은 자신의 어디에 그런 결기가 숨어있었는지 알지 못했다.

가슴이 시원했다. 이긴 느낌이다.

"허! 이 새끼… 할 말 다 했다는 거지? 그래, 그럼 죽으러 가자! 어이, 데리고 가!"

놈들이 관영의 손을 뒤로 묶어 일으켜 세우는데 신경조직과 근육이 망가졌는지 서질 못하자 두 놈이 양쪽에서 부축해 세우고 끌고 가려 했다.

잠시 후 겨우 일어서서 발을 내디뎠다.

관영은 막상 걷기 시작하자 이번엔 가슴이 쪼여 들었다. 마지막 길이다. 이 기막힌 일을 어찌하랴. 혹 이게 꿈 아닌가.

'내 마지막이 총살이라니! 내가 이 쓰레기 같은 놈들에게 죽다니…. 아, 정말 말도 안 돼, 이건 아닌데…!'

관영은 허청거리며 끌려 어디를 어떻게 지나왔는지 그냥 계속 끌려갔다.

건물 밖으로 나왔다. 춥고 청명한 날이다.

나지막한 언덕 밑에 나무 기둥이 몇 개 서 있는 빈터까지 끌려갔다.

나무 기둥을 보는 순간 알았다. 죽음의 장소다.

전율이 일었다. 벌벌 떨렸다. 놈들은 지체하지 않았다.

관영을 바로 기둥 쪽으로 끌었다.

그때 아내와 아이들이 아른거렸던가?

관영이 버텼다. 더는 못 가겠다고 버텼다. 어차피 다리에 남아있는 힘이 없었지만 버텼다.

그러자 두 놈이 양쪽에서 잡고 질질 끌고 갔다.

놈들은 지체하지 않고 바로 관영을 기둥에 묶었다.

묶이며 앞을 보았다. 소총을 멘 놈들이 보인다. 여러 놈이다.

묶기가 끝나자 그놈이 다가왔다.

"어이, 정관영 씨! 마지막으로 정중하게 묻습니다. 마지막 기회입니다. 말씀하시겠습니까?"

관영은 대답을 못 했다. 삶을 포기 당한 사람은 할 말이 없는 것이다.

이 와중에 관영은 총을 들고 있는 놈들을 무심히 세었다.

왠지 모르게 그랬다. 7놈이었다.

놈이 다가와 관영의 얼굴을 토닥이며 빙긋이 웃으며 말했다.

"말하면 살려 준댔잖아!"

침을 뱉어주고 싶었다.

뱉을 침이 없어 뱉지 못했고 뱉는 시늉만 했다.

놈이 제자리로 돌아가며 처음으로 또렷하게 외쳤다.

"알았소, 그럼 잘 가시오. …조준!"

하늘이 보였던가?

아뜩해지며 가라앉는 걸 느꼈던가?

"쏴!"

"땅!"

'땅' 진동 소리까지 분명히 들었다.

정말 들었던가?

가슴이 콱 막히고 혼이 날아가자 고개가 꺾였다.

8

부활하다

"……."

'어…! 무슨…?'

먼 곳에서 무슨 소리인지… 뭔가가 다가오는 느낌이 들었던가?

소리 같은 데 온전히 받지 못했다.

몇 번의 소리가 온 것 같은데 제대로 받아 내지 못했다.

"의 원 님~"

환청이다. 연거푸 같은 환청이다.

'응? 무슨? 몸이 흔들렸나? 누가 흔드나?'

"정 의 원 님-!"

어렴풋이 들렸다.

"정 의원님, 정신이 좀 나십니까? …눈 좀 떠보세요."

'눈을?'

떴다. 흐릿하게 보였다. 뭐지? 얼굴? 얼굴이다.

여자다. 아내인가? 아니다. 누구지?

"정 의원님, 정신 차리십시오. 죄송합니다. 저 위원장 동생 김유경입니다."

'뭐…! 누구라고?'

점점 세상이 제 모습을 드러내기 시작했다.

"실신하셔서 이리로 모셨습니다. 이젠 괜찮습니다. 저희가 너무 심했습니다. 죄송합니다."

'난 죽었는데…? 여기가… 뭔 소리야?'

관영은 이제 자신을 보았다. 침대에 누워있고, 한쪽 손등은 링거병에 연결돼있었다.

"진짜 총이 아니고 영화 촬영용 총입니다. 그 사람들 전부 배우들입니다. 제가 의원님을 시험해본 겁니다. 저는 위원장님 동생 김유경입니다. …죄송합니다."

'뭐라는 거야? 영화? 총? 배우는 무어고 시험은… 왜? 왜 자꾸 죄송하다는 거야? 알 수 없는 이 여자는 누구라고? 위원장 동생….'

겨우 말을 밀어냈다.

"어떻게… 된…."

"제가 의원님을 시험해본 겁니다. 위원장님께 하신 말씀에 대해서 진실인지…, 말씀하셨던 것들에 기밀은 지키실는지…, 그리고 약속들은 꼭 실천하실까 의문이 들었거든요. 그래서 배우들을 동원해서 시험을 해본 겁니다. 죄송합니다."

'이게 무슨 소리야… 이 여자가 위원장 동생? …동생이라고?'

"나 안 죽었다고? 지금이…?"

"3월 9일입니다. 지금 시간이… 오후 1시 반입니다."

겨우 정신이 자리를 잡아갔다.

"3월 9일? 그러면…?"

"맞습니다. 원래는 닷새 정도 생각했었는데 의원님이 너무 추워하시기에 그러다간 진짜 병 나실까 봐 일정을 당겼습니다. 죄송합니다."

"내가 정신을 잃은 시간은 얼마나…?"

"한 10여 분 정도입니다. 이리로 옮기고 링거 꽂고 나서 깨어나셨습니다."

"여기는… 어디?"

"영화 촬영소 세트장에 있는 숙소입니다. 전부 다 영화 촬영소 안에 있는 세트장입니다. 모두 다 배우들이고요."

관영은 기가 막힌 상황 중에도 도대체 왜 이런 짓을 했는지 궁금했다.

'이렇게까지 해야 했나? 도대체 무슨 생각으로 이따위 일을 벌인 거야?'

방엔 이 여자뿐이다. 관영은 이제 정신이 정상으로 돌아온 것 같았다.

그동안 먹지 못했던 거는 링거가 채우고 있는 거 같다. 그리고 이 여자도 낯이 익다. 북한 소식에 가끔 보였었고 회담할 때 위원장을 곁에서 보좌하는 걸 본 기억이 났다.

위원장은 몸집이 우람하지만, 이 여자는 영판 다른 말라깽이다.

'아, 살았구나!' 라는 느낌은 들지 않았다.

관영은 누운 채 여자를 보며 물었다.

이렇게 된 이상 새삼 어려워할 것도, 무서워할 것도 없었다.

"왜 이런 일을 벌인 겁니까? 재미로 한 건 아닐 테고…."

"이제 정신이 나신 거 같으니 처음부터 다 말씀드리겠습니다."

김유경은 처음으로 미소를 지으며 의자를 당겨와 관영 가까이 앉았고, 관영은 등 뒤를 받혀 반쯤 앉은 자세로 임했다.

"정 의원님의 말씀이 참으로 놀랍고 무서웠는데 한편으로는 반가웠습니다. 정말 반가웠습니다. …위원장님은 제 오빠입니다. 아버지가 돌아가시기 전 해에 당 중앙군사위 부위원장으로 등장했다가 아버지가 돌아가시자마자 바로 위원장 자리에 앉게 됐는데, 그때 오빠 나이가 26세이고 저는 22세였습니다. 지금도 기억합니다, 그때 얼마나 무서웠는지…. 오빠는 부들부들 떨었습니다. 그때 오빠가 뭘 알아서 하겠습니까? 오빠가 너무 불안하니까 누구에겐가 말을 하고 싶어도 믿을 만한 사람이 없는 거예요. 가까이 있는 사람들도 못 믿겠더라고요."

거기까지 말하고 여자는 문 쪽을 돌아보고 확인하는 듯 일어나 문을 열었다가 닫았다.

관영은 여자의 행동을 무심히 바라보기만 했다.

여자는 다시 의자에 앉으며 말을 계속했다.

"그래서 동생인 제가 먼저 오빠를 위로하기 위해 말을 걸었는데 오빠가 그때부터 저에게 마음을 열고 말을 하기 시작했습니다. 오죽 의논할 사람이 없었으면 저에게 의논하겠어요. 우리는 불안했으니까… 지금도 덜하긴 하지만 여전히…. 그런 와중에 정 의원님의 말씀을 듣고 오빠가 놀라 넘어진 겁니다. 누가 감히 그런 말씀과 그런 제안을 하겠어요? 오빠의 심중을 꿰뚫고 계신 의원님의 말씀에 정말 놀랐고, 정 의원님이 도와주시겠다고 하셨지만 그걸 믿을 수 있느냐? 또 죽는 날까지 비밀을 지키시겠다고 하셨는데 그것도 믿을 수 있겠는가? 하는 생각을 한 겁니다. 그래서 그 밤에 배우들을 불러 연막을 치고 설명하여 제 지휘로 배우들이 정 의원님을 상대로 연극을 한 겁니다. 살벌하게 하되 몸은 크게 상하지 않도록 하라고 했는데… 죄송합니다. 많이 놀라셨지요? 다시 한번 죄송합니다."

기가 찼지만 어찌하겠는가? 그리고 이미 지나간 일이 되지 않았는가?

측은해 보이기까지 했다. 터무니없이 큰 권력이라는 바위에 눌려 이러지도 저러지도 못했던 저들, 저들이 살기 위해 희생시킨 이는 얼마나 되는 걸까? 그런데 나는 저들을 도와 통일을 꿈꾸고 있으니… 착잡했다. 웃을 수가 없었다.

"다시 한번 죄송합니다. …충격이 크셨을 겁니다. 우선 몸과 마음을 추스르시고, 건강해지시면 본격적으로 일에 대해서 의논했으면 합니다. 오빠와 의논하시기에는 눈과 귀가 많으니 저와 하시고 녹음해서 오빠에게 전하려고 합니다. 오빠와도 가끔 만나실 수 있을 겁니다."

관영은 김유경 얼굴을 자세히 보았다. 위원장과는 너무나 달랐다. 미소를 띤 김유경은 한없이 여려 보였다.

여리디여린 여인의 운명에 혈통이라는 굴레가 씌워져 표독한 여인으로 변신해야 했던 여인, 그 여인이 내 앞에 다소곳이 앉아있다.

"그래요. 그런데 내가 뭐라고 불러야…?"

"그게… 제 직급은 조선 노동당 중앙위원회 부부장이지만… 그게… 뭐가 좋을까요?"

김유경은 느닷없는 질문에 당황해했다.

"부부장! 됐네요. 그리고 나는 올해 64세인데…."

"저는 35세입니다. 오빠와는 네 살 터울입니다. 이제 좀 푹 주무시고 기력을 회복하신 뒤 말씀을 나누도록 하시지요. 내일 아침나절에 오겠습니다. 내일 아침엔 식사도 하실 수 있으실 겁니다. 다시 한번 죄송합니다."

김유경 부부장은 갔다.

꿈인 듯 생시인 듯, 상황이 이해되면서도 이해되지 않는 모순에 빠진 와중이지만 생각은 해야 한다고 자신을 다잡았다. 그러나 몸서리치게 섬뜩한 장면만 반복되고 앞으로 나가지 못했다.

그놈의 섬뜩한 저음의 "쏴!" 그리고 분명히 총성까지 들었었다. 아주 간결한 "땅!" 소리, 그리고 조금 전 그 여자 진짜 위원장 동생? 혹시 여자도 배우….

얼마나 늪에서 헤맸는지 모른다.

눈을 떴을 땐 환한 빛이 커튼 사이로 들어와 있었다.

자신이 지금 어떤 상황에 있는지 알아차리는 데 적잖은 시간이 소요됐다.

오랜 시간 잠들었었음을 알아차렸다. 링거도 제거되어 팔도 자유롭다.

누운 채로 처음부터 끝까지를 되새겨 정리하고 파악했다. 그리고 해야 할 일도 정해야 했다.

관영이 깬 기미가 보이자 중년 여인이 들어와 웃으며 말했다.

"잘 주무셨어요? 오랫동안 주무셨어요. 링거를 세 번이나 바꾸는데도 모르시고 주무시더라고요. 샤워부터 하실래요? 식사부터 하실래요?"

오랜만에 들어보는 상냥한 목소리다.

"예, 잘 잔 것 같습니다. 지금 몇 시죠? 며칠?"

"3월 10일 오후 2시 반입니다."

"아, 그래요. 많이 잤네요. 배가 고프긴 한데 그래도 먼저 씻어야겠습니다."

뜨거운 물로 샤워를 천천히 하고 난 후 걸쭉한 죽을 먹자 다시 노곤해져서 침대에 누웠다. 잠은 오지 않았다. 눈을 감고 생각을 하려할 때 노크 소리가 나고 여자가 들어왔다.

어제의 그 여자, 위원장의 여동생이라는 말라깽이 부부장이다.

웃음이 가득한 얼굴로 인사치레부터 했다. 관영은 몸을 일으켜 앉았다.

"잘 주무셨어요? 푹 주무셨다고 듣긴 했는데… 샤워까지 하시고 나니 좀 나으시죠? 정말 죄송합니다. 오늘은 여기서 더 쉬시고 내일 백화원으로 모시겠습니다. 저는 아까 와서 기다리다가 식사가 끝나셨다기에 들어왔습니다. 위원장님께도 자세히 말씀을 드렸고요, 조만간 연락하실 겁니다. 그사이엔 제가 부족하지만, 위원장님을 대신하게 될 겁니다."

"부부장님이라고 했지요?"

"네, 어제 그렇게 부르시겠다고…."

"부부장님, 그러니까 내가 남측 대표라면 부부장님은 북측 대표가 된다는 겁니다. 맞지요?"

"네, 맞습니다. 제가 결정권자는 못 되지만 그렇습니다."

"자, 그러면 우선 이 자리에서 의논의 첫발을 떼봅시다. 부부장님은 통일을 하려면 제일 먼저 무얼 해야 한다고 생각합니까?"

"이 자리에서요? 먼저 몸을 추스르셔야… 글쎄요… 무얼 먼저 해야죠?"

관영이 처음으로 미소를 지었다. 정신이 맑아졌음을 알 수 있었다.

"통일에 대한 계획을 세워야 합니다. 그 계획을 세우려면 지금의 모든 상황을 알아야 합니다. 어떤 분야를 조사하기 위해서 어떤 사람들이 필요한가를 의논해야 합니다. 분야별로 전문가들이 필요하고… 전문가들이 일할 수 있는 여건을 만들어줘야 합니다. 쉽지 않죠. 그래도 해야 합니다. 기간도 꽤 걸릴 겁니다. 계획 세우는 데만도 몇 년은 잡아야 할 겁니다."

"아! 네… 그러겠지요. 어렵네요."

김유경에겐 생경한 얘기가 되었으리라 짐작했다.

관영은 여유를 줘야겠다고 생각했다.

"모든 걸 완벽하게 계획을 세울 순 없겠지만 하는 데까진 해야 합니다. 나라의 기반시설을 구축하기 위한 사전 조사를 위한 사전 조사 같은 것으로 도로, 철도, 항만 등의 교통망과 정보통신망, 그리고 전력망 같은 것은 원체 시간이 오래 걸리니까 미리 할 수 있는 건 해놓기 위해서 전문가들… 전문가들은 여기 북측 전문가도 많이 있겠지만, 남측 전문가들의 도움을 받으면 더 좋지 않을까요? 아! 그런데 이런 말씀을 녹음 안 하고 위원장님께 다 전하실 수 있겠습니까?"

"녹음… 다 하고 있습니다. 지난번 위원장 오빠와 나누셨던 말씀도 다 녹음돼 있어서 저도 녹음으로 다 들었습니다."

"예? 다 벗고 있었는데… 녹음 못 하게….”

"저희 남매는 불안해서… 의자 밑에… 죄송합니다. 이해해주세요."

관영이 웃었다. 어처구니가 없어서 웃었다.

"허허허! 참… 웃음이 다 나오네. 그래요, 그래요. 이해됩니다. 그러면 조금 전 얘기대로 양측 전문가들을 선발해서 돌아보기로 하고… 부부장님! 위원장님이나 부부장님도 남측에 가셔서 상당 기간 전국을 돌아볼 필요가 있을 것 같은데 위원장님은 아무래도 어려울 거 같고… 부부장님이 변복 좀 하고 3개월 정도… 어려우면 1개월이라도 직접 남한의 경제 상황이나 일반인들의 생활상을 돌아보고 비교해보면 앞으로 어떻게 해야겠다는 판단하기가 수월할 것 같은데 어떻게 생각하세요?"

"제가요? 글쎄요, 그래야 하나요? 그건 오빠와 상의해서 말씀드릴게요. 제가 없으면 오빠가 불안해할 텐데, 가게 된다면 어떻게 가게 되죠?"

"그건 좀 연구해봐야 하는데… 허장훈 대통령이 오실 거니까 돌아가실 때 같이 가시면 될 겁니다. 일단 마음의 준비만 하세요."

"알겠습니다. 이젠 좀 쉬시죠. 쉬셨다가 백화원으로 돌아가시면 의사가 기다리고 있을 겁니다. 두루 검사받으시고 식사도 적절히 준비하라고 해놨으니까 몸과 마음이 안정되시면 제가 찾아뵙겠습니다. 다시 한번 죄송합니다."

1차 회담을 끝낸 부부장 김유경은 갔다.

아는 것도 없고 엄두도 못 내는 여자가 숙제만 잔뜩 껴안고 가는 것처럼 보여 안쓰럽기까지 했다.

✦　　✦　　✦

백화원으로 돌아왔다.

의사가 기다리고 있었다. 찰과상이란다. 타박상이 아니냐고 물었더니 그게 그거라며 웃는다.

연고를 허벅지와 종아리에 고루 바르고 곧 좋아질 거란다. 제일 많이 맞은 뺨은 아무렇지 않단다. 실제로 뺨엔 통증이 없었다. 묘하고 신통했다.

식사는 신경을 많이 쓴 게 분명했다. 처음엔 우거지 해장국 비슷한 음식으로 시작해서 깨죽, 전복죽을 2시간 간격으로 대령했다.

먹고 자고를 이틀쯤 하고 나니 몸이 정상으로 돌아온 것 같았다. 몸은 어느 정도 됐지만, 정신은 온전치 못했다.

수시로 총살당하던 순간이 엄습해와 가슴이 쿵쾅거렸다.

눈을 감으면 그놈의 소름 끼치는 저음이 온몸에 울려 퍼졌다.

꿈인 듯 생시인 듯 7명의 사수가 보였다.

추위에 떨던 방은 보이지 않았다.

그놈의 얼굴도 떠오르지 않았다.

놈의 "쏴!" 소리와 총구를 보이던 사수들… 어찌 잊을 수 있을까? 오랫동안 괴롭힐 게 분명하다.

잠자기가 두려웠다. 다른 생각… 아내와 아이들 생각. 장훈, 김경희 대통령 그리고 통일방안을 생각해야 하는데 되질 않는다.

'나는 분명히 죽었다. 그때 거기서 죽었었다.'

✦   ✦   ✦

이틀이 지난 저녁 시간에 김유경이 왔다.

말라깽이의 여린 모습에 미소를 지으며 들어오자마자 안부부터 물었다.

"어려우시죠? 좀 나아지셨습니까? 죄송합니다. 제가 괜히… 얼굴은 좋아 보이시기는 하는데, 몸은 좀 어떠세요?"

"몸은 괜찮아진 것 같은데 트라우마 증상이 생긴 것 같습니다. 그날 내가 혼절했다는 것은 그만큼 충격이 컸다는 것 아닙니까? 극복이 쉽지 않을 거 같습니다."

"아이고! 어떡하죠? 그게 오래갈 텐데… 어떡해! 잠도 못 주무시는 거 아녜요?"

"그렇죠. 할 수 없죠, 견뎌내야지요. 차차 나아지겠죠. 지난번 얘기는 위원장님과 나눠보셨습니까?"

"네, 하긴 했습니다만 다른 의견은 없어요. 오빠도 저도 전혀 생각지 않던 일들이라··· 다만 계획을 세워야 한다는 것과 그러기 위해서는 전문가들이 필요하다는 것도 동의했고요. 조만간 우리 측 전문가들을 선발해야 하는데 구체적으로 어떤 전문가를 몇 명씩이나 차출해야 할지 정 의원님이 말씀해주시면 그대로 시행하겠다고 했습니다. 정 의원님은 오랫동안 이 문제를 연구하신 거 같으니 믿고 하겠다고 했습니다. 아! 그리고 허 대통령님이 모레 오후에 오신다고 합니다. 오늘 몽골에 도착할 거랍니다."

"아! 허 대통령님이 모레 오후에··· 그럼 허 대통령이 오시면 상의해서 좀 더 구체적으로 방안을 내보도록 하겠습니다. 허 대통령은 실제로 국가를 5년간 운영해보셨기 때문에 저보다는 훨씬 더 잘 아실 겁니다. 그리고 그것과는 별도로 금강산 개방 문제와 개성공단 재개 문제도 해결을 보았으면 합니다. 이미 했었던 경험을 살려서 서로 간에 개선해야 할 문제들을 개선해서 빠른 시기에 재개했으면 합니다. 할 수 있는 것부터 하나하나 진척시켜 보는 거죠. ···제가 남측 방송을 보고 들을 순 없습니까? 정치권과 여론의 추이를 살피며 진척시켜야 하는데 그리고 우리끼리만 연결되는 직통 전화가 필요한 시기가 온 거 같지 않습니까?"

"아! 직통 전화! 오빠도 그 얘기를 했었는데···. 곧 도청이 안 되는 핸드폰을 갖고 오겠습니다. 남측 방송 청취도 할 수 있게··· 알겠습니다."

9

방향을 잡다

장훈이 돌아왔다.

관영은 장훈을 보는 순간 왈칵 올라오는 울음을 가까스로 참고 참다 결국 눈물을 보였다.

죽임을 당했던, 그것도 총살을… 너무도 생생했던, 그래서 혼절까지 했던 그 일이 떠올라 참을 수가 없었다.

장훈은 반가운 중에도 놀랐다. 관영이 자신을 맞는 모습이 예사롭지 않아 보였다. 여기가 북한이라는 것을 감안하더라도 눈물까지 보이다니 관영답지 않아 보였다.

"형님! 무슨 일 있었어요?"

장훈이 형님 호칭을 써가며 묻자 관영이 눈물을 훔치고 고개를 저으며 말하려고 했으나 말이 나오지 않았다. 끓어오른 감정을 정리하는 데 한참 애를 먹었다.

웃음을 보이기까지는 관영답지 않게 수선스러웠다.

겨우 어느 정도 진정되자 멋쩍게 웃으며 얼버무릴 수밖에 없었다.

"아이 참! 이거⋯ 이곳에서 다시 만나니⋯ 내가 주책을⋯ 너무 반가워서⋯ 하하하!"

"형님이 그러시니까 저까지도⋯ 많이 외로우셨어요?"

관영은 고개를 끄덕거리는 것으로 답했다.

그동안 있었던 일을 털어놓을 순 없다. 비밀을 지켜야 한다.

모든 일이 끝난 후라면 몰라도 아니 끝난 후에도 안 된다.

장훈에게도 안타깝지만 마찬가지다. 아차 하면 모든 일이 틀어진다.

위원장과 그렇게 약속했고 다짐을 받았으며 총살당하면서까지 확인당하지 않았던가. 그만큼 위원장의 치부를 감추는 것은 중요하다. 일의 성패가 거기에 달렸으니 말이다.

화제를 바꿀 필요가 있었다.

"대통령님, 가셨던 일들은⋯ 충격이 크죠?"

"아! 그거요?"

관영과 장훈은 오랫동안 얘기를 했다.

먼저 청와대 지하 벙커에서 김 대통령이 결단하면서 전적으로 맡기되 철저한 기밀 주의로 하라는 것과 신문이나 방송의 논조에 대한 것, 미국대사관에 해명하러 갔던 것, 국정원 원장을 만나 설명하고 여러 가지 부탁한 것, 정치권에도 찾아가 설명한 것, 금강산과 개성공단 관련 당사자들을 만나 설명하고 기자들과 질의응답 형식의 기자 회견 내용 등을 장시간에 걸쳐 설명했다.

핵 문제나 우리끼리의 통일 문제는 철저히 감추고 금강산 관광과 개성공단 재개 문제만 앞세웠다는 내용이었다. 끝으로 관영의 가족에겐 안부 전화만 했다고 했다.

"잘하셨습니다. 김 대통령님께서는 별로 안 놀라셨죠?"

"아니, 놀라셨습니다. 분명 파격적인 일을 하실 줄은 아셨다고 하면서도 이런 건 예상 못 했다고 하시면서 놀라워했습니다. 한참을 고심하시다가 금강산 문제나 개성공단 문제만 공식적으로 정부에서 추진하는 것으로 하되, 그 외의 일은 형님과 제가 정부에 알리지도 않고 몰래 추진하는 걸로 결론을 내린 겁니다. 이제 형님과 저는 정말 막중한 짐을 떠안게 된 겁니다. 그런데 형님, 무슨 안 좋은 일 있었어요?"

관영은 고개를 저으며 장훈의 설명 내용을 그려보았다. 예상보다 크게 틀리지 않았다.

점점 더 복잡하고 어려운 상황들이 벌어질 것이고 비밀을 유지하기는 더욱 어려워질 것이다. 정치권이나 언론에서도 지지를 얻어내야 한다. 어렵다. 진짜 어려울 거다.

이제 관영이 설명할 차례다.

"대통령님, 수고 많으셨습니다. 대통령님 가시고 며칠 후에 위원장을 단독으로 만나서 하고 싶었던 얘기 다 했습니다. 그 내용은 대통령님한테도 설명을 못 드린다고 진즉 말씀드렸지요? 죽을 때까지 비밀은 지켜야 합니다, 이해해주세요. 그 내용 설명은 못 드리지만… 결과는 만족스럽게 잘돼서 진척이 좀 있었습니다."

"저한테까지… 알겠습니다. 짐작은 하고 있었지만… 결과가 만족스럽다니 축하합니다."

이어서 그동안 일을 설명했다.

앞으로는 대화의 창구는 위원장 동생인 김유경과 주로 하게 되며, 금강산 관광과 개성공단 재개 문제는 즉시 남북의 당국자와 실무자 간의 논의가 이루어지도록 할 것이며, 그것들이 추진되는 동안 남측의 국토개발 전문가들과 북쪽 전문가들이 같이 참여하여 미래 국토개발계획의 청사진을 그려보도록 할 것이다. 그 일을 하기 위해서 남측에서 은밀하게 전문가들을 모셔와야 한다고 했다.

"아! 그리고 어쩌면 여기 백화원에서 우리 방송을 듣고 볼 수 있을 겁니다. 김유경 부부장이 알았다고 대답하고 갔으니 될 겁니다. 위원장과 직통 전화를 위해 핸드폰도 마련해주겠답니다."

"진척이 빠르네요. 국토개발 전문가를 차출해서 모셔오는 일은 제가 해야죠. 그 자체는 어렵지 않은데 비밀로 해야 하는 게 문제인데… 해야죠, 할 수 있습니다."

"진짜 중요한 거는 이런 일 자체의 기본발상도 위원장이 한 거로 해야 하고, 진행 방법도 위원장이 제시한 거로 해야 합니다. 우리 남측은 위원장의 요구에 응하는 것처럼 해야 합니다. 북측 국무위원들의 입장으로 볼 때 위원장의 엄명이니 따르지 않을 수 없다는 생각을 품도록 해야 하는 겁니다. 단 금강산이나 개성공단은 우리가 요구해서 위원장이 수락하는 걸로 할 겁니다."

"아! 위원장의 요구에 응하는 것처럼… 알겠습니다."

✦ ✦ ✦

그날 저녁 장훈과 관영은 위원장의 초대로 국무위원들과 함께 만찬을 했다.

위원장은 건강한 모습으로 다시 온 전임 대통령 장훈에게 각별하게 대했다.

만찬이 끝나고 자리를 옮겨 본격적인 회담이 이루어졌다.

먼저 장훈이 남측에 다녀온 결과물을 풀어놓았다. 몇 시간 전 관영에게 전했던 이야기 그대로 가감 없이 풀어 놓았다.

마지막으로 덧붙여 말했다.

"그래서 통일의 첫걸음으로 금강산 관광이나 개성공단 재개 문제부터 해결했으면 합니다. 실무자들과 당사자들이 만나서 개선해야 할 문제들에 대해서 허심탄회하게 논의하게 하고 그 결과물을 양측 당국자들이 합의해서 하기로 하되 풀리지 않는 문제들은 대통령과 위원장님이 결단을 내려주셨으면 합니다. 회담은 수시로 할 수 있도록 했으면 합니다."

위원장은 진지하게 다 듣고 말했다.

"먼저 김 대통령님의 결단에 감사드린다는 말씀을 드립니다. 금강산 관광이나 개성공단 문제는 즉시 문제를 풀어보라고 하겠습니다. 한번 했던 것이니만치 서로 간의 불만 사항은 보완해서 해봅시다. 툭 터놓고… 이제는 손해다 이익이다 하는 생각보다 서로 도움이 되겠다는 생각으로 임했으면 합니다. 자, 그리고 내가 한 가지 제안하겠습니다. 통일을 전제로 계획을 세워야겠는데… 전 국토를 좀 세밀하게 조사해서 미래의 교통망, 통신정보망 그리고 전력망 등의 계획을 세워야겠는데 남측의 도움을 좀 받았으면 합니다. 남측은 그런 것이 우리보다 잘되어 있는 거 같으니 전문가들을 보내

주셔서 우리 측 전문가들과 함께 미래의 청사진을 만들어 보았으면 합니다. 이런 것은 시간이 오래 걸리니까 좀 서둘렀으면 합니다. 가능하시겠습니까?"

위원장의 말이 끝나기 전부터 국무위원들이 어리둥절한 모습을 보이자 말을 끝낸 위원장이 느긋이 쏘아보며 말했다.

"할 말 있으면 해보시오. 내각 총리 말해보시오."

국무위원들이 수첩에 끄적이다 움찔했다. 지명을 받은 내각 총리 노재필은 사색이다.

꾸물거리다 겨우 말을 시작했다.

"개성공단은 임금이 너무 싸서 별 도움도 안 되고… 말만 뒤숭숭해지고… 남측 전문가들에게 미래 계획을 세우게 하신다는 것과… 조사를 시키신다는 것이 너무…."

노재필의 떨리는 말이 채 끝나기 전에 위원장이 가로챘다.

"그래서요? 임금이 싸면 올려 받으면 될 것이고, 계획이나 조사를 남측 전문가에게만 맡긴다는 게 아니고 우리 측 전문가도 함께한다는 것 아닙니까? 그렇게 해서 계획을 잘 세우면 누구한테 더 좋습니까? 조사를 좀 더 잘해서 계획을 잘 세워야 할 거 아닙니까?"

노재필과 국무위원들의 표정이 금세 바뀌더니 고개를 끄덕이며 수첩에 적기 바쁘다.

장훈과 관영은 이들의 한심한 놀음을 직접 목격하면서도 믿어지지 않았다.

젊은 군주의 위엄에 속수무책으로 무너져 내려 전전긍긍하는 국무위원들의 꼬락서니가 안쓰러웠다. 위원장은 아무 일 없다는 듯이 장훈을 보며 말했다.

"대통령님께서 남측 전문가들을 데려오셨으면 하는데 가능하시겠습니까?"

관영과 장훈은 금시초문이라는 듯한 표정을 짓다가 장훈이 대답했다.

"제가 가서 알아봐야겠지만 가능할 겁니다. 아—! 정말 탁월하신 생각이십니다. 국가의 기반시설은 미리 해놔야겠다는 선견지명에다가 남측도 참여해 달라는 용단을 내리시니 정말 탁월하십니다. 그런데 위원장님, 교통망이나 통신정보망 그리고 전력망 등은 각각의 전문가들이 필요할 겁니다. 남측에서 몇 명씩이나 선발해오면 될까요?"

위원장이 당황한 듯 머뭇거릴 때 관영이 나섰다.

"그것도 그 전문가들한테 물어봐야 할 겁니다. 단순히 교통망, 정보통신망, 전력망이라고 하지만 그것에도 각각 여러 분야로 나누어져 있으니까요. 전문가들이 어떠어떠한 분야엔 몇 명씩 필요한지를 잘 알 것 아닙니까? 꽤 많이 필요할 겁니다."

위원장이 툭 나섰다.

"우리 측 전문가도 있으니까 분야별 5, 6명 정도로… 큰 그림을 그리고 나중에 세세히 그릴 때 더 보충하면 될 겁니다."

위원장의 발언은 의외로 단호했다. 더 이상의 논의는 필요치 않아 보였다.

그렇게 무난히 마무리 지어진 셈이다.

◆　◆　◆

　　장훈은 몽골을 경유해서 서울로 돌아갔다.

　　모습이 확 달라진 부부장 김유경과 함께였다.

　　김유경은 가기 전에 관영의 방에 남한 방송이 나오는 TV를 설치해주고 위원장과 직통통화를 위한 핸드폰도 갖고 왔다.

　　승용차와 안내인을 붙여주어 평양 관광을 할 수 있게 해주었다.

　　안내를 맡은 박인철은 보통 키의 다부진 몸에 입이 무거운 사람 같았다.

　　아들만 둘 있다고 했다.

10

바보? 아닌가?

관영은 평양 관광에 나섰다.

평양 시내의 널찍한 도로를 걸으며 자꾸 서울을 떠올려 비교를 하게 되었다.

깔끔하고 한적하다고만 말할 수 없는 무언가가 있었다.

자동차는 많지 않아 한가했고 건물들은 상당히 세련돼 보였다. 적당한 거리에 적당한 높이로 조화롭기도 했고 질서 정연해 보였다.

예상했던 거보다는 훨씬 훌륭했다.

평양 거리나 건물은 최빈국의 티가 전혀 나지 않았고, 공원은 오히려 풍요로워 보이기까지 했다. 그중에서도 여명거리나 창광거리는 위용이 대단했고, 특히 최근에 완공했다는 송신, 송화지구의 80층짜리 아파트는 입이 떡 벌어지도록 위용이 대단했다.

위원장에게 최빈국이라고 했던 자신의 말이 제대로 알아보지 않고 큰 실수를 한 것 같았다. 그러나 관영은 알고 있었다. 이들은 모든 건물을 지을 때 가장 큰 중점을 두는 거는 쓰임새가 아니라 겉

모양이라는 거, 특히 외국인들에게 자랑거리가 되도록 신경 썼다는 거, 전력이 턱없이 모자라 호텔 엘리베이터 운행도 멈추기 일쑤인데 80층 아파트는 오죽하랴.

아니나 다를까, 그 거대하고 멋들어진 80층짜리 아파트 엘리베이터 앞에 섰을 때 확인했다.

오전 6시~8시 오후 6시~8시 사이에만 작동한단다. 모르긴 몰라도 그 시간에도 제대로 운행될 리가 없다는 것이 관영의 판단이다.

하늘에서 내려다본 한반도의 밤 풍경이 말해주지 않는가.

남쪽의 밝은 빛과는 너무나도 판이하게 어두운 북녘 평양의 밤 풍경. 전력난, 최우선으로 해결해야 한다. 전력이 모자라면 어떤 것도 할 수 없다.

서두른다 해도 늦다, 늦어도 너무 늦었다.

평양 면적은 서울 면적보다 3배나 크지만, 인구는 서울의 4분의 1이다. 크고 작은 건물이 다닥다닥 붙어있고 번듯한 새 건물과 흉물스러운 낡은 건물이 뒤섞여 있는 서울과는 다르게 이곳은 다분히 계획적으로 디자인한 덕에 아주 작은 건물은 없고 단일 건물이라기보다는 모두가 연계된 건물들이다. 따라서 서울 산동네의 좁고 꼬불꼬불한 골목길은 이곳에서는 거의 없어 보였다.

면적은 크고 인구는 한참 적은 평양을 일주일 동안 돌아본 느낌은 허탈, 그것이었다.

거대한 건물의 거창한 정문으로 들어가 층층마다 돌아다녀 보면서 도대체 이 건물의 쓰임새는 무엇인지 의문이 들었다.

넓은 실내가 텅텅 비어 있거나 책상 몇 개 정도 덩그러니 놓여 있을 뿐 사람도 몇 없는 데다 그나마도 일하는 건지 노는 건지 알 수가 없었다. 모두 그런 건 아니지만 대부분이 그랬다.

사방팔방에 붙어있는 요란한 구호와 위원장 일가의 사진이 장식처럼 존재하고 있을 뿐이다.

위원장 일가에 대한 추앙은 진짜로 존재하는 것일까?

도대체 어떻게 세뇌 교육을 했길래 그런 광적인 행위를 버젓이 행할 수 있을까?

2천600만 명이나 되는 인민이 모두 바보 등신이란 말인가?

그들도 지능이 있고 지식이 있을 텐데, 지능이 있고 지식이 있으면 생각이라는 것도 할 텐데, 그게 무슨 꼴이란 말인가?

배알이 꼴려서라도 못 할 짓을 버젓이 하고 있으니 모두 다 한결같이 쓸개가 없단 말인가?

도대체 얼마나 세뇌를 시키고 겁박을 주었기에 이 정도까지 되었을까?

부아가 치밀었다.

일주일간의 평양을 돌아본 감상은 부아가 났다가 허탈해졌다가 다시 부아가 났다였다.

안내를 맡은 박인철도 관영의 표정을 보며 눈치를 챘겠지만 애써 모른 척했다.

한 가문이 2천600만 명의 인민을 이렇게 농락해도 된단 말인가!

이곳 평양은 북한에서 특별히 선택된 사람들만 산다는 곳 아닌가!

선택된 사람들이란 절대 권력자 가문에 대한 충성도가 높은 사람들일 게 뻔하다.

특권층만 산다는 여기 평양이 이 모양이라면 다른 곳은 오죽하랴 싶었다.

국민 총생산이 남한의 54분의 1밖에 안 되는 최빈국으로 추락시킨 그 가문이 어떻게 그토록 요란한 추앙을 받는지, 기가 찰 노릇이었다. 진짜 기가 차고 어이없는 일은 관광을 마친 다음 날 벌어져 관영의 꼭지를 돌게 했다.

점심 식사 후 양치질을 하기 위해 준비하는데 직통 전화벨이 울려 받았다.

위원장이었다.

"정 의원님! 평양 관광 좀 하셨지요? 어땠습니까? 괜찮았습니까?"

위원장의 목소리가 예사롭지 않게 밝고 높았다. 너무도 자신에 찬 목소리다.

관영은 처음으로 걸려온 직통 전화에다 느닷없는 질문에 바로 답 못하고 얼버무릴 수밖에 없었다.

"아, 위원장님! 예….."

이어서 터져 나온 위원장의 통쾌한 웃음소리.

"하하하! 볼 만하지요? 하하하! 내 놀랄 줄 알았습니다. 오늘… 아니, 지금 오십시오. 얘기 좀 들어봅시다."

전화가 끊겼다.

'내가 놀랐다고? 언제?'

답하기가 난처해서 얼버무린 말을 놀라서 못하는 걸로 착각한 게 분명했다. 어처구니가 없어 할 말을 잃었다.

관영은 이 상황을 감당할 준비가 되어있지 않았다. 설마 위원장이 평양 거리에 대한 자부심이 이렇게까지 자신만만한지는 꿈에도 몰랐다. 정말, 정말 위원장이 이 정도일 줄이야…!

난감했다. 저쪽이 문제 아니라 이제부터 내가 어떻게 처신해야 할지 판단이 서지 않았다. 머리가 지끈지끈했다. 저 정도의 인물을 도와야 한다니, 그래야 한다니 기가 찼다.

노동당 당사를 향해 가면서도 위원장을 어떻게 대해야 할지 막막했다.

'아예 냅다 받아버려? 죽기까지 했었는데 못 할 게 뭐야.'

위원장을 아예 박살을 내줘야 정신 차릴 거라는 생각을 굳히고 전의를 다지면서 갔다.

관영이 당사에 도착해서 안내를 받아 도착한 곳은 국무위원들과 함께 회합하던 자리였다.

불길한 예감을 느끼며 들어선 관영은 아연실색할 수밖에 없었다. 단독 면담이 아니고 국무위원들도 자리하고 있었다. 더구나 그들은 와자하니 들떠있는 상태였다.

'술판? 대낮에? 회의장에서?'

도무지 알 수 없는 황당한 분위기에 엉거주춤 서 있자 위원장이 호기롭게 큰 소리로 외쳤다.

"아! 어서 오시오. 기다렸습니다, 정 의원님! 지금 정 의원님께 평양을 둘러본 소감을 들어보려고 다들 기다렸습니다. 앉으시죠. 오늘은 그냥 격식 차리지 말고 얘기합시다. 우선 한잔 받으시고요.”

관영은 상황을 파악하느라 시간이 좀 걸리긴 했지만, 확실히 알아차렸다.

일단 앉아 엉겁결에 술잔을 받았다.

위원장이 손수 술을 따랐다. 중국 독주 같았다.

“우리끼리 먼저 마셔서 미안합니다. 이렇게 격식 차리지 않고… 좋지 않습니까?”

위원장의 자부심이 넘치는 말은 다정해도 너무 다정했다.

국무위원들도 덩달아 손뼉도 치고 고개를 끄덕이며 호응했다.

“아! 예! 그렇죠.”

같이 흘러갈 수밖에 없었다. 여기 이 분위기에서 어쩌겠는가.

국무위원들의 면면을 살피다 그림이 약간 다름을 알았다. 한 사람이 안 보이고 한 사람은 처음 본 얼굴이다.

관영이 잠시 새로운 사람을 살피자 위원장이 나섰다.

“아! 이번에 새로운 강금철 내각 총리입니다.”

‘내각 총리? 노재필은?’

관영이 미처 생각할 새도 없이 깡마르고 키도 작은 강금철이 벌떡 일어나 웃으며 다가와 손을 내밀었다.

“어제부로 존귀하신 위원장님의 은덕으로 내각 총리가 된 강금철입니다. 반갑습니다.”

얼결에 악수를 받으며 자연스럽게 말이 따라 나갔다.

“반갑습니다.”

강금철이 제자리로 돌아가고 위원장이 건배를 위해 일어서 일장 연설을 했다.

"오늘은 우리의 업적이 남조선 대표로부터 인정받은 기쁜 날입니다. 지난 일주일간 정 의원님이 우리의 평양을 둘러보시고 놀라워하셨다는 겁니다."

박수 소리가 요란했다. 겨우 다섯 명의 박수 소리가 이렇게 요란할 수 있다니….

'내가 언제? …놀라워했다고?'

위원장의 기염은 거기서 끝나지 않았다. 박수 소리가 잦아지기를 기다린 후에 이어졌다.

"우리는 이것에 만족하여 멈추지 말고 송화 송신지구를 넘어 더 크고 더 멋있는 살림집을 지어 평양 인민은 물론 전 인민에게 번듯한 살림집에서 행복하게 살 수 있도록 해야 합니다. 그러기 위해서 전 인민이 일치단결하여 노력해야 합니다."

박수와 함성이 이어졌다.

난감했다. 같이 호응할 수도 없고 안 할 수도 없는 대략 난감, 그거였다.

위원장의 수준이 이거였다니, 착각도 유분수지. 제 흥에 겨워 들떠있는 꼬락서니라니 어이가 없었다.

그런데 이번엔 관영에게 덤터기가 날아들었다.

"자! 이제 정 의원님, 그 술 들이키시고 평양 관람 소감을 직접 한 번 들려주시죠."

당장 판을 엎어버리고 싶었다. 이 멍청한 놈들 귀퉁배기를 한 대씩 먹이고 떠나고 싶었다.

그러나 어쩌랴, 이들 눈높이에 맞출 수밖에….

한참을 가다듬고 일어섰다.

"제가 평양 시내를 일주일간 돌아보고 놀란 것은 사실입니다. 서울은 각각 건물 주인이 따로 있어 자기들 마음대로 지어 하나하나 볼 때는 괜찮지만 전체적으로 볼 때는 조화롭지 못한 편인데 평양은 전체 건물들이 잘 어우러져 보기 좋았습니다. 그리고 서울은 다닥다닥 붙어있고 거기에 온갖 간판이 건물을 다 가리다시피 해서 미관상 복잡도 하고 지저분한데 평양은 건물도 그리 붙어있지 않고 적당하게 잘 배치가 된 것 같았습니다. 또 최근에 완공됐다는 송화, 송신지구의 80층짜리 아파트는 위용이 정말 대단했습니다. 놀라웠습니다. 공원들도 잘 정비되어 있었고요. 특히 서울은 산동네 같은 곳에 가보면 경사도 심하고 골목이 좁고 꼬불꼬불해서 길 찾아 걷기가 불편한데, 평양은 골목도 넓고 반듯해서 좋았습니다. 이상입니다."

박수와 환호가 터졌음은 물론이다. 위원장의 기대엔 못 미쳤는지는 몰라도 관영으로서는 최선을 다해서 맞장구를 친 셈이었다.

국무위원들의 환호와 박수는 그렇다 치더라도 위원장의 그것은 관영을 어이없게 했다. 한 점 부끄러움 없이 손뼉을 치며 웃어 제끼는 위원장을 보며 참으로 안타까웠다.

어찌 보면 뭘 모르는 천진난만한 소년 같았다.

문득 한 장면이 떠올랐다.

TV 뉴스 장면, 대륙간 탄도미사일 발사 장면을 직접 참관하고 성공했을 때 환호하는 장면에서 위원장이 감격에 겨워 두 팔을 들고 환호하며 옆의 누군가를 와락 끌어안는 모습이다. 혹시, 위원장은 이런 어마어마한 무기를 만들어 냈으니 남조선은 물론 미국도 이길 수 있다고 믿는 건 아닐까? 설마? 아무래도 그런 거 같다.

지금 이 자리에서 보여준 위원장과 국무위원들의 모습만으로 이들의 의식 수준이나 지적 수준을 판단하기에는 부족할지 모른다. 그러나 많이 부족한 건 분명한 거 같다.

위원장은 이후에도 자랑거리를 한참 늘어놓기도 하고 강력히 권고하기도 했다.

원산 해양관광단지 사업장에 가봐라. 서해갑문도 가봐라. 함경남도 단천 수력발전소 1호, 5호, 6호 건설 현장도 가봐라. 가는 김에 어랑천 수력발전소 3호, 4호 건설 현장도 가봐라 등등 주문을 하면서 신나 하는 모습이라니 가관이었다. 그래도 수력발전소를 여러 개를 건설하고 있다니 반가웠다.

절망과 희망이 교차한 순간이었다.

전력이 터무니없이 부족하다는 걸 알고, 또 자신들의 사정을 알고 그에 딱 맞는 방향, 즉 원자력도 아니고 화력도 아닌 수력발전소를 많이 건설한다니 얼마나 다행스러운 일인가. 너무 반가워서 덥석 위원장의 손을 잡으며 꼭 가보겠노라고 맹세하듯 다짐했다. 위원장은 흡족했다.

영빈관으로 돌아오면서 쓸쓸하고 허탈한 중에도 수력발전소를 여러 개 건설하고 있다는 위원장의 말에 한결 위안이 되었다.

'생판 바보는 아닌가 보네. 가 봐야지.'

11

김경희 대통령과 김유경 부부장

한편 장훈은 몽골에서 국정원 직원 윤재만 부장에게 김유경을 인계하고 같은 비행 편을 타고 귀국했고, 김유경은 윤재만 부장과 함께 입국 심사 없이 안가로 먼저 직행했다.

공항엔 기자들이 진을 치고 있었다.

장훈이 출국장을 나와 기자들 앞에 섰다.

여기저기에서 질문이 쏟아졌지만 비슷한 내용이었다.

두 손으로 장내를 진정시키고 회견을 시작했다.

"국민 여러분께서 염려해주신 덕분에 무사히 잘 다녀왔으며 회담 결과도 좋은 성과가 있었습니다. 우리 측에서 요구한 이산가족 상봉 문제와 금강산 관광이나 개성공단 재개 문제는 즉시 실무협의에 들어가기로 했습니다. 이미 전에 했던 것들이기 때문에 그 당시 문제가 되었던 사안에 대해선 서로 대승적인 차원으로 서로 양보할 건 양보하여 조속히 실행하기로 합의하였습니다. 1차 실무회담은 늦어도 일주일 내에 이루어질 것으로 보입니다. 이상입니다."

기자들이 여기저기서 손을 들어 발언권을 요청했다.

"우리 측이 양보할 것은 어떤 것이 있으며, 북측이 양보하는 것은 어떤 것이 있습니까?"

"그런 건 실무회담에서 나올 거로 알고 있지만 우선 한 가지만 언급한다면 금강산 관광이나 개성공단 재개 시 입출입이 훨씬 자유롭게 될 것이라는 겁니다. 더불어 통신시스템도 거의 개방될 것으로 기대합니다. 이상 오늘은 여기까지입니다."

장훈은 기자 회견을 짧게 마치고 곧바로 남산의 안가로 직행해서 김유경을 만났다.

긴 머리를 짧게 자르고 화장을 짙게 하고 긴 속눈썹도 붙인 데다 산뜻한 정장 차림의 김유경은 서울의 보통 여자처럼 보였다. 김유경은 낯선 환경에 긴장하고 있는 게 분명했지만, 애써 미소를 지으며 맞았다.

"아이! 대통령님. 댁엘 먼저 안 가시고…."

"잠깐 들렀다 가면 되지요, 집이야. …오시는 데 불편하진 않았습니까?"

"아주 편안했습니다."

"부부장님! 모든 게 낯설고 불안하시겠지만, 여기 윤재만 부장을 믿으시고 마음을 편히 하십시오. 윤 부장 외에도 여러 요원이 은밀하고 안전하게 모실 겁니다. 서울에 계실 때는 여기 머무르시고 지방에 가시게 되면 그곳에도 이런 안가가 있습니다. 음식도 신경 써 드릴 겁니다. 지방마다 특색있는 음식이 따로 있으니 한 번씩 드셔

보는 것도 좋은 경험이 될 겁니다."

"고맙습니다. 대통령님은 내일쯤 뵐 줄 알았는데 이 시간에 일부러 오셨네요. 윤 부장님께서 다 챙겨 주셔서 편히 왔고, 이곳 숙소도 아주 좋습니다. 마스크까지 쓰니까 알아볼 사람도 없을 거 같고…. 짧은 기한이지만 많이 돌아보고 가겠습니다. 윤 부장님, 잘 부탁합니다."

한쪽에 물러나 있던 윤 부장이 그 자리에서 고개를 숙이며 말했다.

"예, 알겠습니다. 기자들만 조심하면 별문제 없을 겁니다."

장훈이 바로 말을 이어받았다.

"어디를 가던 누가 말을 시키면 못 알아듣는 척만 하면 됩니다. 일단 말을 하면 억양 때문에 위험합니다. 다행히 영어가 된다니, 남들 앞에서는 윤 부장과 영어로 하시되 웬만하면 말을 안 하는 게 제일 좋습니다. 윤 부장이 미리 사람 접근을 못 하게 조치하고 방문할 겁니다. 윤 부장, 잘 부탁하네."

"네, 알겠습니다."

키가 크고 평범해 보이지만 다부져 보이기도 한 윤 부장의 대답은 믿음직했다.

✦   ✦   ✦

장훈은 다음 날 오전에 김경희 대통령을 만나 그동안의 경과를 보고하고, 이산가족 상봉 문제 금강산 관광 재개 문제와 개성공단 재개 문제 등을 모두 일임했다. 그리고 북한 전 국토에 대한 미래의 청사진을 그리기 위한 조사단 구성 문제를 내놓았다.

　김경희 대통령은 김유경이 온 것은 국정원을 통해 이미 알고 있었으나 통일의 청사진을 그리겠다는 얘기엔 숨이 턱 막히도록 놀라워했다.

　"아니, 어떻게 되어 가길래… 너무 빠른 거 아닙니까?"

　"아닙니다. 이게 전 국토를 몇 바퀴 돌아보고 측량도 하고 하려면 몇 년이 걸릴지 모르는 일입니다. 청사진만 그리는 데도 2, 3년 잡아야 하고 실제로 뭔가 하려면… 통일이 되기 전에 기초에 기초라도, 아니면 그것에 준비만이라도 해야 하지 않겠습니까?"

　"그야 맞는 말씀이지만 진도가 너무 빠르다기보다 너무 획기적이라… 어떻게 그렇게까지 얘기가 된 건지. 그런데 대통령님 조사단의 안전은 문제없겠죠? 괜찮을까요?"

　"위원장이 직접 요청한 거로 됐으니까요. 위원장이 보증한 셈이니 믿어야지요. 양쪽 전문가들이 함께하는 것이니만큼… 그래도 전 국토를 다 돌아다니며 조사하려면 체력 문제도 있고 질병 문제도 있을 수 있고…더구나 이 일까지는 비밀 유지가 되어야 하니 그것도 쉬운 일이 아니지요. 그래도 해야지요. 큰일을 하다 보면 별별 일이 생기게 마련입니다. 각오하고 해야죠."

　"그래야겠지요."

　조사단 구성 문제는 대통령이 직접 관여하되 은밀하게 진행하는 걸로 결정했다.

　개성공단 재개 문제나 금강산 관광 재개 문제, 그리고 이산가족 문제는 정부 각 부처의 몫이 되어 진척될 것이다.

예비 회합부터 실무팀과 사업 당사자들도 참여시키도록 부탁했다.

그리고 남측에서 시정을 요구하는 사항은 북측이 거의 받아들이기로 했으니, 북측이 요구하는 시정 사항도 웬만하면 받아들이는 자세를 제안했다.

이런 기류가 알려지자, 일부 언론들은 퍼주기가 다시 도졌다고 써대기 시작했다. 예상됐었던 반응이고 아직은 큰 진전에 대한 국민적인 반응과 긍정적인 여론에 밀려 염려할 정도는 아니었다.

장훈은 국정원 원장과 만나 긴 시간 밀담을 나누었다.

외무부 장관, 산업통산자원부 장관과 만나 외국기업의 개성공단 유치 문제를 폭넓게 논의했다. 최소한 30개 이상의 외국기업을 유치하되 모든 문제의 뒤 책임은 대한민국 정부가 보증하기로 하되 재보험을 들어놓기로 합의를 했다.

장훈은 일련의 모든 과정을 서류로 정리하여 미국 대사관과 중국 대사관을 직접 찾아가 설명했다. 전임 대통령이 직접 찾아와 정리된 서류를 놓고 설명하는 성의에 그들로서는 긍정적으로 대하지 않을 수 없었다.

장훈이 북에서 돌아온 지 6일 만에 남북 협상 테이블이 만들어졌다.

첫날은 예비 협상으로 한 테이블에서 협상이 있었지만 3일 후부터는 이산가족 상봉팀, 금강산 관광 재개팀, 개성공단 재개팀으로 나뉘어 협상이 이루어졌다.

양측이 모두 적극성을 갖고 임한 협상은 거의 일사천리로 진행됐다.

가장 큰 산은 금강산 관광 요금이나 개성공단의 임금 결제를 어떻게 할 것인가이다. 북측은 달러를 요구했고, 남측은 달러로는 곤란하다고 해서 난항에 빠졌다.

달러로 지급한다고 하면 언론은 물론 미국을 비롯한 많은 우방국의 의심을 사게 될 것이고, 강력한 반대와 압력 때문에 결국엔 사업 자체를 접어야 하는 사태가 올 수도 있다.

협상 내용이 빠짐없이 공개되었으므로 언론은 그럴 줄 알았다는 듯이 사정없이 물어뜯기 시작했다.

정치인들의 비아냥과 언론의 공세는 탄력을 받아 며칠 만에 정권 퇴진 운운하는 지경이 되었다. 북한 핵 개발을 도우려는 이 정권은 물러나야 하며 몇 번씩이나 속았으면서도 정신 못 차리는 종북들은 북한이 그렇게 좋으면 북으로 가란다.

협상이 두 번씩이나 결렬되고 다음 협상 일정도 잡지 못하자 비아냥과 공세는 절정을 이루었다.

광화문과 청와대 앞에는 시위대가 온종일 들끓었고, 여론은 한 방향으로 쏠리는 듯했다.

회담 공백이 3일 지나자, 남북 간 추진하던 모든 일이 물거품이 되는 듯했다.

4일째 되는 날 이례적으로 북측의 요청으로 협상 날짜가 잡혔다.

광화문 일대는 아수라장이 되었고, 신문·방송들은 북한의 술수에 또 넘어가려고 하느냐며 온종일 종북세력을 뿌리 뽑아야 한다며 분통을 터트렸다. 그리고 다음 날 판문점을 향하는 협상단을 수많은 열혈 반대층이 막아섰다.

협상단은 북측이 요청한 회담이기에 일말의 희망을 안고 가는데 길을 막아선 저들의 기세는 산이라도 무너뜨릴 듯했다.

경찰의 제지로 시위대는 뚫었지만, 협상단 두 명이 얻어맞아 눈두덩이가 부어올랐고 입술이 터졌다.

회담 장소에도 40분이나 늦게 도착했다.

겨우 회담이 시작됐다.

회의를 시작하자마자 북측대표단 단장이 즉각 손을 들어 발언권을 얻은 후 제안서를 읽었다.

"모든 결제는 원화, 즉 남측 돈으로 하고 그 돈으로 남측의 각종 물품을 사기로 한다. 단, 남측은 개성에 대규모 점포를 2개 이상 개설하고 각종 물품을 남측에서 판매하는 가격의 60% 수준에 정가 공급해주기 바랍니다."

일말의 작은 불씨라도 있을까 했던 협상단은 입이 떡 벌어졌다.

북측이 획기적인, 정말 획기적인 제안을 갖고 왔기에 귀를 의심해야 했다.

협상단은 어리벙벙한 중에도 북측 협상단의 손을 잡아 치켜들며 환호했다. 어떻게 갑자기 북측이 태도를 180도 바꾸게 되었는지 물어보는 것조차 묻혀버렸다.

얼굴이 붉게 달아오른 협상 단장이 김경희 대통령에게 전화로 직보하자 대통령도 놀란 나머지 되물었다.

"정말이에요? 우리 돈으로? 우리 물품을? 정말이죠…? 와! 어떻게 된 일이지? 자, 그러면 우리도 양보할 거 있으면 하세요. 괜찮아요. 내가 책임질게요."

협상 단장이 담담하게 협상 결과를 발표하자 여론은 금세 돌변했다. 반대하던 정치인이나 반대를 일삼던 언론은 머쓱해졌고 다른 한 편에선 쾌재를 불렀다.

국민 여론은 하루 사이에 환호 일색으로 바뀌었다. 그래도 의심스럽다는 여론은 있었지만 먹혀들지 않았다.

금강산 관광 재개와 개성공단 재개 문제는 탄력을 받아 급속도로 진행되었다.

장훈은 원화로 결제받아 우리 물품을 사겠다는 북측의 갑작스러운 태도 변화에 정관영의 역할이 있었을 거로 판단했다.

위원장의 결단이 아니면 불가능한 일이고, 위원장의 태도 변화에는 누군가의 조언이 있었을 것이고, 그런 조언을 할 만한 사람은 정관영뿐이라고 판단했다.

가늠할 수 없는 사람, 어떻게 위원장의 결단을 끌어낸 것일까?

더불어 지난번 눈물까지 보였던 정관영을 떠올리며 자신에게 말할 수 없는 어떤 일이 벌어졌던 것은 아니었을까? 하는 의문이 들기도 했다.

장훈은 부산에 있는 안가에서 김유경 부부장을 만났다.

김유경은 20여 일 사이에 많이 변해 있었다.

머리 모양은 그대로였지만 화장은 상당히 자연스러워져 어색하지 않았다.

"어서 오십시오, 대통령님. 반갑습니다."

"아! 부부장님, 좋아 보입니다. 그동안 불편하진 않으셨습니까?"

"네, 여기 윤 부장님이 잘 챙겨 주셔서…."

"윤 부장! 수고가 많지요? 얼마 남지 않았지만, 끝까지 조심해서 잘 모시도록 해요."

장훈이 윤 부장을 보며 말했다.

"네, 잘 알겠습니다. 그럼 말씀 나누십시오. 저는…."

듬직한 윤 부장이 고개를 숙이고 자리를 비켜주자 김유경이 기다렸다는 듯이 말했다.

"판문점 북남 회담이 너무 빨리 진행되는 거 같은데… 제가 없을 때는 오빠가 결정을 잘 못하는데… 아무래도 정 의원님의 말에 오빠가 넘어간 것 같아요. 남측 물품을 마구 사서 인민들한테 막 뿌려도 될까요? 아무래도 문제가 많이 생길 거 같은데…."

장훈은 김유경의 말속에 염려가 많음을 느낄 수 있었다. 어떻게 답변해야 할지 망설여졌다.

장훈의 답변이 바로 나오지 않자 김유경이 이어서 말했다.

"대통령님, 이게 남쪽에서 말하는 흡수통일이 시작되는 것 아닙니까? 개성과 금강산이 완전히 개방되고 남측 각종 물품이 북측 인민들한테 마구 뿌려지면 인민들이 무슨 생각을 하겠습니까? 그걸 계산하고 하는 거죠? 맞죠?"

김유경의 말속엔 절망감을 넘어 분노마저 느껴졌다.

장훈은 변명조는 피하고 정공법으로 대했다.

"걱정되시죠? 남측의 실제 모습을 북측 인민이 알게 되겠죠. 그러면 어떻게 해야 할까요? 철저하게 더 감춰야 할까요? 아니, 지금 현재도 인민들이 남측에 대해서 전혀 모를 거라고 생각하십니까? 자세히는 모르겠지만 대강은 알고 있다는 겁니다. 탈북민 입국자 숫자가 말하고 있습니다. 1998년부터 지금까지 탈북해서 남측으로 입국한 사람이 3만 5천 명을 넘어섰습니다. …거짓말 같습니까?"

"그렇게 많이요? 설마… 꽤 된다는 건 알고는 있었지만…."

"남측으로 온 사람만 3만 5천 명이니 전체 탈북민이 얼마나 될지 짐작되잖아요. …중국으로 탈출했다가 오는 겁니다. 중국 쪽에는 이 숫자보다 열 배 이상 많은 북측 사람들이 있을 겁니다. …와도 모두 다 잘사는 건 아닙니다. 여기는 경쟁이 아주 심한 사회입니다. 능력을 갖춘 사람이 출세도 하고 돈도 벌고 하는 세상입니다. 대신 여기는 대통령한테도 욕도 할 수 있는 자유로운 세상입니다. 자유롭게 직업을 선택해서 능력껏 경쟁해 벌어 먹고사는 세상입니다."

"그렇지만 여기는 부자들 자식들은 능력 없고 노력 없어도 부자로 잘만 살잖아요? 그래서 빈부 차가 심하잖아요."

"맞습니다. 우리의 고민이며 치부입니다. 경쟁 사회에서는 이기는 자가 있으면 지는 자도 있기 마련입니다. 지는 자의 삶의 질은 좋을 수가 없습니다. 그래서 제가 대통령일 때 부자들이 가난한 자들을 대대적으로 돕는 제도를 만들어서 시행하여 상당한 효과를 보고 있습니다. 상위 10% 전후의 부자들이 하위 50%의 모든 국민을 딱 이 나라 중간층으로 살 수 있게 도와주고 정부는 도와준 부유층에게 여러 가지 혜택으로 보답하는 제도를 5년마다 시행하고 있습니다. …세계 어느 나라도 해내지 못한 경제 양극화를 해결한 유일한 나라입니다. 그래서 그걸로 노벨경제학상을 받았습니다. 정관영 의원과 함께 공동 수상했습니다."

"뉴스로 알고는 있지만… 남측 뉴스 다 보고 있거든요. 그런데 부자들이 자발적으로 돈을 내놓던가요?"

"세상 어디에도 없는 제도라 반대가 많았지만, 분위기가 잘 형성돼서 시작됐는데 실행해보니 부유층한테도 오히려 득이 된다는 것을 알고는 점점 더 좋은 쪽으로 향하고 있습니다. 지금 북조선이 경제적으로 많이 뒤처진 건 미국이 모든 것을 봉쇄해서인데 돌파구를 찾아야 하지 않겠습니까? 그 돌파구, '그게 바로 남조선이다.'라는 명분이 있지 않습니까?"

"글쎄요. 솔직히 불안합니다. 이미 합의했으니… 걱정입니다."

"세상은 파격과 역설로 발전해 왔습니다. 안 풀릴 때는 엉뚱해 보이는 방법이나 반대되는 방법도 생각해봐야지요. 사상과 이념이 달라서 갈라져 살았다고 하지만 그것은 어디까지나 위정자들의 사상이나 이념이지 동포 전체의 사상이나 이념은 아니라고 봅니다. …여기는 누구나 자유롭게 자기의 생각을 말할 수 있는 권리가 보장된 나라입니다."

"제가 알기로는 반공법인가요? 아! 국가보안법이 있어서 그렇지 못한 걸로 아는데요."

"맞습니다. 반국가적인 행위를 못 하게 하는 국가보안법이 있고 그 안에 반공법이 있는데 공산 계열의 활동과 관련된 내용을 규제하는 법으로 공산주의를 찬양하는 말은 삼가야 합니다. 그 외의 말은 거의 제한이 없다고 보면 됩니다."

김유경은 심각한 표정으로 바닥을 보고 있다.

기세가 꺾여가는 여전사, 아니 전사인 척하던 여자 김유경은 지금 자신의 처지를 들여다보고 있다. 날개는 꺾였고 숨을 곳이 없다.

도대체 이 남조선은 어떻게 이토록 대단한 나라가 된 것일까? 눈으로 보면서도 믿어지지 않는 엄연한 현실, 비교할 수조차 없는 엄청난 현실 앞에 핵폭탄을 쓰다듬으며 기고만장했던 나날들이 한심해 숨고 싶었으리라.

"부부장님! 남쪽만이라도 성공했으니 얼마나 다행입니까? 이제 또 다른 반쪽도 일으켜 세워줄 든든한 짝꿍이잖아요. 중국의 덩샤오핑이 개혁, 개방정책을 이끌며 인민의 일부라도 먼저 부자가 되도록 하자 했는데 그렇게 됐고 지금의 시진핑은 이제는 공동부유를 목표로 내세우고 있습니다. 만약 처음부터 공동부유를 추구했다면 아직도 헤매고 있을 겁니다. 중국의 모습을 참고하면서 더 둘러보시고… 우리의 치부도 함께 보십시오."

김유경은 무겁게 고개를 끄덕였다.

남북 이산가족 상봉 날짜와 금강산 관광은 단풍철인 10월을 목표로 준비에 들어갔다.

그리고 개성공단 재개는 새해 3월을 목표로 준비에 들어갔다.

외국기업 유치는 몇몇 나라가 타진 중에 일본기업 2곳에서 의사를 타진해왔으나 남과 북의 실무 협의 끝에 거절했다. 일본기업들은 재고해 달라고 요청했으나 깨끗이 거절했다. 이유는 따로 설명하지 않았다.

김유경이 1개월여의 순방을 마치고 돌아갈 날이 가까워졌다.

윤재만 부장의 보고에 의하면 김유경은 공업단지를 돌며 완전히 기가 죽었으며 울산 자동차공장과 거제도 조선소에서는 기겁하다시피 놀라워했고, 창원 방산업체에서는 절망하는 모습이 역력했었다고 했다.

서울 강남 거리와 홍대 거리, 그리고 백화점과 이어진 무역 센터에서는 휘황찬란함에 허둥대는 모습이었으며 숭인동과 삼양동 등의 산동네를 돌아보면서는 한결 차분한 모습을 보였다고 했다.

장훈도 자신이 해야 할 일이 얼추 마무리되었다. 북한 미래 청사진을 그려낼 조사단 18명도 선발되었다.

✦　✦　✦

출발 이틀 전, 장훈은 김유경을 극비리에 청와대로 안내했다.

가뜩이나 기가 죽은 김유경은 오늘따라 더 여려 보였고 잔뜩 긴장된 모습이 역력했다. 짙은 감색 바지 정장의 김유경은 긴장으로 걸음걸이도 어색했고 불안해 보였다.

김경희 대통령은 관저 문 앞에서 혼자 기다리고 있었다.

키가 큰 대통령은 장훈과 함께 걸어오는 김유경을 보았다.

머릿속에 그리던 여전사의 모습치고는 너무 작아 보였다. 깡마르고 연약한 모습이 애잔해 보이기까지 했다. 게다가 잔뜩 긴장한 모양새다.

대통령은 미소를 지으며 빠른 걸음으로 다가가 김유경을 내려다보았다.

작은 체구에 큰 눈망울엔 두려움이 역력했고 이마의 파란 핏줄이 유난히 도드라져 보였다. 파란 핏줄을 보는 순간 안쓰럽다는 감정에 이어 무언가가 울컥 올라왔다.

대통령이 손을 내밀자 김유경도 엉거주춤 손을 내민다.

다음 순간 대통령은 그 손을 와락 잡아당겨 다짜고짜 김유경을 푹 감싸 안았다. 일반적인 포옹과는 다른 완전한 감싸 안음이었다.

장훈은 화들짝 놀랐다.

큰 실례일 수도 있다는 생각이 퍼뜩 들었다.

김경희 대통령은 마치 엄마가 오랜만에 만난 딸을 끌어안듯이 김유경을 깊숙이 안고 등을 쓰다듬는다.

김유경은 당황한 게 분명했으나 잠시 후 엉거주춤 팔을 밑으로 뻗어 대통령을 마주 안았다. 그런데 그 상태를 풀지 않고 있던 182cm 거구의 대통령 뒷모습에 묘한 움직임이 감지됐다.

흐느낌이다. 분명히 흐느끼고 있다.

장훈은 아찔했다. 김경희 대통령이 울고 있다.

잠시 당황해하던 김유경이 차츰차츰 얼굴이 일그러지며 눈시울이 붉어지는가 싶더니 이내 눈을 감고 미세하게 마주 흐느낀다.

잃어버렸던 딸을 오랜만에 찾은 엄마의 격한 몸짓, 그리고 엄마인 줄 모르고 나타난 딸의 한 박자 느린 반응, 그것이었다.

장훈은 전혀 예상치 못했던 광경에 어리둥절해 있다가 어느새 자신도 모르게 감정이입이 되어 격해져 참다가 눈물이 날 거 같아 돌아서 먼 곳을 한참 보아야 했다.

잠시 후 들려온 말에 또 한 번 화들짝 놀라야 했다.

"들어가… 밥 먹자."

대통령의 목이 메어 잠긴 목소리다.

장훈이 놀라 돌아섰을 때 대통령이 김유경의 어깨를 감싸 안은 채 안쪽으로 향하고 있었다.

장훈은 자신이 잘못 들었나 했다. '들어가 밥 먹자라니!' 뒤에서 보아 하니 영락없는 엄마와 딸이다.

대통령은 김유경을 감싸 안은 채 걸으며 무어라 무어라 속삭이며 엄마 역을 하고 있다. 어찌 된 일인지 김유경도 안긴 채 고개를 까딱까딱하며 딸 역할을 제대로 하고 있다.

장훈이 어안이 벙벙해져 멍하니 보다가 천천히 따라갔다.

실내에는 아무도 없다. 한참을 걸어 도착한 곳은 주방이었다.

그때까지도 엄마는 딸의 어깨를 감싸 안고 있었다.

"여기 앉아, 금방 밥 차릴게."

"네."

대통령은 딸을 주방 안 작은 식탁 의자에 사뿐히 앉히고 재빨리 앞치마를 둘렀다.

김유경은 고개를 끄덕이며 공손히 대답했다. 이 식탁은 귀빈용이 아니고 주방 식구용이다.

대통령이 직접 밥상을 차린다.

김유경은 대통령의 뒷모습을 바로 뒤에서 지켜보고 있다. 회한에 젖은 눈이다.

두 사람은 장훈을 전혀 의식하지 않고 무대를 이끌어가고 있다.

장훈은 이들의 행동과 말은 물론 심중까지를 들여다보고 싶은 유일한 관객이다.

이 상황은 어떻게 이어질 것인가 하고 지켜보던 장훈은 어느 순간 깨달았다.

자신이 훼방꾼이 될 수도 있겠다는 생각이 들었다.

'자리를 비켜주자.'

장훈이 조용히 돌아서 걸었다. 누구도 장훈을 불러 세우지 않았다.

그 둘은 자기가 맡은 역할에 취해 관객 따위는 있었는지조차 알지 못했나 보다.

아무도 없는 관저 뜰을 걸으며 생각에 젖었다.

'대통령의 행동은 계산된 것일까? 아닌 거 같다.'

'김유경의 반응은 어찌 된 거지? 어떻게 그리 자연스럽지?'

김경희 대통령의 평소의 모습은 다정다감과는 좀 거리가 있고 끊고 맺음이 분명한 사람이었다. 오늘의 대통령 모습은 너무나도 다정다감하여 어리둥절하게 했다.

어느 것이 진짜 모습일까?

모성애…. 깊은 곳에 차곡차곡 쌓여 묵혀있던 모성애가 쏟아놓을 대상을 온전히 찾은 것인가?

김유경의 무엇이 대통령의 모성애를 자극했을까? 진짜 모성애일까?

김유경이 한 달 동안 남한을 돌아보는 모습을 매일 장훈이 보고를 받듯이 대통령도 보고를 받았지만, 그것만으로는 해석이 부족하다.

남자인 장훈은 느끼지 못한 무언가를 대통령은 느낀 것일까?

관저를 완전히 비우고 김유경을 기다린 대통령의 마음속에는 무언가가 있었음이 분명하다.

장훈이 한 시간쯤 지나서 들어갔을 때 아직 두 사람은 주방에서 엄마와 딸로 이야기꽃을 피우고 있었다.

장훈이 기척을 하자 두 사람이 돌아보다가 김경희 대통령이 기겁하며 말했다.

"어머! 대통령님! 식사도 안 하셨잖아요. 아니! 내 정신 좀 봐… 조금만 기다리세요. 금방 차릴게요. 어디 가셨었어요? 아이고! 죄송해요."

조금은 호들갑스럽게 큰 소리로 말하며 앞치마를 다시 두르는 모습이 영락없는 가정주부다.

"아, 아! 식사는 됐고요, 이제 부부장님! 숙소로 돌아가셔야 하지 않을까요? 대통령님, 차리지 마세요."

이어서 바로 튀어나온 김유경의 짧은 한마디.

"저 오늘 여기서 잘 건데요."

김유경이 말을 하곤 장훈을 빤히 본다.

장훈은 '무슨?'이 떠오르며 멍해졌다.

겨우 말하려고 할 때 대통령이 까르르 웃으며 말했다.

"호호호! 얘 오늘 나하고 여기서 잘 거예요. 얘 내 동생 하기로 했어요, 오늘 하루만요. 호호호!! 재미있죠. 대통령님, 놀라셨죠? 북한에서도 우리 드라마 다 본대요. 얘도 다 봤대요. 우리 둘, 죽이 잘 맞아서… 오랜만에 수다 좀 떨려고요. 호호호! 너무 재미있어요. 대통령님, 죄송해요. 오늘만 이해해주세요. 그동안 수다를 못 떨어서 입이 근질근질했거든요. 호호호! 우린 여자잖아요. 저 이런 모습 처음이시죠. 대통령님, 죄송해요."

장훈은 할 말을 잃었다.

'언니 동생? 이럴 수가!'

진짜 할 말이 없었다.

잠시 후 드는 생각은 빨리 이곳을 떠나주어야겠다는 생각이 들었고 그렇게 했다.

12

야자 타임

　이틀 후 장훈과 김유경은 각각 몽골에 도착해 하룻밤을 지낸 후 전용기로 평양에 도착했다.

　김유경은 윤재만 부장이 몽골까지 동행했고, 장훈은 조사단 18명과 함께였다.

　평양 공항에서 조사단은 전용 버스를 타고 창광거리에 있는 창광산 호텔로 향했고, 장훈은 기다리고 있던 김유경을 만났다.

　김유경이 밝게 웃으며 인사를 했다.

　"대통령님, 긴 여행에 피곤하시죠? 그동안 정말 감사했습니다."

　"조금 피곤하긴 한데 괜찮습니다. 나보다는 부부장님이 더 피곤하실 겁니다. 짧은 일정에 여러 곳을 돌아보느라… 그래도 보람은 있었지요?"

　"네, 많이 놀랐고 생각 많이 했습니다. 그런데 대통령님 부탁드릴 게 있습니다."

　"네? 부탁이요? 무슨? 말씀하세요."

"저어… 다른 게 아니라 김경희 대통령님과 저와 있었던 얘기는 비밀로 해주시지요. 나중에 때가 되면 제가 밝히겠습니다. 그냥 만나서 대접 잘 받은 정도로만 하고… 오빠가 알면 이상하게 생각할 수 있을 거 같아서요."

"아! 그럴 수 있겠네요. 알겠습니다."

하긴 장훈 자신도 그런 상황을 상상도 못 했었고 지금도 이해하기 어려운데, 위원장은 이해하기가 거의 불가할 것이라는 생각이 들었다.

김유경은 노동당 당사로 직행했고, 장훈은 영빈관으로 돌아와 관영을 만났다.

수인사가 끝나고 대강 짐 정리를 마치고 산책길에서 장훈이 궁금했던 것을 물었다.

"형님! 임금을 원화로 하기로 한 거 형님 작품이죠?"

"뭐 그렇다고 할 수 있지요. 내가 제안하긴 했는데 위원장이 예상외로 쉽게 결정을 내리더라고요. 하긴 그 방법밖에 없었고 상호 간에 실리적이잖아요."

"우리 물품이 북으로 들어가면 인민들이 남북의 실상을 알게 되고, 그렇게 되면 정권에 문제가 생길 수도 있잖아요. 위원장이 그걸 모를 리가 없을 텐데…."

관영이 빙그레 웃으며 말했다.

"별것 아닌 아이디어를 냈죠. …개성에 대형백화점급 쇼핑몰이 생기면 그곳에서 남조선 물품만 사는 게 아니라 북조선 물품도 남조선 쪽으로 팔 수 있게 하자 이게 바로 무역 아니냐? 서로 무관세로 비용이 가장 적게 드는 실용적인 무역이 되는 거다. …그래서 점차 큰 무역도시로 발전시켜봅시다 했죠. 하루쯤 생각하더니 그러자고 하더라고요."

"우와…! 듣고 보니 맞네요. 개성공단이 남과 북의 무역 창구가 되겠네요."

"우선은 공단으로 시작하지만 머잖아 유통단지로 변모하고 이어서 무역도시로 발전할 겁니다. 그런데 대통령님, 외국기업 유치 문제에 진전이 있습니까?"

"아, 그게 아직은… 일본기업 두 군데서 의향서를 보내왔는데 거절했습니다. 일본기업은 아무래도 국민 정서상…."

"일본이요? 잘하셨습니다. 아마 우리보다 북측에서 더 싫어할 겁니다. 부부장이 산업현장을 돌아본 느낌이 어떤 거 같아요? 많이 놀랐을 거 같은데…."

"놀라는 정도가 아니라 뭐라고 해야 하나… 아! 질려 버린 정도에서 더 나가서, 전의를 상실해버린 정도… 좌우간 기겁했다니까요. 여기 북에서는 상상도 못 했던 규모니까요. 하긴 저도 다시 다녀봐도 입이 떡 벌어지는 규모이니 부부장이 엔간히 놀랐나 보더라고요. 직접 눈으로 보면서도 믿어지지 않는 거죠. 진짜 놀랄 일은 따로 있습니다."

"예! 뭐가요?"

장훈은 청와대에서 김경희 대통령과 김유경 사이에 있었던 일을 가감 없이 털어놨다.

관영도 놀라워했고 감탄에 감탄을 토해냈다.

"와…! 역시 대통령은 잘 뽑은 겁니다. 와…! 역시….”

✦　✦　✦

다음 날 오후 6시, 위원장 초대로 국무위원들과 만찬을 할 때 위원장의 표정이 내내 어두웠다.

남측에서 교통망, 통신망, 전력망 등을 구축하기 위한 1차 조사단 각 6명씩 18명을 데리고 온 장훈에게 고마움을 표하며 미소를 짓긴 했지만 애매한 미소였다.

국무위원들에게 창광산 호텔에 여장을 푼 조사단을 잘 대접하고 북측 조사단과 잘 협조해서 일을 차질 없이 완수하라고 말할 땐 마치 심통 난 사람 같았다. 그리고 피곤하다며 만찬을 서둘러 끝냈다.

관영은 묘한 느낌을 받았다. 위원장은 만찬 내내 관영과는 눈을 맞추지 않았다. 장훈과는 마주 보고 말도 하고 듣기도 했으나 관영과는 말은커녕 눈길 한번 주지 않았다.

이날 만찬에서 관영은 입 한번 떼지 못하고 장훈과 함께 영빈관으로 돌아왔다.

"형님! 위원장 표정이 좀….”

장훈이 말을 꺼낼 때 관영이 얼른 손가락을 입에 대며 발언을 제지했다.

도청당하고 있을 수 있음을 염두에 두어야 한다. 위원장을 마음대로 논해선 안 된다.

"아마 몸, 컨디션이 안 좋은가 보죠."

관영은 짐작되는 게 있었으나 장훈에게 말하지 않았다.

자신이 알고 있는 것, 생각하고 있는 것, 그리고 자신이 행한 것들을 장훈에게조차 말하지 못하는 게 안타까웠으나 꾹 참았다.

위원장은 유경의 남조선 답사 보고를 듣고 망신스러워하고 있음이 분명했다. 관영 앞에서 국무위원들과 쾌재를 불렀던 자신의 모습을 생각하며 곤혹스러워하고 있음이 분명했다.

다음 날 장훈과 관영은 창광산 호텔에서 남측 조사단을 만났다.

국토교통부 산하 국토연구원 원장을 지낸 지영락 박사가 남측 대표로 되어있는 대표단은 남측에서 떠나올 때 최종 목적지가 몽골 울란바토르인줄 알았고, 몽골국의 미래 청사진을 그리는 것으로만 알고 있었다.

울란바토르에서 하룻밤을 지내며 전임 대통령인 장훈이 우리는 평양으로 갈 것이고, 여러분이 그릴 청사진은 몽골국 것이 아닌 북한이라고 밝히자 기겁하도록 놀랐었다. 이어서 그동안의 일들을 대략적으로나마 설명을 하자 더더욱 놀라워했다.

"그럼 통일이…."

"아직은 아닙니다. 혹시 올지도 모르는 미래를 대비해서 한 발짝씩 걸어보는 겁니다. 북한 김주형 위원장과 거기까지는 합의했습니다. 북측으로선 손해날 건 없잖아요. 북측에서도 각 분야 전문가들이 함께하게 될 겁니다. 남측이나 북측 대표단도 모두 전문가들이시라 대화가 잘 통할 거라고 믿어지지만… 잘 부탁합니다. 평양에 도착 후 저는 김주형 위원장을 먼저 만나게 될 겁니다. 여러분은 호텔에 도착하시면 북측 대표단과 상견례가 있을 겁니다. 이때 그들과 친해지도록 하시고 평양 시내 구경도 함께 하시도록 하십시오. 여러분의 신변은 확실하게 보호받게 될 겁니다. 위원장의 보장이 있었으니 걱정 안 하셔도 됩니다. 부디 건강 잘 챙기시고 미래를 위해 애써 주시기 바랍니다."

✦　✦　✦

장훈과 관영이 창광산 호텔에 도착하여 소회의실로 입장하자 모두 놀라워했다.

장훈과 함께 등장한 관영 때문이었다. 여기서 관영을 만날 줄은 전혀 몰랐을 뿐만 아니라 장훈도 전혀 언급이 없었기 때문이었다.

관영은 대표단 한 명 한 명에게 일일이 허리 굽혀 인사하고 악수를 청했다.

장훈이 나섰다.

"여러분 평양 구경은 잘하셨습니까? 북측 대표단과는 대화가 잘 통하던가요? 건강한 모습 보니까 좋습니다. 정관영 의원님 보시고 놀라셨지요? 여러분이 지금 북한의 미래 청사진을 그리기 위해 이 자리에 와 계시게 된 것은 전적으로 여기 정 의원님의 활약이 있었기 때문입니다. 지금 금강산 관광 재개 문제, 개성공단 재개 문제 등을 성사시킨 분도 정 의원님이십니다. 정 의원님! 한마디 하시죠."

장훈이 한발 물러서고 관영이 나섰다.

"언젠가는 통일해야 하는데… 그 통일은 경제적 통일이 돼야 한다고 생각합니다. 무력 통일이니, 흡수 통일이니 하는 통일은 한쪽을 망가뜨려서 하겠다는 발상에서 나온 겁니다. 그 망가뜨리는 주체가 무엇이겠습니까? 경제적 측면도 있지만, 결국 동포의 생명입니다. 동포의 생명을 빼앗아가며 통일하겠다는 발상을 찬성하실 수 있으십니까? 저는 경제적으로 통일을 하는 게 옳다고 생각합니다. 경제적 통일이 먼저 되면 긴 세월도 기다릴 수 있습니다. 경제적 통일의 초석을 놓는 일을 위원님들께서 맡으신 겁니다. 요원한 거 같아도 시작이 반이라고 하잖습니까? …상당한 강행군이 예상됩니다. 일이 모두 끝나고 돌아가실 때까지 건강하셔야 합니다. 의료진도 준비돼있는 거로 알고 있습니다. 감사합니다."

관영이 90도로 허리를 굽혀 인사했다.

위원들은 고개를 끄덕이며 무겁게 받아들이는 모습이다.

✦　✦　✦

장훈은 오후에 서울로 돌아갔다.

관영은 완연한 여름의 백화원을 거닐었다. 백화원 이름처럼 온갖 꽃들이 흐드러진 숲을 거닐며 생각에 잠겼다.

'내가 지금 잘하고 있는 걸까?'

'괜히 긁어 부스럼 만들고 있는 건 아닌가?'

'너무 판이 커진 건 아닌가?'

'김유경은 남쪽 방문 결과를 어떻게 말했을까? 그 말을 들은 위원장의 반응은?'

위원장의 마음이 틀어지는 날엔 모든 것이 끝장나고 만다.

금강산도, 개성도, 청사진도 모두 끝장난다.

어떻게 하던 흡수통일 냄새를 깨끗이 제거하고 저들에게 희망을 주어야 한다.

무엇으로 어떻게 희망을 줄 수 있을까?

만발한 꽃밭을 거닐며 버거운 마음을 추스르고 싶었으나 꽃은 망막까지만 도달했다.

문득 부질없는 일을 저질러 놓은 것 같다는 생각이 들어 고개를 세차게 흔들었다.

이제 와 후회라니 미친 짓이다. 퇴로가 어디 있나?

모두를 살리는 아이디어로 정곡을 찔러야 한다.

흥분하지 말고 차분하게 위엄을 갖추고 꾸짖어주자. 내가 어른 아닌가!

이제부터 차분하게 기다리며 측은지심을 모으자 다짐하고 또 다짐했다.

비로소 여름 백화원의 100가지 꽃들이 다가와 향기로 감쌌다.

❖　❖　❖

이른 저녁을 먹고 남한 TV 뉴스를 보았다. 토지 공개념 문제로 여당 내에서도 찬반이 갈리는 모양이다. 야당에서도 마찬가지다.

여당이나 야당 모두 당론을 정하지 못하고 있는 것은, 헌법을 수정한다면 어떻게 수정할 거냐가 문제였다.

금강산 관광 재개는 차질 없이 가을에 시작될 거 같다는 소식과 그때 이산가족 상봉도 시작해서 그 이후로는 수시로 열기로 했다고 했다.

진짜 반가운 소식은 개성공단에 네덜란드 업체가 의향서를 보내왔다는 소식이었다. 몇 군데가 더 타진하고 있어서 곧 좋은 소식이 있을 거로 기대하고 있다고 했다.

손흥민은 또 골을 넣었단다.

가뭄이 계속돼 저수지가 바닥이 드러나서 물고기들이 떼죽음을 당한 사진도 보였다.

일본에선 진도 5.8의 지진이 났는데 큰 피해는 없단다.

느닷없이 전화벨이 울렸다. 김유경이다. TV 볼륨을 낮추고 받았다.

"아! 부부장님. 반갑습니다. 힘드셨지요?"

"아! 네, 정 의원님. 안녕하셨습니까?"

"그럼요. 저야 편히 잘 지냈지만, 부부장님이 짧은 일정에 다 돌아보시느라 피곤하실 겁니다."

"네, 좀 그렇지만 괜찮습니다. 그런데 정 의원님 지금 잠자리에 드셨습니까?"

"아닙니다. 남쪽 뉴스 좀 보고 있었습니다."

관영은 직감했다.

"그러면 늦은 시간이지만 좀 오시죠, 위원장님이 뵙자고 하네요."

"네? 지금이요? 그러죠. 가겠습니다. 바로 준비하고 가겠습니다."

"늦었는데… 죄송합니다. 그런데 정 의원님! 오늘은 말씀을… 조금… 위원장님이 좀….."

"무슨 말씀이신지? 위원장님이….."

"좀 안 좋으셔요, 기분이. 그래서 내일 뵙자고 했는데….."

"네, 무슨 말씀인지 알겠습니다. 바로 가겠습니다."

"천천히 오세요. 그냥."

관영은 옷을 입으며 생각했다.

'위원장이 이 늦은 시간에 화가 난 채 나를 부른다고? 그러면 어찌해야 하나?'

생각 정리를 온전히 못 한 채 출발해 노동당 당사에서 김유경의 영접을 받았다. 머리만 짧아졌을 뿐 그대로인데 오늘따라 도드라진 이마에 파란 핏줄이 유난히 눈에 띄었다.

"어서 오세요. 오랜만입니다. 늦은 밤에 오시게 해서 죄송합니다."

"오랜만입니다, 부부장님. 한 달도 더 됐죠?"

"네, 한 달 열흘쯤 되겠죠. 오빠는 약간 술이… 죄송합니다."

김유경과 함께 위원장 집무실로 들어섰는데 위원장이 보이지 않는다.

"지하 벙커에 있습니다, 가시죠."

김유경은 익숙하게 위원장의 회전의자 뒤로 가 책장을 옮기고 엘리베이터로 안내했다.

관영은 지난번의 아찔했던 기억이 살아나 긴장되었다.

이 늦은 밤에 220m 지하 벙커에서 술 취한 채 기다리고 있다니,

보통 일이 아니다.

건강도 안 좋은데 술이라니 딱한 노릇이다.

김유경의 얼굴도 어두웠다.

"위원장님, 술 드시면 안 될 텐데…."

"안 하세요. 안 하는데 오늘은… 흠… 속이 좀 그런가 봐요. 정 의원님 오늘은 좀 부드럽게… 죄송합니다."

이 여자한테는 죄송하다는 말을 많이 듣는구나 생각할 때 갈아타는 중간에 도착했다.

내려서 살펴보니 이곳도 엘리베이터만 갈아타는 작은 장소가 아니고 꽤 넓은 아니면 저 밑과 같은 크기로 돼 있을 수도 있겠구나 하는 생각이 들 만큼 안쪽으로 큰 문이 보였다.

물어보려다 참았다. 오해를 할 수도 있겠다는 생각도 함께했다.

다시 갈아타고 한참을 내려갔다. 문 쪽으로 시선을 두고 내려가다 무심히 눈을 돌리자 김유경이 빤히 보고 있다가 급히 시선을 떨구는 것을 보았다.

짧은 머리에 화장도 안 했는지 왜소한 옆모습이 측은해 보였다.

"평소에도 명상을 자주 하십니까?"

김유경이 눈을 떨군 채 물었다.

관영은 지난번 곤욕을 당할 때 복식호흡을 하는 걸 보고 명상으로 판단한 것이라고 짐작됐다. 하긴 명상이나 복식호흡이나 별반 다르지 않으니까.

"거의 매일 합니다. 주로 저녁에 하는데 아침에 할 때도 있고요. 마음이 편안해지죠."

김유경은 조용히 고개만 끄덕였다.

이윽고 엘리베이터가 멈췄다.

"여기는 지하라 처음엔 말이 저렁저렁 울려서 나중에 방음 시설을 다시 했다네요."

"아! 방음. 그렇겠네요. 2천 평이나 되는걸…."

"오빠가 그래요? 호호호! 2천 평? 아녜요, 7백 평밖에 안 돼요."

"예! 7백 평이요? 아, 그래요? 하긴 2천 평이면 거의 축구장만 한 건데…."

"오빠가 좀 크게 보이고 싶었나 봐요. 후후…! 7백 평도 큰 거죠. 지하에…."

"그렇죠. 큰 거죠."

이리저리 한참을 걸어서 당도한 곳은 위원장의 지하 집무실 같았다.

위원장은 의자에서 벌떡 일어나 성큼성큼 다가와 악수를 청하는가 싶더니 와락 끌어안는다.

관영은 전혀 예상치 못한 위원장의 행동에 당황스러웠지만, 엉거주춤 마주 안았다.

화가 난 위원장을 상상하며 왔는데 얼떨떨했다. 김유경도 놀란 눈치다.

위원장은 이례적으로 긴 포옹 끝에 떨어지며 멋쩍은 표정으로 둥근 탁자 맞은편 의자를 가리키며 큰 소리로 말했다.

"늦은 시간에 미안합니다. 궁금하기도 하고 해서… 오늘 밤은 여기서 주무시기로 하고 셋이 오붓하게 얘기 좀 나눠봅시다."

"잠이야… 부부장님 말씀엔 위원장님이 기분이 언짢아하신다고 해서 긴장하고 왔는데, 오히려 좋아 보입니다."

"부부장이? 부부장이… 그랬군. 사실 좀 좋진 않습니다. 남쪽에 갔다 와서는 아주 대단하다는데, 우리는 아예 상대도 안 된다는데 기분이 좋겠습니까? 지난번에 54배라고 한 얘기가 생각나서… 그거 어떻게 산출한 겁니까?"

느닷없는 질문에 관영은 잠시 생각을 하고 말했다.

"아! 그거요? 여러 개의 경제 연구소가 있습니다. 대학에도 있고, 사설 연구소도 있고, 경제 단체에도 있고, 큰 기업에도 있고, 국가에서 운영하는 연구소도 여럿 있습니다. 그런 연구소에서 남북의 인구, 국가 전체의 총생산, 국민 1인당 총소득, 무역 수출 수입 규모, 에너지산업, 공업 생산량, 사회간접자본 등을 비교해서 나온 겁니다. 그중에는 북조선이 남쪽보다 더 많이 생산한 것도 있습니다."

"어떤 게 있죠?"

부부장이 물었다.

"식량 작물 생산량인데 쌀 생산량은 남쪽보다 적지만 다른 것이 많고요, 원목 생산량은 남쪽의 1.7배, 철광석 생산량은 8배나 많습니다. 그 외는 비교가 안 될 정도로… 부부장님이 가보신 대로입니다.

"그런데 정 의원님은… 그런 거를 어떻게… 달달 외운 겁니까?"

위원장이 의심의 눈초리를 보이며 시비 걸듯 물었다.

"인터넷에 다 나와 있습니다. 언젠가는 꼭 필요할 거 같아서… 아

까도 말씀드렸듯이 많은 연구소가 연구를 했고 연구했으니 발표를
해야 할 거 아닙니까? 인터넷에 다 공개돼 있습니다."

위원장이 생각에 잠긴 듯하더니 불쑥 물었다.

"부부장 말이 자동차 공장에서 하루에 6천 대가 나온다고 하는데
그게 말이 되나? 아무래도 부부장이 속은 거 같아서… 24시간 돌린
다고 해도 계산기로 두드려봤는데 한 시간에 250대, 그러면 1분에
4대 이상 더 나온다는 건데… 이게 말이 됩니까?"

관영이 곧바로 답했다.

"하하하! 울산 현대자동차 공장 크기가 얼마나 되는지 아십니까?
축구장 670개의 크기의 공장입니다. 그 안에 자동차 만드는 공장
이 5개가 있고, 그 공장마다 각각 수십 개의 생산공정 라인이 있습
니다. 수십 개의 라인에서 로봇이 만들어 쏟아내니까 가능한 겁니
다. 그런 공장이 울산에만 있는 게 아니고 전주에도 있고요, 중국에
도 두 군데나 있습니다. 미국, 멕시코, 브라질, 인도 그리고 러시아
에도 있습니다. 전체적으로 연간 800만 대쯤 생산합니다. 연간 수
출액이 150억 달러입니다."

위원장의 눈이 점점 커졌으나 여전히 미심쩍은 표정이다. 아예
말귀를 못 알아듣는 듯했다.

"그래서 도로마다 차가 너무 많아서 무지 막혀요."

부부장이 보다 못해 한마디 했다.

"보신 그대로고요, 여기 북측은 전체 자동차 등록 대수가 46만
대로 나와 있던데, 남측은 2천2백만 대입니다. 굴러다니는 자동차
가 거의 50배 되지 않습니까? 국내에 파는 차보다 수출하는 차가

훨씬 많습니다."

위원장은 아직도 감을 잡지 못한 거 같았다.

답답했다. 그래서 찔러 보기로 했다.

"위원장님 그리고 부부장님, 남쪽 방송 다 보신다고 하지 않으셨나요? 뉴스를 보면 다 나오고, 인터넷에 들어가면 다 있습니다. 세상이 어떻게 돌아가고 있는지 다 알 수 있는데…."

위원장이 곤혹스러운 표정을 짓다가 슬며시 말했다.

"지난번 평양 거리를 보고 나서 놀랐다고 했는데, 남쪽이 그렇게 대단하다면…."

관영은 잠시 침묵을 지키며 생각했다. 침묵이 길어지자 위원장이 다시 다그쳤다.

"남쪽이 그렇게 대단하면 우리 창광거리나 여명거리, 그리고 송신, 송화 살림집을 보고 놀랄 이유가 없을 텐데…."

관영은 위원장이 생각보다 함량 미달이라는 걸 새삼 깨달으며 분노를 느꼈다. 이런 자가 북조선인민공화국 위원장으로서 인민의 광적인 추앙을 받는 인물이라니 한숨이 나왔다. 분노를 누르려 했지만, 말이 강하게 나갔다.

"위원장님! 위원장님!"

"왜-요?"

위원장이 멈칫하며 도통 모르겠다는 듯 똑바로 보며 퉁명스럽게 대답했다.

"흠…! 위원장님 잘 들으세요. 제가 평양거리를 며칠간 쭉 돌아보고 쉬고 있을 때 위원장님이 전화했지요? 그래서 전화를 받았더니 뭐라고 했는지 기억납니까? 위원장님이 내게 뭐라고 말했는지 기억나느냐고요?"

관영은 자신도 모르게 깍듯한 존대가 만들어지지 않은 채 쏟아지는 말에 당황했다.

위원장이 사태가 이상하게 흘러감을 느꼈는지 날카로운 눈으로 쏘아보고 있다.

관영은 분노를 주체 못 했다.

"전화를 받자마자, '평양 관광 좀 하셨지요? 어땠어요? 괜찮았습니까?'라고 했는데 그 목소리가 너무나 자신에 찬 목소리라 제가 뭐라고 대답하기가 애매해서 선뜻 답을 못하니까 다시 위원장님이 통쾌하게 웃으며 '놀랐지요? 내 놀랄 줄 알았습니다.' 하면서 지금 당장 오라고 했지요? 참 어이가 없었지만 오라고 하니 일단 와서 집무실로 갔더니 국무위원들과 이미 축하 술판이 벌어지고 있었고, 다짜고짜 나에게 국무위원들 앞에서 평양 관광을 하고 놀란 얘기를 하라고 하니 제가 어떻게 해야 합니까? 기가 찼죠. 지금 이 자리에서 진짜 평양 관광 소감을 얘기해 볼까요? 그때와 어떻게 다른지…."

위원장이 입을 꾹 내밀고 얼굴이 붉어진 채 눈을 껌벅거린다.

부부장이 위원장의 얼굴과 관영을 번갈아 살피며 초조한 빛이 역력했다.

잠시 기다렸으나 위원장은 묵묵부답이다.

"도대체 80층 아파트는 왜 지었습니까? 전력이 모자라 엘리베이터도 안 되는데. 전력이 끊기면 수돗물도 안 나온다는 거 몰랐습니까? …80층까지 물통을 들고 올라가는 거 상상해보셨나요. 건물은 조각 작품이 아닙니다. 건물은 쓰임새에 맞게 지어야지요. 창광거리, 여명거리 건물은 멋있고 잘 지었어요. 그런데 건물 안으로 들어가 보았더니 휑해요. 책상 몇 개 덩그러니 있는 사무실이 대부분이에요 도대체 뭐 하는 건물인지 겉만 멀쩡하고 속은 비어 있는 건물들이 대부분입니다. 그런 거를 본 나한테 위원장님은 국무위원들 앞에서….”

"됐습니다. 그만… 그만합시다."

위원장이 나직하게 부르짖고 그대로 눈을 감았다. 충격이 컸으리라.

부부장이 관영을 보며 눈짓으로 고개를 끄덕이다 앞에 있던 물컵을 슬며시 밀어줬다.

관영은 고개를 숙여 감사를 표하고 물을 마셨다. 목과 가슴이 시원해졌다.

관영의 심중에 안쓰러움이 스멀스멀 일었다.

위원장은 자신을 몰라도 너무 모른다. 위원장은 세계가 어떻게 돌아가고 있는지 전혀 모른다.

위원장은 남한의 뉴스를 자기들 뉴스처럼 엉터리인 줄 알고 있는 것은 아닐까?

인민들만 세뇌된 게 아니라 자신도 모르게 세뇌됐던 건 아닐까?

나는 우월함을 타고난 인물이다. 나는 최선을 다했고 그래서 이 나라는 견고하다.

미국놈들이 모든 길을 막아놔서 경제적으로는 좀 어렵지만 그래도 이만하면 괜찮지 않은가?

인민들을 보라. 누구 하나 불평하기는커녕 다들 행복해하지 않는가.

나를 연호하고 찬양하는 저들의 표정을 보라. '진심에서 우러나는 게 아니라면 어떻게 눈물까지 흘리겠는가?'라고 믿고 있는 건 아닐까?

분명 위원장은 몰라도 너무 모른다. 남한의 54분의 1이 된 지금도 깨닫지 못하고 있는 바보다.

그 바보가 지금 눈을 감고 생각을 하고 있다. 무슨 생각을 하고 있을까?

얼마나 시간이 지났을까? 위원장이 눈을 뜨고 관영을 물끄러미 보고 있다. 그리고 저음으로 또박또박 말했다.

"정 의원님, 말씀을 좀 막 하시는 것 아닙니까? 저한테 그래도 되는 겁니까? 저는 깍듯이 대하고 있잖습니까? …반말 비슷하게 그러시면 안 됩니다."

관영은 뜨끔했다. 그렇다. 끓어오름을 주체 못 해 온전히 존댓말을 쓰지 못했다. 솔직히 막 질러버리고 싶었었다. 사과해야 하나? 잘못을 인정하고? 그랬다.

"죄송합니다. 제가 좀 흥분했습니다. 마음 푸십시오. 죄송합니다. 그런데 위원장님! 기왕에 이렇게 된 거, 저-어 이거 남쪽 사회에서는 모여서 놀 때 '야자' 타임이라는 걸 합니다. 나이와 지위를 무시하고 서로 동갑내기처럼 반말로 얘기하는 겁니다. 시간을 정해놓고 하다가 약정한 시간이 지나면 원래대로 돌아가는 겁니다. 그렇게 하면 아랫사람이 평소에 하지 못했던 의견이나 주장을 반말로 할 수 있는 거죠. 재미있을 거 같잖습니까?"

"그래서요? …우리도 해보자는 겁니까?"

여전히 퉁명스러운 저음이었다.

"아니 뭐 꼭 하자는 건 아니지만… 그러면 좀 더 속에 있는 말을 할 수 있지 않을까 생각합니다."

"싫습니다. 저보다 한참 위이신데 어떻게…. 그건 그렇고 54배라는 건 확실합니까? 설명해보십시오."

"54배…? 아, 그거요! 알겠습니다. …가장 쉬운 거, 수출액을 알아보죠. 남쪽은 연간 수출액이 6천5백억 달러 정도입니다. 하루 수출액이 거의 20억 달러입니다. 여기 북조선은 연간 10억 달러 정도 되는 걸로 압니다. 비교가 안 되죠. 이것만 갖고도 54배라는 게 이해되잖습니까?"

"우리도 뭐… 미국이 제재를 풀기만 하면… 아까 그… 말씀하셨던 '야자' 타임 그거 해볼까요?"

위원장이 풀이 죽은 채로 말했다.

"예? 진짜요? 하하하! 부부장님도 동의합니까?"

"아이! 저도요? 싫어요. …그걸 왜 해요? 진짜 하려고요?"

김유경이 손사래를 치며 사양했으나 표정엔 호기심이 그득했다.

위원장이 탁자를 톡톡 치며 말했다.

"그냥 해! 뭔가 더 하실 말씀이 있어서 제안하셨을 거 아냐."

위원장이 의외로 적극적이다.

김유경이 난처한 듯 주저하다가 어쩔 수 없는지 시무룩하게 말했다.

"참 별걸 다 해보네요. 그 대신 이 자리에서 있었던 얘기는 누구한테도 말하면 안 됩니다."

관영이 흔쾌히 받았다.

"물론입니다. 말해도 안 되고, 끝난 다음에 화를 내거나 문제 삼으면 '야자' 타임의 의미가 없어집니다. 시간은 몇 분으로 할까요? 30분이면… 될까요?"

"30분? …그럽시다."

"시작하면 그 순간부터 나이나 직위, 신분, 따위는 다 없어지고 오직 동갑내기 오랜 친구같이 반말로 무슨 말이라도 할 수 있는 겁니다. 이름도 그냥 부르면서…."

"허허허! 참 별걸 다 해보네. …여하튼 해봅시다. 지금 10시 8분이네. 10시 38분까지."

"시작!"

위원장이 적극성을 띠며 '시작'을 선언했다. 그리고 이어서 선수를 쳤다.

"이름 불러도 된다고 했지. 야! 관영아! 흐흐흐… 재미있네. 너 적당히 해, 너무 심한 거 아냐? …그러다 죽을 수도 있어. 어유 시원해!"

관영과 김유경은 제대로 웃었다. 특히 김유경은 놀란 나머지 웃다가 사레들려 쩔쩔매기까지 했다.

"어! 잘했어, 그렇게 하는 거야. …주형아! 나 이미 한번 죽었잖니. 나 그때 진짜 죽었었어. 그래서 지금은 겁 안 나. 내가 말했잖아, 난 볼모로 왔다고. 자진해서 인질이 된 거니까 죽이든 살리든

네 마음대로 해. 그건 그렇고, 나는 너희 남매가 너무 불쌍해."

"불쌍하다고? 어떤 면에서… 사실 이거 해보자고 한 건 네가 하고픈 말이 많은 것 같아서 해보자고 한 거니까 다 해봐. 왜 불쌍하다는 거야?"

"아! 그래? 대단한데… 유경아, 너도 웃지만 말고 말 좀 해. 네 오빠 말이야, 불쌍하지? 유경이는 오빠가 불쌍하고 오빠는 동생이 불쌍하고, 그렇지 않냐? 바윗덩어리보다 더 무거운 감투를 쓰고 있잖아. 어울리지도 않고, 그렇다고 벗을 수도 없고…."

"그래서요? …모자 좀 벗게 해주려고?"

김유경이 어색한 웃음을 지으며 말했다.

"그 모자는 남이 못 벗겨줘. 남이 벗겨 준다는 거는 죽임을 의미해. 그런 일이 일어나지 않도록 스스로 벗는 수밖에 없는데, 우선은 조금 가볍게는 할 수 있겠지."

"어떻게?"

"그 전에 물어볼 게 있어. 주형아! 유경아! 지난번 내각 총리 노재필은 왜 갑자기 자른 거니? 그 노재필은 지금 어떡하고 있니? 혹시 죽인 건 아니지?"

"별걸 다 묻네. 죽여? 우리가 뭐 백정이냐 막 죽이게. 근신 중이지. …그전부터 좀 깐족거리는 게 있어서 진작에 자르려다가 이번에 자른 거지. 그런데 왜 그게 궁금해?"

"이번에 노재필을 자른 이유는 지난번 허장훈 대통령과의 회담 중에 네가 한 말에 의문을 제기한 거 때문이지?"

"아! 전부터 깐족거렸다니까."

위원장이 살짝 짜증 섞인 말투로 말했다.

"야, 주형아! 깐족거렸다고 짤라? 그리고 그때 그거, 이의 제기할 만한 걸 한 거잖아. …시키는 대로만 하면 그게 옳은 거니? 그러니까 너희 남매가 불안한 거야. 밑에 사람들도 불안하고. 내가 너희 남매에게 불쌍하다고 하는 것은 세상을 몰라도 너무 모른다는 거야. 그러면서도 너희 남매 단 두 명이 전 인민 2천6백만 명을 휘둘러 벌벌 떨게 하고 말이야. 그러면 살림살이라도 제대로 해야지. 살림살이가 넉넉하기는커녕 전 세계에서 꼴등으로 가난한 나라가 됐으니…."

"적당히 하지? …됐으니 그만하고…."

위원장 참을성에 한계가 온 듯했다.

관영은 무시했다.

"뭘 그만해! 평양 근교 공장을 둘러봤더니 맨 봉제업뿐이더라. 중공업은 아직 걸음마도 못 뗀 거 같고, 경공업도 형편없더라. 그러면서도 지상낙원이라고 요란하게 선전해대고, 모든 게 영명하신 위원장의 탁월한 지도력 덕분이라고? …인민들이 믿을까? 그걸 믿는다면 왜 탈북하겠니? 핵무기를 만들고 동해로 태평양으로 대륙간 탄도미사일을 쏘아 대면 남조선이나 미국이 너희한테 잘못했다고 싹싹 빌 줄 알았냐? 너희가 의지하고 있는 중국 좀 봐. 걔들도 완전 개방은 아니지만, 경제적으로는 많이 개방해서 눈부시게 발전하고 있잖아."

"그래서… 그래서! 그러니까 이제 뭐 어떻게 하라는 거야? 패대기만 치지 말고 방법을 말해봐. 어떻게 하라는 거야?"

위원장이 짜증을 내며 물컵을 들어 마시는데 손이 떨리는 게 보였다.

"그래, 쉽지 않겠지만… 우선 남측에 도움을 요청해. 북측 인민들에게도 실상을 어느 정도는 알 수 있게 해. 자꾸 숨기다 보면 거짓말이 점점 커지다가 나중에는 감당이 안 돼. …남측이나 미국하고 싸울 생각은 아예 접어. 그럴 여유가 어디 있어. 인민을 하늘같이 떠받들어. 굶기지 말고. 내가 보니까 모두 영양실조야. 저 시골로 가면 훨씬 더 비참하게 살고 있을 거라는 게 내 추측이야."

"알았어! 알았으니까 그만하고… 나더러 통일의 주역이 되고 그다음 떠나라고 했었지. 아이들 먼저 유학 보내고."

위원장이 인내의 끝을 보이며 투덜거리듯 말했다.

관영은 충분히 혼냈다고 판단되어 목소리를 낮춰 가르치듯 말했다.

"그랬지. …우선 아이들과 가족들을 유학 보내놓고, 지금 남측하고 진행하고 있는 사업들이 차질 없이 돌아가게 하고… 지금 국토미래 청사진을 만들기 위해 조사단이 출발했으니 그 결과에 따라서 대대적인 사업을 진행시켜야 할 텐데, 그때 남측에 도움을 요청하고…. 여하튼 그런 것들이 성공적으로 완수되면 너희 남매는 영웅까지는 몰라도 이미지는 상당히 좋아질 거 아니겠어? 그렇게 되면 통일의 분위기는 조성된 거지. 그때쯤 주형이 네가 통일을 선언하고 물러나는 거야. 병을 고치러 간다고 하면서 망명하는 거지. 그렇게 해서 자연스럽게 무겁고 큰 감투를 시원하게 벗는 거야. 미흡하겠지만 그게 최선이야. 아! 망명지는 두 곳을 염두에 두고 있는데…

천천히 알아보고 정하면 돼."

"두 곳은 어딘데요?"

김유경이 바로 물었다.

"아직 '야자' 타임인데… 두 곳? 궁금하지만 참아. 먼 훗날 일어날 일인데… 그래도 궁금하겠지? 그래 말해 줄게. 하나는 '브루나이' 그리고 또 하나는 '부탄'이야."

"브루나이? 부탄? 어디 있는 나란데?

"브루나이는 보르네오섬 북서쪽에 있는 작지만 엄청 부자나라이고, 부탄은 인도와 중국 사이에 있는 작은 나라인데 가난하지만 행복 지수가 높고 평화로운 나라야. 여기 말고도 그때 형편에 따라 다른 나라라도 갈 수 있도록 할 거야."

위원장과 부부장은 긍정도 부정도 없이 망연히 먼 곳을 보았다.

"통일의 주역이 된다는 건 네가 통일을 주도적으로 이끌어 가라는 거야. 국무위원이나 인민들이 주춤거리고 있을 때, 또는 남측이 주춤거리고 있을 때 네가 한 발 더 앞서 이끌라는 거야."

"뭘 어떻게 이끌라는 건지 좀 구체적으로 말해봐."

"지금부터 네 실체, …부족함을 조금씩 고백하는 거야. 그동안의 실정을 조금씩 인정하는 발언도 하고. 아! 우선 당장 할 것은 온통 사방에 붙어있는 네 할아버지나 아버지 사진은 그대로 두더라도 네 사진은 다 내리라고 해. 그리고 요란한 구호들은 다 집어치우라고 해. 인민 위에 군림하는 지도자가 아닌 겸손한 지도자의 모습으로 변하는 거야. 어때 할 수 있겠어? 어! 시간 다 돼 간다."

"갑자기… 그래도 될까? 이상하게 생각들 할 거 같은데?"

"좋은 쪽으로, 나쁜 쪽으로? 내 장담하는데 절대로 나쁜 쪽으로 생각하는 사람은 없어."

"그럴까? 유경이 네 생각도 그러니?"

위원장이 유경을 보며 물었다.

유경이 생각에 잠겨있다가 두 사람을 번갈아 보고 고개를 끄덕이며 말했다.

"나쁜 쪽으로 생각하진 않을 거야. 오빠 지시를 받은 국무위원들과 그걸 전하는 사람들이 망설일 거야. 그리고 인민들도 의아하게 생각하겠지만, 나쁜 쪽은 아닐 거 같아."

관영이 다시 말했다.

"억지로 하지 말고 설득하듯이 부드럽고 천천히… 시간 다 됐습니다. 괜찮았습니까?"

"시간이…? 괜찮긴….”

위원장의 표정이 나빠 보이진 않았으나 엇나간 대답을 했다.

관영은 이들 남매가 자신을 전보다 많이 의지하고 싶어 하는 것을 느낄 수 있었다. 의지하고 싶어 하는 것은 그만큼 신뢰한다는 것이고, 도움을 받고 싶다는 뜻도 있는 것이다. 따라서 모르는 건 배우고 싶다는 뜻 또한 있다는 것이다.

관영은 이들 남매가 자신들이 딜레마에 빠져있다는 걸 알고 있고, 따라서 두려움을 아주 많이 느끼고 있다는 것도 느꼈다.

불쌍했다. 이들 남매도 불쌍하고, 이들을 억지 추앙하는 2천6백만 인민들도 불쌍했다. 하루빨리 해결해야 한다. 누구도 손해가 없는 방법으로, 모두에게 이익이 되는 방법으로. 그리고 후유증을 최소로 줄일 방법으로 통일해야 한다. 어렵지만 해내야 한다. 이미 시작했고, 시작은 나쁘지 않다.

그날 밤, 시간 가는 줄 모르고 많은 얘기를 나누었다. 주로 관영이 얘기를 주도했고, 간간이 부부장이 질문과 현실을 토로했고, 위원장은 듣기만 하다가 아주 가끔 질문을 던졌다.

위원장의 심중은 몹시 혼란스럽고 막막함이 지배하고 있음이 분명했다. 현실에 대한 미련이 남아있음이 혼란스러움의 주요인이라고 짐작되었다. 반면에 부부장 유경은 자신들이 지금까지 해온 모든 일이 부질없는 짓이라는 걸 어느 정도 깨달은 거 같았다. 남쪽을 다녀오고 난 후 확연히 절실해졌으리라 믿어졌다.

"위원장님, 저는 이제부터 북조선 전체를 돌아볼 겁니다. 대략 1년 정도 돌아볼 건데, 그사이에 제가 필요하면 연락하세요. 아무 때고 달려오겠습니다."

듣고만 있던 위원장이 느닷없는 질문을 던졌다.

"왜 이런 일을 목숨까지 걸고 하는 겁니까? 사업 성공으로 돈도 많이 벌었다면서… 대통령 자리도 차버리고… 정 의원님, 입장에선 여기가 위험한 곳 아닙니까? 진짜 이유가 뭡니까? 제가 모르는 뭔가가 있습니까?"

관영은 답하기 전에 잠시 생각을 가다듬고 지금까지와는 다르게 차분히 말했다.

"인간은… 모두 죽습니다. 죽음을 전제로 사는 겁니다. 몹시 가난했던 어린 시절을 보내고 어찌어찌하다 보니 사업에 성공해 부자가 되었습니다. 잠시는 행복했습니다. 그러던 어느 날 이미 알고 있었던 일을 새삼스럽게 알게 됐습니다. 나도 언젠가는 죽을 거라는 걸. …허망했습니다. 모두 부질없다는 걸 깨달은 겁니다."

"죽음… 죽음이라… 결국 다 죽는 거 맞지."

위원장이 고개를 끄덕이며 띄엄띄엄 말했다.

"생각에 빠졌습니다. 부질없는 삶이지만 의미 있는 게 있지 않을까? 그게 무얼까? 생각에 생각을 거듭한 끝에 얻은 결론이 가난한 사람들의 고통, 단 한 번밖에 없는 삶이 평생 가난 때문에 괴로워하며 살면 되겠습니까? 그래서 가난 때문에 고통받는 사람들을 위해 경제 양극화를 해결하는 [한 생각]이라는 아이디어를 창안했고, 우여곡절 끝에 대한민국에 실현했습니다. 그래서 대한민국은 자본주의 국가 중에서 유일하게 경제 양극화를 극복한 나라가 됐습니다."

"그걸로 노벨경제학상까지 받았고요? 그리고 또 하나 대통령 선거… 그거요."

부부장이 아는 체를 했다.

"또 하나는 온 국민이 패를 갈라 싸우는 대통령 선거의 폐단을 해결하기 위해 1차엔 국민이 직접 선거로 1명이 아닌 2명을 뽑고, 2차엔 추첨으로 2명 중 1명을 뽑는 축제 같은 선거제도, 즉 [한 생각 2]를 창안해서 성공시켰습니다. 가슴이 후련했고 삶이 행복했습니다. 바로 이런 걸 하기 위해 태어났다고 나 자신을 위로하고 정당화할 수 있었습니다."

"아, 그렇군요! 그리고 나서 이번엔 통일 문제까지…."

부부장이 고개를 끄덕이며 말했고 위원장도 긍정하는 눈빛을 보였다.

"위원장님! 남북이 싸워야 할 이유가 있습니까? …땅을 뺏기 위해서요? …서로 죽이기 위해서요? 도대체 왜 싸워야 합니까? 괜히 우리끼리 눈 흘기는 바보짓은 그만해야 합니다."

"맞아요. 그런데 남조선은 일본하고 가깝게 지내며 이젠 우리를 대적하기 위해서 일본과 군사훈련도 같이 하겠다는 것 아닙니까? 이건 말이 안 되잖아요?"

부부장이 날카롭게 말했다.

위원장도 눈을 크게 뜨고 관영의 대답을 기다렸다.

"백번 잘못된 일입니다. 일본과 한패가 돼서 북조선을 응징한다? 미친 짓입니다. 그런데 따지고 보면 남과 북이 워낙 심하게 으르렁대며 다투고 있으니까 그런 일도 생기는 겁니다. 북과 남이 사이좋게 지내면 그런 훈련 얘기는 자연히 사라지게 됩니다."

"따지고 보면 북과 남이 갈라서게 된 것도 그 원인은 일본 아닙니까?"

위원장이 모처럼 확신에 차서 말했다.

"맞습니다. 두말이 필요 없는 정확한 사실입니다."

한밤중 호출에다가 위원장의 심기가 불편하다기에 긴장했었던 벙커에서의 밤, 오히려 파격적인 '야자' 타임까지 하며 확실하게 서로 신뢰를 진전시켰던 시간이 되었다.

13

천군만마 김찬주 회장

한편 장훈은 언론과 자신이 몸담았던 야당의 공세를 사전 차단하고, 빌미를 주지 않기 위해 동분서주했다.

야당은 별 무리 없이 다독여졌으나 언론은, 특히 언론사 몇 곳이 끈질기게 시비를 걸어왔다. 이유는 너무 빨리 진행되는 과정이 미덥지 않고 지난번같이 결국 실패할 거라는 것이다.

통일을 전제로 하는진 몰라도 헛일이 될 것이며, 설령 된다 해도 그 비용이 어마어마하게 들어갈 텐데, 그 비용을 어떻게 감당할 거냐? 비용을 잔뜩 들여서 저들을 살려 놓아도 고마워하기는커녕 '내 보따리 내놓으라고 할 거다'라는 것이다.

그 와중에 현 서울시장인 정근우가 나섰다.

야당 소속으로 지난 대선에 나설 것으로 전망됐으나 마지막 단계에서 상황이 불리해지자 포기하고, 남은 임기를 채우고 다시 재선에 도전해서 성공한 인물이다.

여간해서 속내를 보이지 않고 정치적 발언을 잘 하지 않는 사람이다. 그런 이가 현재 진행되고 있는 일련의 남북사업에 대해 이의를 제기하고 나선 것이다.

"개성공단의 인건비가 지난번보다 너무 높게 책정된 반면, 우리의 생필품을 60% 가격에 준다는 건 합리적이라고 할 수 없죠. 땅만 제공할 뿐 전력은 물론 모든 시설비용과 운영비용까지 부담하면서까지 무리하게 추진하는 게 과연 옳은 일인지 생각해봐야 합니다. 금강산 관광도 지난번 일은 차치하고라도 비용이 일반 해외관광 비용보다 훨씬 비싼 이유가 뭔지 모르겠습니다."

그러자 매주 발표되는 남북사업 여론조사에서 반대 여론이 조금씩 오르는 지경에 이르렀다. 아직 심각한 정도는 아니지만, 마냥 두고만 볼 수 없는 상황이라고 판단됐다. 거의 차질 없이 일사천리로 진척되고는 있지만 작은 불씨라도 살아나지 않도록 해야 할 필요가 있었다.

장훈은 고심 끝에 김찬주 회장을 떠올리고, 전화를 걸어 뵙기를 청했다.

김찬주 회장이 누구인가!

대한민국 제1의 부호이며 지금은 세계에서 가장 존경받는 기업인으로 떠오른 사람, [한 생각] 1과 2의 성공에 절대적인 역할을 한 장본인 아닌가!

자본주의 국가의 가장 큰 골칫덩이인 경제 양극화를 해결하기 위하여 대통령 후보였던 장훈이 [한 생각]이라는 아이디어를 들고나왔을 때, 대한민국 제1의 부호인 그가 불쑥 나타나 그 아이디어를 지지한다고 깜짝 선언한 뒤 솔선수범하며 경제계를 설득하여 결국 성공에 이르도록 한 사람, 그 사람이 김찬주다.

장훈이 [한 생각]으로 어려움에 처할 때마다 오히려 한 단계 높은 방안을 내놓고 밀어붙여 멋지게 성공시킨 진짜 영웅 아닌가!

그가 쉬고 있는 청평 산장을 찾아가 만났다.

가까이 청평호가 내려다보여 경관은 매우 훌륭했지만, 산장 건물은 예상보다 작고 낡아 보였다. 70을 앞둔 회장은 흰머리가 많이 보였으나 얼굴빛은 아직 건강하고 젊어 보였다.

"아! 대통령님, 어서 오십시오."

"아! 회장님, 이제야 뵙습니다."

거의 동시에 서로를 부르며 두 손을 내밀어 잡았다.

한동안 감격스러운 인사가 오갔다.

"회장님이 아니셨으면… 회장님! 정관영 의원께 말씀 다 들었습니다. 회장님은 저와 정 의원의 은인이시며 이 나라의 은인이십니다. 진즉 찾아뵈었어야 하는데… 죄송합니다."

"무슨 말씀을 하십니까? 두 분께서 다 해놓으신 거, 제가 조금 거들은 거지요. 덕분에 나라가 밝아졌고 우리 그룹과 저는 톡톡히 덕을 보고 있습니다. …그나저나 대통령님! 임기를 마치셨으면 좀 쉬시지, 여전히 바쁘십니다."

"그러게요. 정 의원이 못 쉬게 하네요. …정 의원 지금 평양에 있습니다. 자진해서 볼모로 잡혀 있습니다."

"몽골에 있는 게 아니고 평양에? …볼모라고요? 자진해서?"

얘기는 산책길에까지 이어졌다.

장훈은 먼저, 관영과 몽골초원에서 있었던 통일을 위해 특사 자격을 얻어 북한에 가보자고 한 결의 내용을 설명했다.

이어서 김경희 대통령께 특사 자격을 얻어 몽골을 거쳐 북한에 들어가 위원장을 만난 다음 관영은 남고 자신은 남북을 오가며 일을 하는 지금의 상황까지 모두 말했으나 핵 관련 얘기는 하지 않았다.

묵묵히 다 듣고 난 회장은 고개를 끄덕이다 생각난 듯 정색하고 물었다.

"그렇다면 그 여정의 최종 목적지는 통일입니까? 가능성이 있습니까?"

장훈은 멈칫했으나 곧바로 담대하게 말했다.

"그렇습니다. 가능성 있습니다. 정 의원은 확신하고 있습니다. 그래서 정 의원이 자진해서 볼모가 된 겁니다. 볼모라고 하니까 좀 그런데, 자유롭게 위원장과 자주 만나 북한 미래의 청사진을 만들고 있습니다. 그리고 위원장의 여동생 김유경을 제가 여기 남한에 데리고 와서 한 달간 산업시설을 보게 했습니다. 눈으로 직접 보라고 말입니다."

회장의 눈이 야릇한 광채가 일렁이며 형형해졌다.

"오, 그래요! 가능성이 있다고요? 북한이 그렇게 순순히 나오는 것은 이유가 있을 텐데…. 정 의원이 자진해서 볼모 노릇을 하면서까지 한다는 거는 가능성이 있기 때문일 거고, 그 사람 참…! 어떻게 설득한 겁니까? 김주형한테 통일되면 통일 대통령 시켜 주겠다고 한 건 아닐 테고…."

장훈이 잠시 망설이다 말했다.

"그게 좀 설명하기가… 저도 잘 모릅니다. 정 의원이 김주형 위원장과 모종의 합의를 했는데 그 내용을 저에게도 비밀로 하기로 약속이 돼 있나 봅니다. 잘은 모르지만 남과 북의 경제력 차이를 확실하게 알게 해서 위원장 전의를 꺾은 것도 한몫한 것 같습니다. 그리고 통일은 미국이나 중국 등의 나라들한테 일일이 승인을 받고 하는 게 아니고 우리끼리 은밀하게 다 해놓고 통고하는 걸로 가닥을 잡은 거 같습니다."

회장이 감탄하면서도 뭔가 풀리지 않는 대목이 있는 듯 갸웃거리며 말했다.

"아! 승인을 받지 않고 남북이 함께 다 해놓고 난 다음에 통고만 한다? 승인받고 하기는 영 틀렸으니까. 와…! 절묘합니다. 그런데 김주형이는 얻는 게 없을 텐데…. 그 정권, 그 일가는 완전히 몰락할 텐데, 그걸 김주형이 모를 리 없고 알면서 받아들인다? 설명이 안 되는데 어떻게 된 거죠?"

"저도 그걸 모르겠습니다. 그건 저에게도 비밀이라 말할 수 없답니다. 나중에 알게 된다고 하면서 궁금해도 참으랍니다."

"허허허! 정 의원은 모든 문제는 싸우지 말고 아이디어로 풀자 주의 아닙니까? 무슨 또 기막힌 아이디어가 있다는 건데, 그 사람 좀 별종입니다. 좋은 쪽으로 별종입니다. 그나저나 대통령님, 오늘 저에게 숙제를 주시려고 오신 거 아닙니까?"

회장이 먼저 본론으로 이끌었다.

장훈은 자연스럽게 본론을 얘기할 수 있도록 이끌어준 회장에게 고마움을 느끼며 그간의 문제들을 차분하게 풀어놓았다.

언론과 야당의 반대 징후, 그리고 차기 대권 주자인 정근우 서울시장의 비아냥 섞인 반대 발언에 대한 염려를 토로한 후 도움을 요청했다. 그리고 미국과 중국을 비롯한 국제적인 여론에도 도움을 요청했다.

"제가 도움이 될지는 모르지만 해보죠. 이게 개인의 영달을 위해서가 아니고 나라와 민족을 위해서인데 가만히 있으면 안 되지요. 누구는 자진해서 볼모도 되는데…. 해보겠습니다. 언론엔 우리 그룹이 힘이 있습니다. 제일 큰 광고주잖아요. 문제는 정근우 시장인데 슬슬 존재감을 키우려고 하는 거잖아요. 그 사람 단단해서 쉽지 않을 거예요. 그런데 언론이 받쳐주지 않으면 확장성이 크지 않을 겁니다. 언론만 확실히 돌려놓으면… 너무 걱정하지 마세요. 그리고 이렇게 만나 뵈었으니 선물 좀 드릴게요."

"예? 무슨…?"

"개성공단에 외국기업 유치해야 하잖아요? 아마 조만간 꽤 여러 곳에서 입주하겠다는 신청 소식이 올 겁니다."

"와! 정말입니까…? 진짜 큰 선물입니다. 고맙습니다. 정 의원님이 어려운 일이 있으면 회장님을 찾아뵈라고 했었는데 정말 감사합니다."

김찬주 회장의 확신에 찬 답과 뜻밖의 선물 보따리에 장훈은 진심 어린 감사의 인사를 거듭거듭 하면서도 부족한 것 같아 나중엔 결례를 무릅쓰고 포옹까지 하며 고마움을 표했다.

천군만마를 얻어 승리를 앞둔 장수처럼 뿌듯한 마음으로 돌아왔다.

며칠 후 김찬주 회장의 인터뷰가 경제지에 실렸다.

경제지 중 유난히 대북사업을 훼방 놓던 《제일경제일보》 대기자와의 인터뷰 내용이었다.

"이번 대북사업에 대해 김찬주 회장님은 어떻게 생각하십니까?" 하고 질문했을 때의 답변이다.

> 지난번 어느 대통령이 '통일은 대박이다.' 라고 말한 적이 있었지요. 말은 그렇게 했지만 실제로는 그 반대로 개성 공단을 불시에 철수 명령을 내렸고요. …저는 분명히 '통일은 대박이다.' 라는 말에 동감합니다. 인구가 50%가 늘어나고 지하자원이 풍부한 땅덩어리가 120%나 늘어나는 사건이 대박이 아니고 무엇이겠습니까? 지금 이 시점에서 통일을 논하기는 너무 이른 감이 있지만, 진일보하고 있는 거는 분명하잖습니까? 제가 깜짝 놀란 것은 모든 결제를 우리 원화로 하고 그 원화로 우리의 생필품을 구매할 수 있게 개성 시내에 대규모 쇼핑몰을 만든다는 아이디어입니다. 그야말로 누이 좋고 매부 좋고 아닙니까? 경제적으로 볼 때 우리의 내수시장이 잠정적으로 자그마치 50%나 늘어나는 겁니다. 잠정적인 소비자가 2천600만 명 늘어나는 겁니다. 소비자만 늘어나는 게 아니고 값싸고 우수한 노동 인력이 획기적으로 확보되는 겁니다.

외국의 기업들이 속속 입주 의사를 밝히고 있는 것도 좋
은 징조로 보입니다. 지난번의 실패를 경험 삼아 잘 성공
시켰으면 합니다.

김찬주 회장의 인터뷰 내용은 모든 언론사의 머리기사로 장식되
었고, 언론의 방향을 한 방향으로 잡아주었다. 신기하다 싶을 정도
로 변한 언론의 변신이었다.

그것은 김찬주 회장의 영향력 자체도 워낙 큰 데다 광고주의 역
할 또한 한몫했으리라.

본인 스스로 제일 큰 광고주임을 상기시키지 않았던가. 이래저래
큰 사람임을 다시 한번 증명한 셈이었다.

정근우 시장의 발언은 무뎌지긴 했으나 방향은 바꾸지 않았다.

"통일이 나쁘다는 게 아니라 그 비용을 얘기한 거고, 우리가 주는
임금은 큰 폭으로 인상된 반면에 우리 상품은 너무 헐값으로 넘기
는 거 아니냐고 한 거였고, 금강산은 바로 코앞에 있는데 비행기 타
고 가야 하는 해외 관광보다 비싸게 책정된 것에 대하여 말한 겁니
다."

사실 정근우 시장의 발언이 틀리지 않았다.

실제로 인터넷 댓글에서 동의하는 글이 적지 않았다.

어느새 할 말은 하는 정치인의 이미지가 만들어지고 있었다.

정근우 시장도 그 점을 간파하고 이미지 만들기에 공을 들이는
게 분명했다.

《제일경제일보》가 방향을 틀었음에도 그 사주의 사위인 정근우 시

장은 자기 뜻을 꿋꿋하게 견지하는 인물로 각인되기 시작한 것이다.

그는 기회가 있을 때마다 독자적인 발언으로 차근차근 세력을 만들어 갔다.

✦　✦　✦

9월 26일 금강산 관광이 시작되었고, 이산가족 상봉도 동시에 금강산에서 시작되었다.

모두 새로 단장한 육로로 오갈 수 있어서 당일치기 관광이 주를 이루었지만 2박 3일 관광도 성황리에 시작됐다.

뉴스는 온통 금강산 소식으로 도배하다시피 했고, 틈틈이 개성공단 재개 소식도 전했다.

개성공단은 기존 업체들과 신규 업체가 어마어마하게 늘어났고, 외국 업체도 38개 업체가 신청해서 확정되었으며 계속 늘어날 것으로 예상되어 기존의 100만 평의 공단 부지를 300만 평으로 늘리는 작업을 하고 있다고 했다.

공단 중심에 대형 쇼핑몰 건립 작업과 개성 시내에 초대형 쇼핑몰 건립 작업은 밤낮없이 진행되고 있다고 했다.

대통령의 지지율이 점점 오르고 있었다.

대통령은 기회라고 판단되어 토지 개발 이익환수법 강화에 대한 국민투표를 실행했다.

진즉부터 설명회를 여러 번 했고, 신문이나 방송을 통해서도 설명했었기에 분위기는 무르익었다고 판단되었다.

대통령은 과감하게 70% 이상 찬성이 충족돼야 국민에게 승인받은 것으로 하겠다고 했다.

그리고 멋지게 성공했다.

78.4%의 지지를 받아 말도 많고 탈도 많던 여론 공방의 종지부를 찍었다.

이제 장훈은 비로소 바깥으로 긴 여정을 이어나갈 때가 되었음을 알았다.

11월 단풍이 한창 절정이던 날 출발했다.

남북문제에 관련된 미국, 영국을 비롯한 중요 국가들과 유엔과 바티칸 같은 유력기관이나 인물들, 그리고 아무 관계가 없을 듯한 몇몇 국가도 방문할 계획이다.

긴 여정으로 고단도 하겠지만 보람 있는 시간이 되리라고 믿으며 출발했다.

14

북녘의 변방

"여기 북한엔 발전설비와 송전망과 배전망들이 노후됐거나 너무 낡아서 전력 누수가 매우 심합니다. 그래서 우선 노후된 발전설비와 낡은 송배전망을 제대로 개보수만 해도 약 30%의 발전량을 끌어올리는 효과가 있을 겁니다. 발전소 5, 6개를 새로 건설하는 것하고 맞먹는 효과가 있을 걸로 보입니다. 그리고 지금 짓고 있는 발전소엔 현대식 중장비 몇 대만 더 투입해도 건설 기간을 훨씬 앞당길 수 있을 것으로 판단됩니다."

북한 국토개발조사단 단장으로 와 있는 지영락 박사가 만남을 요청해서 만났을 때 시급히 해야 할 일이 있다기에 무어냐고 물었더니 한 말이었다.

그래서 남쪽에 연락하여 전선을 비롯한 필요한 부품을 대대적으로 보내오도록 조치했고, 중장비는 남쪽에서 들여오기는 어려워 중국의 중장비업체에 47대를 몽골 쪽에서 주문하고 몽골 쪽에서 관영이 결제했다. 사실상 위법이지만 위험을 무릅쓰고 한 것이다. 중장비 중엔 어마어마하게 비싼 것도 있었다.

　　대장정에 들어갈 때가 되었음을 알았다.

　　가을로 접어들 무렵 관영은 김유경이 준비해준 지프 2대와 3명의 지원대원, 그리고 각종 장비와 먹거리를 비롯한 생필품을 싣고 국토탐방에 나섰다.

　　"이번에 같이 갈 사람 3명 중 2명은 운전과 심부름할 사람이고요, 1명은 제 경호원으로 지난번 평양 돌아보실 때 동행했던 박인철, 그 사람입니다. 불편하지 않도록 알아서 일 처리 잘할 겁니다. 말동무도 하시고 잘 다녀오십시오."

　　김유경이 걱정스러운 표정으로 말했다.

　　"아, 그 사람 박인철! 감사합니다, 잘 다녀오겠습니다. 그리고 … 부부장님! 지난번 국토 조사단의 의견대로 전력시설 교체에 필요한 전선을 비롯한 물품들이 순차적으로 개성을 거쳐 올 겁니다. 미리 일할 사람들을 확보해서 물품이 도착하는 대로 바로 시작할 수 있도록 해야 할 겁니다. 그리고 중국에 주문한 중장비도 먼저 중장비기사 여러 사람을 보내 사용법이나 정비를 미리 익혀야 할 겁니다."

　　"네, 이미 그렇게 준비하고 있습니다. 챙겨 주시는데 알차게 써야지요. 오빠도 놀라고 많이 부끄러워했습니다. 여하튼 차질 없이 하도록 하겠습니다. 그나저나 포장 안 된 도로가 많고… 어려울 텐데, 한 달 정도만 돌아보고 그냥 오세요."

　　김유경은 관영을 대하는 게 각별했다.

　　남쪽을 다녀온 후 부쩍 자신을 신뢰한다는 것을 느껴 뿌듯했다.

"어려움이야 처음부터 각오한 거니까 너무 걱정하지 마세요. 그리고 맨날 여기에만 있는 것도 고역이거든요. 고생되겠지만 여행삼아 잘 다녀오겠습니다. 가끔 한 번씩은 오려고 합니다. 그사이라도 급한 일이 있으면 연락하십시오. 달려오겠습니다."

그렇게 출발하여 평양을 벗어나면서부터 창밖의 풍경에 탄식이 터지기 시작했다.

도대체 풍경이 왜 이 모양일까?

산이 온통 벌거숭이다. 나무다운 나무는 없고 키 작은 잡목과 풀만 있는 것 같이 보였다.

드문드문 서 있는 전봇대는 왜 그리 초라하고 청승맞을까?

저런 낡고 키 작은 나무 전봇대를 얼마 만에 보는 걸까?

들판도, 지난여름 장마에 심하게 휩쓸린 상처가 제대로 복구가 되지 않은 것 같았다.

어떤 곳은 마을 앞 둑이 사라져 들판 전체가 모래, 자갈로 뒤덮여 있는 곳도 있었다. 인력으로는 어림도 없고, 중장비가 여러 대 동원돼야 할 것 같았다.

풍년을 기약하기엔 애당초 틀린 것 같았다.

도로는 언제 보수를 했는지도 모를 정도로 망가진 곳이 너무 자주 눈에 띄었다. 그나마 집은 그래도 괜찮은 편이었다.

마을 단위로 각각 다른 모양으로 지어서 마을을 구분하기가 좋을 듯했다. 그나마도 겉보기에만 괜찮을 뿐인 건 아닐까 하는 의구심도 들었다. 80층 아파트처럼.

탐방 시작점인 최북단 온성까지 850여 km를 3일 만에 도착했다. 도로 사정상 시속 30~50km로 달려야 했고 하루 6, 7시간만 운전하도록 했기 때문이다.

숙박과 식사는 지방관사를 이용했는데 관사도 사정이 안 좋기는 매한가지지만 다른 방법 자체가 없었다. 관사가 아니면 개인 집이나 야영을 해야 할 형편인데, 그나마 관사를 이용할 수 있어서 다행이었다.

지방 관리들은 중앙에서 온 박인철의 말 한마디에 군말 없이 따랐다.

✦　✦　✦

최북단 온성, 너무도 낯선 풍경에 당혹스러웠다. 이곳이 최북단 국경이라는 느낌보다는 폐허의 버려진 땅 같다는 느낌이다.

오래전 네팔의 오지 여행에서 보았던 어느 곳과 풍경이 닮아있었다. 그곳은 그래도 생기는 있어 보였었다. 이곳은 그것조차 없다.

비가 왔었는지 땅은 온통 질퍽거렸고, 어른 아이 할 거 없이 모두 얼마나 굶주렸는지 앙상했고, 너무 추레해서 자신의 말끔한 옷이 민망할 지경이었다.

툭 불거진 광대뼈와 퀭한 눈, 표정엔 낯선 방문객에 대한 두려움과 경계심이 역력했다. 위로의 말도 어느 정도 돼야 할 수 있는 것이다. 이들에게 '조금만 기다리면 살 만한 세상이 올 겁니다.'라는 투의 위로는 헛소리일 뿐이다. 당장 무언가를 줄 수 없다면 오히려 말을 않는 게 바른 처신일 것이다.

먹먹하고 막막해서 마치 도살장으로 들어가는 겁먹은 소의 눈을 보는 심정이었다.

회한에 찬 관영의 표정을 참을성 있게 지켜보던 박인철이 조용히 말을 건넸다.

"그만 가시죠."

관영은 퍼뜩 정신이 들며 고개를 끄덕였다.

'그래 가자. 그게 낫겠다.'

아무것도 줄 수 없다면 떠나주는 게 나은 것이다.

일행이 본격적인 탐방을 시작한 첫날, 첫 마을에서 추레하고 앙상한 촌로에게 들은 말은 관영을 충격에 빠트렸다. 갑자기 들이닥친 일행에 대하여 두려운 중에도 의아한 표정이 역력한 노인에게 관영이 무심코 말을 건넸다.

"별일 아닙니다. 어떻게 사시는지 궁금해서 한번 들러본 겁니다."
라고 했더니 노인은 얼른 자세를 바로 하더니 대뜸 외쳐댔다.

"저희는 존귀하시고 위대하신 위원장님의 은덕으로 아무 걱정 없이 잘살고 있습니다."

뜻밖의 크고 분명한 목소리였다.

이게 잘사는 거라니, 이게 위원장님의 은덕으로라니, 관영은 할 말을 잃었다. 틀에 박힌 그 말은 그 이후로도 가는 곳마다 여지없이 계속 들어야 했다.

울퉁불퉁한 정도가 심한 비포장도로를 덜컹거리다 마을에 들어서면 왜 길을 보수하지 않는지 알 것도 같았다. 차가 아예 없는 것이다. 차가 없으니 차 다니는 도로엔 관심도 없을 만했다.

하루 온종일 돌아다녀 보아도 자동차 만나기가 밝은 대낮에 별 보기만큼이나 어려웠다.

마을에 들어서면 예외 없이 꾀죄죄한 차림에 영양실조가 분명한 사람들이 맞았고, 곧바로 온 동네가 팽팽한 긴장감에 빠져들었다. 그도 그럴 것이, 모처럼 자동차가 한꺼번에 2대씩이나 예고도 없이 나타났고, 게다가 말쑥한 차림의 고위 간부 같은 사람들이 들이닥쳤으니 어른 아이 할 것 없이 어찌할 바를 몰랐다.

퀭한 눈을 한 아이들이 차를 둘러싸고 신기한 듯 살펴보다가 슬그머니 만져보기도 했다. TV 다큐멘터리에 아프리카 오지 아이들이 문명인을 보고 수줍은 듯 쭈뼛거리다 슬그머니 카메라를 건드려보며 호기심을 나타내는 장면을 이곳에서 볼 수 있다니 서글펐다.

그중 한 집을 선택해서 집 안으로 들어가 보았다.

예상했던 대로 살림살이가 허접하기 그지없었다. 전자제품은 눈을 씻고 봐도 흔적도 없었다. 하긴 전기가 없으니 에어컨, 냉장고는 물론 TV, 세탁기가 있을 리 없고 전등조차 없었다. 어두운 방 한쪽편의 등잔대 위에 있는 사기 등잔이 모든 것을 말해주고 있었다.

부엌 세간살이도 허접한데 한 켠에 쌓여있는 땔나무가 헐벗은 산을 대변하고 있었다.

못 볼 걸 본 것 같아 마음이 쓰렸다.

지금이 어느 시대인데 이 모양 이 꼴을 하고 있단 말인가! 그래도 위원장님의 은덕으로 잘살고 있다고 외쳐대니 기가 막혔다.

이 정권의 뱃속이 빤히 들여다보였다.

평양은 여기에 비하면 가히 천국이라 할 수 있었다. 평양시민만 잘 대접하면 정권엔 별 탈이 없을 것이라는 얄팍한 계산을 한 게 분명했다.

평양시민도 평양에서 밀려나면 비참해진다는 거를 잘 알고 있고, 붙어있으면 특별대접을 받을 수 있다는 것을 알고 있기에 밀려나지 않기 위해서는 충성을 다 할 수밖에 없는 것이다.

누구의 머리통에서 나온 계략인지는 알 수 없지만, 그 계략 덕분에 장장 3대에 걸친 독재체제를 아직도 지탱하고 있을 수 있는 것이다.

그동안 각국 독재자들의 최후를 보아오지 않았던가!

기세등등하던 독재자가 경제가 망가지자 당하기만 하던 국민이 불같이 일어나 봉기하자, 오래 버티지 못하고 처참하게 목숨까지 빼앗기는 꼴을 많이 보았잖은가!

이곳은 경제가 처절하게 망가졌음에도 버텨낼 수 있는 그 저력의 원천은 평양이다. 이젠 그마저도 머지않았다. 평양시 남쪽인 강남군, 중화군, 상원군 그리고 승호 구역까지 왕창 떼어내 황해북도로 편입시켜 평양 자체의 면적을 반 이상으로 줄이고 부양할 인구도 대폭 줄인 것이 그 징조다.

그만큼 어렵다는 것을 스스로 인정한 셈이다.

요행히 남겨진 평양시민들은 가일층 충성심의 몸부림을 칠 것이다. 살아야 하니까!

같은 정황을 계속 목도하게 되자 '이 짓을 계속할 의미가 있나?'라는 생각이 들었다. 그래도 참을성 있게 계속 차가 갈 수 있는 곳까지는 가리지 않고 둘러보았다.

박인철과 운전 요원들조차 짜증 끼가 역력했지만, 관영의 뜻을 거역하진 않았다. 사실 찻길이 닿지 않는 곳도 많아서 처음 몇 곳은 걸어가 둘러보았으나 별반 다르지 않아 이젠 비포장으로 형편없는 길이라도 차가 갈 수 있는 데까지만 둘러보았다. 이렇게 가다간 1년 동안 국토 전체는커녕 반도 돌아보지 못할 거라고 박인철이 은근히 짜증 섞인 푸념을 했다.

답답하고 안타까운 날들이 계속 이어져 11월의 초겨울로 접어들었다. 들판도 휑해졌고 헐벗은 산도 울긋불긋해졌으나 사람들의 입성은 별반 달라지지 않았다.

안타까움에 점점 화가 치미는 나날이 계속됐다.

탐방 46일째 되던 날, 평양의 부부장한테서 와 달라는 연락이 왔다고 했다. 핸드폰은 아예 터지지 않아 관사의 유선전화로 3, 4일마다 김유경 부부장에게 보고를 하는데 오늘은 그쪽에서 먼저 연락이 왔다고 했다.

사연은 모르겠고 일단 내일 아침에 출발하자고 하는 박인철의 표정이 묘했다. 이제 겨우 나선시를 목전에 두었을 뿐인데… 오라니 갈 수밖에 없다.

"무슨… 급한 일이랍니까?"

"그게… 글쎄요, 모르겠어요. 그냥 오라니까 가봐야지요."

박인철도 고개를 갸웃거리며 말했다.

"부부장님한테서 직접 전화가 온 겁니까?"

"부부장님이 직접 한 것은 아니고 제가 늘 보고드리는 경호대장한테서 왔는데… 그냥 모시고 오라고만 하고 끊어서….”

그러지 않아도 평양과 서울의 일들이 어떻게 돌아가고 있는지 궁금했었다. ‘무슨 일이 생겼구나!’ 하는 생각이 마음을 바쁘게 했다.

다음 날 아침, 출발 준비를 하고 있는데 때아닌 헬리콥터 소리가 들렸다. 소리 나는 방향을 보자 헬리콥터 한 대가 날아오는 게 보였다.

헬리콥터는 요란한 소리를 내며 날아와 관사 주변을 두 번쯤 돌다가 가까운 어디엔가 내려앉는 거 같았다.

“저쪽 학교 마당에 내린 거 같은데…, 헬리콥터가 우릴…?”

관영도 궁금했지만, 여하튼 출발 준비를 서둘러야 했다.

얼추 준비가 끝나고 문을 나서려 할 때 느닷없이 총을 멘 여러 명의 군인이 들이닥쳤다. 인민복을 입은 사람이 뒤이어 들어왔다.

군인들은 도열해 있고 인민복을 입은 사람이 성큼성큼 다가와 공손히 고개를 숙여 인사하고 말했다.

“모시러 왔습니다. 차로 오시기 불편하실 거 같아서… 부부장님이 기다리십니다.”

“아! 부부장님이… 헬리콥터를 보내주셨군요.”

박인철이 나서서 뭔가 말을 하려 할 때 그자가 먼저 말했다.

“아! 박인철 동무도 함께 갑시다.”

같이 온 군인은 모두 6명으로 미리 배정해 놨는지 4명은 관영과 함께 헬리콥터로, 나머지 2명은 운전 요원 2명과 함께 차로 오도록 조치했다.

관영의 짐과 박인철의 짐을 군인들이 나눠 들고 헬리콥터가 있는 학교까지 부지런히 걸어갔다. 헬리콥터는 시동을 끄지 않고 있었기에 온 동네가 떠나갈 듯이 시끄러웠다.

박인철이 인민복을 입은 사람에게 무어라 물었으나 굉음에 묻혀 대화가 잘 안되는 거 같았다.

일행이 운동장에 들어서 잠자리 모양의 헬리콥터에 가까워질수록 굉음은 더 요란했고 바람도 무지막지하게 세찼다. 인민복을 입은 사람이 관영을 감싸듯이 안고 자세를 낮춰 겨우 탑승했다.

오래전에 군 장성이 헬리콥터 날개에 맞아 사망했다는 뉴스를 본 기억이 났다. 장군이 되기까지의 노력과 수고로움이 헬리콥터의 날개에 맞아 허망하게 날아가고 인생 자체도 날아갔으니, 인생이라는 게 얼마나 얄궂은가!

헬리콥터는 탑승이 끝나자마자 바로 떠올라 평양을 향했다.

한참 후 하늘에서 내려다보는 북녘땅 대부분은 산맥으로 얼기설기 엮이고 엮여서 변변한 들판이 거의 없어 보였다. 하긴 이곳은 개마고원이라고 부르는 고원지대로 2,000m가 넘는 봉우리가 수두룩한 곳이다.

헬리콥터의 요란한 굉음 속에서도 부부장이 부르는 사연이 궁금했다. 무슨 급한 일이 있기에 헬리콥터를 보냈을까? 무슨 변고가 있었던 것일까? 있다면 개성공단일 것이라는 짐작이 갔다.

김경희 대통령과 김주형 위원장이 적극적으로 밀어준다 해도 현실적으로 풀기 어려운 일들이 생길 수 있고 우발적인 사고도 있을 수 있기 때문이다. 무슨 일일까?

15

쿠데타

꿍음에도 익숙해지고 지리한 시간이 지나 어느덧 밑으로 평양이 보이는가 싶더니 잠시 후 헬리콥터가 고도를 낮추며 내리는 곳은 제1청사가 아닌 낯선 곳이다.

관영이 의아한 표정을 짓자, 박인철이 손가락 두 개를 내밀며 '제2청사입니다.'라고 했으나 소리는 꿍음에 묻혀서 들리지 않았다.

드디어 헬리콥터는 착륙했고 꿍음은 멈췄다.

갑작스러운 적막감에 정신이 멍한 중에도 밖을 보니 여러 명이 기다리고 있는 게 보였다.

김유경은 보이지 않았다.

관영을 맞은 사람은 인민군 총정치국장 전기현, 국가체육지도위원장 이상우, 내각 총리 강금철, 외무상 박지원 그리고 전에 경질됐던 전 내각 총리 노재필도 있었다. 그 외에도 고위 관리로 보이는 사람들이 많았고 경계를 서는 경호원들도 보였다.

뜻밖의 인물들이 맞는 이 상황이 어색하고 의외여서 주춤거리게 했다.

"어서 오십시오. 먼 길 오시느라 수고하셨습니다."

훈장이 주렁주렁 매달린 군복을 입은 전기현이 성큼성큼 다가와 환한 웃음을 지으며 맞았다. 이어서 차례차례 악수하며 인사를 나누면서도 이게 무슨 상황인지 감이 잡히지 않았다. '김유경은 안에서 기다리나?' 하면서도 뭔가 찜찜한 생각이 머리를 스쳤다.

제2청사는 제1청사보다 현대식 건물로 대학 건물 같아 보였다. 전기현이 관영을 안내하고 다른 사람들은 뒤를 따랐다. 가다가 돌아보며 박인철을 찾았으나 보이지 않았다.

"여기는 처음인데 제2청사라고요? …부부장님은 안에 계십니까?"

전기현의 표정이 흔들리는가 싶더니 이내 빙긋이 웃으며 말했다.

"부부장님은 천천히 만나시고 오늘은 저희와 좀 말씀 나누시지요."

"예? 부부장님이 부르신다고…, 그렇게 알고 왔는데…."

"예…! 들어가셔서 저희가…."

전기현의 말은 공손했지만 단호했다.

관영은 상황이 심상찮음을 느꼈다. 생각해야 했다.

'부부장이 부른 게 아니라면… 아닌 건 확실하다. 그렇다면 이들이 왜 나를?'

'이들이 감히 위원장과 부부장 몰래 이런 일을 벌일 수 있단 말인가? 아니면 허락을 받고?'

확실한 건 이들은 내게 무언가 알아내고 싶은 게 있고, 그것은 아마도 지금 돌아가고 있는 남북문제일 것이다.

도착한 곳은 5층 대회의실이었다. 전면엔 위원장 일족의 사진들이 걸려있고, 맨 앞 단상 위엔 마이크와 물컵이 있는 책상이 보였고, 단하로는 책상이 다섯 줄로 놓여 있었다. 마치 학교 교실과 같은 배치였다.

전기현이 관영에게 단상의 의자를 권했다.

관영이 놀라 손사래를 치며 곤혹스러운 표정을 짓자, 전기현이 말했다.

"오늘은 우리가 정 의원님께 질문을 많이 할 겁니다. 답변하셔야 하니까 오르십시오."

여전히 말은 공손했지만 단호했다.

엉거주춤 단상에 올라 의자에 앉을 수밖에 없었다.

앉은 채 내려다보니 국무위원들은 앞줄에 앉았고, 그 뒤로 오늘 처음 본 관료들과 훈장을 주렁주렁 매단 군인들도 각각 자리를 찾아 앉고 있었다. 모두 자리를 잡고 나서도 뒤에 서 있는 사람이 더 많은 거 같았다. 얼추 150명은 돼 보였다.

이 많은 사람 앞에서 무슨 답변을 하라는 건지 당혹스러웠으나 일단 전기현의 손짓에 따라 마이크 앞에 섰다.

자리가 정리되자 앞자리 중간에 앉았던 전기현이 일어나 관영을 향해 말했다.

"존경하는 정 의원님, 아무런 예고도 없이 이런 자리에 모시게 돼서 송구스럽게 생각합니다. 저희는 지금 북과 남 사이에 벌어지고 있는 일들과 앞으로 전개될 여러 상황에 대하여 좀 더 정확히 알기 위해서 이 자리를 마련했습니다. 우리들의 질문에 성의껏 답변해주시기를 바랍니다. 그러면… 누가 먼저? 노재필 위원부터 시작하겠습니다."

관영은 황당하면서도 '남쪽의 국회 청문회 같은 것이로구나.' 하는 판단을 했다.

양복을 입은 노재필이 두 번째 줄에서 일어나 주위를 한번 돌아본 다음 말했다.

"정관영 의원님, 의원님은 남조선에서 대통령 후보로 두 번이나 나선 적이 있었고, 허장훈 전 대통령과 함께 현 대통령의 특사 자격으로 오셨지요?"

관영은 바로 마이크에 대고 말했다.

"그렇습니다."

"오실 때 몽골 대통령의 도움을 받아 오셨는데 특별한 이유가 있습니까?"

잠시 망설여졌으나 곧바로 답했다.

"그동안 남과 북은 늘 중국 쪽을 통해서 대화를 해왔는데 결과가 만족스럽지 못했고, 제가 몽골에 오랫동안 있으면서 몽골 학생들을 유학을 보내준 인연으로 대통령과 만나는 기회가 생겨서 부탁하게 된 겁니다."

"알겠습니다. 특사로 함께 온 허장훈 전 대통령은 일이 끝난 후 바로 돌아가셨는데 정 의원님은 남았습니다. 왜죠?"

본격적인 질문의 시작이다. 바로 답했다.

"남과 북은 모든 면에서 너무 달라서 한두 번의 특사 만남으로 물꼬를 트기가 어렵다고 생각했습니다. 따라서 여러 번 만나서 폭넓게 대화하다 보면 서로의 사정도 알게 되고 해결점도 찾을 수 있지 않을까 해서 여기 올 때부터 허장훈 전 대통령은 남북을 오가며 협상과 일을 진전시키는 일을 하기로 하고, 저는 아예 여기에 남아서 계속 대화를 해보려고 했습니다. 그래서 그 생각을 위원장님께 말씀드렸더니 쾌히 승낙하셔서 남아있는 겁니다."

그때 뒤에 서 있던 군복 차림이 앞으로 나서며 소리를 질렀다.

"그래서 이 간사스러운 새끼야! 우리 위원장님께 뭐라고 속닥거렸냐?"

회의장은 갑자기 소란스러워졌으나 곧 진압되고 그 군복 차림은 또 다른 군복 차림들에 의해 끌려 나갔다. 진압되어 끌려 나가면서도 무어라 소리쳤는데 제대로 들리진 않았다.

분위기는 잠깐 사이에 달아오르다 일단 사그라들었다.

관영도 놀랐다. 지금 이곳의 전체적인 분위기를 느낄 수 있었다.

'이들은 화가 나 있다.'

'이들은 응축된 적대감을 최대한 자제한 채 나를 대하고 있다.'

전기현이 대수롭지 않은 듯이 전체를 휘돌아보고 진행을 이끌었다.

"아이! 죄송합니다. 다음은 누가…? 박재원 외무상 질문하세요."

전기현이 대수롭지 않은 듯이 진행을 이끌었다.

외무상 박재원이 자리에서 일어나 차분히 질문했다.

"지금 개성공단에 입주를 신청한 업체 수가 지난번 업체 수보다 거의 다섯 배가 넘었고, 계속해서 더 신청받고 있으며 외국업체도 상당수 있는 거로 알고 있습니다. 그런데 거기서 일할 우리 인민들의 인건비를 달러가 아닌 남조선 원화로 결제하고, 그 원화로 남조선 물품을 사도록 큰 장터도 만들고 있습니다. 이미 그렇게 결정된 것이라 늦은 감이 있지만 정 의원님이 그 안건을 제안하셨다고 하는데, 과연 그 결과를 어떻게 예측하신 겁니까? …남조선 당국이 꿈꾸는 흡수통일을 염두에 둔 계략이 아닙니까?"

이거였다. 이들이 화가 나 있는 이유는 이거였다.

관영은 바로 역공으로 시작했다.

"여러분! 위원장님께서는 그런 의심을 안 하셨을까요? 여러분께서 하는 그런 의심을 안 하셨을까요? 여러분이 아는 걸 위원장님은 모르셨을까요? …그렇습니까?"

장내가 긴장감에 휩싸였다. 단하의 수많은 눈과 관영의 눈이 불꽃을 일으켰다. 한참 동안 대치 상태로 버티기 끝에 관영의 낮고 차분한 말이 이어졌다.

"위원장님은 그다음, 다음을 보신 겁니다. …달러로 하고자 하면 사업 자체를 시작할 수 없다는 것을 아셨고, 최선책이 안 되면 차선책이라도 찾아야 할 상황이란 건 여러분도 아실 것 아닙니까? 사방팔방이 봉쇄돼서 옴짝달싹도 못 하는 처지인 걸 모르십니까? 위원장님께서도 노심초사 끝에 결단을 내리셨는데…. 장터에서는 북조선이 남조선 물품만 사는 게 아니고 북조선 물품도 남조선 쪽으로 판매하기로 하자 하신 겁니다. 남북 간에 무역이 시작되는 거지요. 북조선은 고립을 벗어나는 계기가 될 것이고, 개성시는 이제 자유무역도시가 되는 거란 말입니다."

그때 뒷좌석에 앉아있던 또 다른 군복 차림이 벌떡 일어나며 외쳤다.

"거짓말 마시오! 도대체 뭐라고 속닥거렸는지 그걸 말하라는 겁니다. …그리고 우리가 옴짝달싹도 못 하는 처지라고? 그래도 우리는 남조선처럼 미국의 개가 되어 꼬리 치며 살진 않아! 똘똘 뭉쳐서 잘살고 있다고!"

흥분한 채 큰소리로 외쳤으나 그래도 처음엔 존댓말로 시작하더니 끝엔 이성을 잃었는지 막말로 악을 썼다. 다시 술렁거렸다.

전기현이 일어나더니 앉으라고 손짓하며 말했다.

"궁금한 걸 질문하고 답변을 들어보려고 이 자리를 만들었는데 자꾸 분위기를 망치면 어떡합니까? 좀 차분합시다. 정 의원님, 거듭 죄송합니다. 말씀 이어 하시지요."

관영은 험악해지는 분위기지만 울분이 앞섰다.

"잘살고 있다고요? 똘똘 뭉쳐서? …여러분은 모르세요? 진짜 모르십니까? 이곳 평양에서 살다 보니 지방 사람들 형편은 아예 모르는 겁니까? …우리는 누구를 말하는 겁니까? 평양 인민만 우리이고, 지방 인민은 우리가 아닙니까?"

관영도 분통이 터져 쏟아부었다.

여기저기서 웅성거렸다. 금방이라도 터질 것 같았다. 내친김에 마저 쏟아냈다.

"여러분이 위원장님을 제대로 보좌해서 나라를 이 꼴로 만들지 않았으면 오늘날 저 지방 인민들이 영양실조에 걸리지 않았을 것이고 저토록 비참하진 않았을 겁니다. 북조선보다 남쪽의 경제력이 54배입니다. 한 배 두 배도 아니고 열 배 스무 배도 아닌 54배가 되도록 여러분은 뭘 했습니까? …그리고 여러분은 좋은 보고만 하니 믿을 수 없다면서 제게 자세히 좀 알아봐 달라고 하셔서, 저 북쪽 온성부터 구석구석 찾아보고 있었던 겁니다. 위원장님은 지금 여러분과는 달리 이 나라 상황이 매우 위급하다고 판단하신 겁니다."

전기현이 벌떡 일어섰다.

"아! 잠깐… 잠깐만요. 정 의원님 지금 얘기한 것들을 위원장님께도 다 말씀했습니까? 뭐 54배니 그런 거 말입니다."

전기현이 당황한 듯 더듬거리며 물었다.

관영은 망설임 없이 바로 답했다.

"이미 다 알고 계셨습니다. 저에게 확인했을 뿐입니다. 여러분도 부부장님이 남쪽을 한 달간 직접 가서 발전상황을 돌아보고 오신 거 모르십니까? 부부장님이 다녀오신 뒤에 부부장님께 또 확인하셨고요."

"그렇다면 좀 이상하네요. 정 의원님이 지난번 평양 시내를 돌아보고 놀랐다고 말씀하셨지 않았습니까? 남쪽이 그렇게 대단하다면 놀랄 리가 없을 텐데요?"

"그랬지요. 위원장님은 인정받고 싶으셨나 봐요. …여러분과 함께하는 연회 장소에 저를 불러 감상을 말하라니 그런 자리에서 어떻게 말해야 합니까? 거기서 비웃을 순 없잖아요. 전기가 부족해서 엘리베이터 운행을 못 하고, 수돗물도 안 나와 밑에서 물을 받아 80층까지 들고 올라가야 한다는 얘기는 차마 못 하겠더라고요. 나중에 본 대로 느낀 대로 솔직히 다 말씀드렸습니다. 위원장님도 인정하셨고요."

전기현은 얼떨떨한지 고개를 갸웃거렸다.

내각 총리 강금철이 손을 들고 일어났다.

"내각 총리 강금철입니다. 개성공단 사업이 이제 막 시작 단계인데도 벌써 다음 사업지로 나진·선봉공단과 신의주공단 얘기가 나오고 있습니다. 남쪽 돈으로 남쪽 물품을 사서 그대로 전국적으로 공급을 하게 되면 대단한 혼란이 예측되는데 그 상황을 봐 가면서 확대하든지 줄이든지 해야 할 거 아닙니까? 너무 서두르는 것 같고, 따라서 여기저기 공업단지를 만들어서 남측의 놀이터로 만들려는 건 흡수통일을 염두에 둔 계략 같은데 아닙니까?"

강금철은 눈을 동그랗게 뜨고 노려보며 또박또박 말했다.

관영은 망설임 없이 즉각 대답했다.

"저는 이렇게 생각합니다. 개성공단은 전에 운영했었던 곳이라 비교적 준비기간이 짧게 걸리지만, 다른 곳은 처음부터 다 새로 준비해야 하니까 준비기간이 많이 필요하지요. 교통, 전력, 통신 등 기반시설을 갖추는 데만도 몇 년씩 걸리니까요. 남측의 놀이터, 흡수통일 이런 말은 지나친 표현이고요, 남조선 물품만 사는 게 아니고 북조선 물품도 남조선으로 파는 무역도시가 되는 거라니까요."

그때 아까 소리치던 군복 입은 자가 벌떡 일어나 또 소리치기 시작했다.

"야 이 미친놈아! 뭐 54배? 그런데 왜 거리에 거지가 널렸고 자살하는 인민이 수두룩하냐? 자살률이 세계 1등이라며? 애새끼도 안 낳는다며…. 출생률이 세계 꼴찌라던데, 그렇게 잘사는데 왜 애새끼는 안 낳는가 말이야? 위대한 우리 북조선인민공화국을 겁도 없이 날로 먹으려고? 요런 간사스러운 놈은 죽여야 합니다."

그자는 앞에 있던 전기현과 몇몇이 만류하려고 일어설 때 갑자기 뒤 허리춤에서 검은 권총을 빼 들자마자 관영을 겨누었다.

관영은 아찔한 느낌과 동시에 반사적으로 머리를 숙이며 몸을 움츠렸다. 곧이어 총성이 들린 순간 충격으로 뒤로 나자빠져 뒷벽에 머리를 심하게 부딪쳤다. 머리의 통증보다 오른쪽 어깨에 타는 듯한 화끈함이 느껴질 때 거의 동시에 전기현이 피를 뿜으며 쓰러지는 장면이 보였다. 연이어 총소리가 계속해서 들렸다.

장내는 순식간에 소용돌이 속으로 빠져들었다.

반사적으로 통증의 진원인 오른쪽 어깨를 왼손으로 부여잡으니 끈적이는 피가 흥건했다. '어깨에 총을 맞았구나' 하는 자각이 들며 통증의 해일에 밀려 정신을 차릴 수가 없었다.

가물가물한 중에도 전기현이 피를 뿜으며 쓰러지던 장면이 꿈처럼 그려졌다. 사람들이 뒤엉켜 슬로비디오처럼 움직이는 게 보이는가 싶더니 이내 누군가 다가와 상체를 일으켜 잡고 왼손을 떼어내어 무언가를 대고 눌렀다.

"빨리빨리!" 소리가 연달아 들렸다.

통증으로 인해 악다문 잇새로 신음이 절로 비어져 나왔다. 정신이 가물가물했다. 누군가의 등에 둘러업히는데 쉽지 않은지 몇 번을 실패하더니 몇몇의 도움으로 겨우 업혔다. 업힌 상태에서도 누군가가 어깨의 상처를 짓누르고 있었다. 그렇게 한참을 흔들리다가 차에 태워져 어디론가 갔다.

타는 듯한 극심한 통증과 정신이 가물가물한 중에도 전기현이 피를 뿜으며 쓰러지는 장면이 자꾸 그려졌다.

'어떻게 된 일이지?'

나중에 알았지만, 도착한 곳은 최근에 첨단 의료장비를 갖추고 개원했다는 평양 종합병원이었다. 어깨에 박혀있던 총탄을 제거하는 수술을 위해 마취제가 효력을 보이기 전까지 가까스로 정신을 잃진 않았지만 가물가물했다.

마취에서 깨어났을 때 자신이 어깨만 붕대로 칭칭 감겨있는 게 아니라 머리까지 감겨있음을 알았다. 자리를 지키던 간호사의 설명으로 알았으나 뒤통수를 부딪친 기억은 없었다.

"심하게 부딪친 거 같다고 하던데요?"

간호사가 의사를 데려왔다. 의사와 간호사가 들어올 때 두 명의 군인이 따라 들어와 지켜보고 있다.

젊은 의사는 붕대로 감긴 부분을 슬쩍 보고 계기판과 링거병을 살핀 후 말했다.

"…괜찮지요? 완치는 오래 걸리겠지만 보름 정도면 퇴원할 수 있을 겁니다."

관영이 미처 대답하기도 전에 몸을 돌려 나갔다.

관영은 자신의 상처보다도 사건의 자초지종을 알고 싶었으나 누구도 들여다보는 사람이 없어 답답했다. 간호사가 왔을 때 총을 멘 군인 두 명이 지켜보는 상황에서 물어보았다.

"누구든 날 찾아온 사람이 없었어요?"

간호사는 싱긋 웃는 표정을 짓더니 고개를 좌우로 젓고 나가버린다.

지금쯤 위원장도 알고 있지 않을까? 부부장이나 누구라도 오겠지 했으나 끝내 오지 않았고, 의사와 간호사만 두 번 와서 검진하고 갔다.

"주무세요. 불편하시면 요걸 누르세요."

간호사가 불을 끄고 나가며 말했다. 비로소 밤중임을 알았다.

통증은 견딜 만했으나 궁금증 때문에 머리가 복잡했고 이리저리 시나리오를 맞춰보게 했다.

전기현이 피를 뿜으며 쓰러지던 모습이 실제였던가?

전기현이 나 대신 총을 맞은 건가? 그럴 리가 없는데, 오발?

그놈은 분명히 나를 겨누었는데 전기현이 내 앞에서 일어서긴 했지만, 방향은 좀 다르지 않았던가?

나중에도 총소리가 여러 번 들렸었는데 어떻게 된 일일까?

거기에 모였던 사람 중에 국무위원들 외의 사람들은 어떤 사람들인가?

나에 대한 분노가 대단했던 거 같은데, 국무위원들도 그랬던 거 같고….

말은 부드러웠지만 헬리콥터를 보내서 부부장이 부른다는 거짓말까지 해가며 나를 납치한 거나 마찬가진데, 이 상황을 위원장이나 부부장이 모를까?

위원장이나 부부장이 알게 돼도 문제가 없을까, 부부장 이름으로 납치한 건데?

저들이 위원장 허락 없이 이런 일을 벌일 수 있나? …허락할 리가 없으니까?

전기현은 분명히 죽었을 거야. 어디를 맞았길래 피를 뿜으며 쓰러진 거지?

관영은 같은 장면과 같은 의문과 같은 질문을 되풀이 되풀이하다 잠이 들었다.

잠결에 총성이 들린 것 같은 느낌에 잠이 깨었을 때 요란한 총소리가 연이어 들렸다. 다시 한참 동안 수십 발의 총소리가 나다가 멈췄다.

관영은 자신과 관계되는 심상찮은 일이 벌어지고 있음을 직감했다. 이 나라에 심각한 일이 벌어지고 있고, 그 일의 원인 제공자는 자신이라는 확신이 섰다.

'일단 피해야 한다. 어디로…? 어떻게…?'

어둠 속에서 일어나 앉아 팔에 꽂혀 있던 링거 바늘을 빼내고 침대에서 내려섰다. 맨발이 바닥에 닿는 느낌이 생경했고 잠깐 어지러웠다.

'이제 어떻게 해야 하지?'

그때 가까운 곳에서 몇 발의 강력한 총성에 이어 고함과 비명이 들렸다. 연이어 요란한 구두 발자국 소리가 들리는가 싶더니 문이 벌컥 열리며 누군가 들어왔다.

관영은 심장이 쪼그라드는 공포감에 반사적으로 뒷걸음질 쳐 벽 구석에 쪼그리고 주저앉았다.

딸각 소리와 함께 갑자기 환해졌다.

갑자기 쏟아진 불빛에 눈이 부셔 반사적으로 눈을 가리며 실눈으로 보니 군복을 입은 두 명이 권총을 들고 자신을 보고 있다.

"여기 맞다."

그중 한 명이 밖을 향해 소리쳤다. 몇 명이 우르르 달려오는 소리가 들리는 듯했다.

두 사람이 다가와 잠시 얼굴을 살핀 후 말했다.

"갑시다!"

그리고 다짜고짜 붕대가 감겨있지 않은 겨드랑이 쪽을 잡고 일으켰다.

'어디로?'가 떠올랐으나 입으로 소리를 내지는 못했다.

"걸을 수 있지?"

밝은 불빛이라 관영이 맨발이라는 걸 그들도 알 수 있었으나 그냥 세게 이끌었다.

'신발 좀…'을 외쳤으나 입안에서만 맴돌 뿐이었다.

관영은 이들이 누구의 하수인인지 계산이 되지 않았다. 다만 이들이 자신을 거칠게 대하는 거로 볼 때 위원장 측은 아닌 것 같았다. 그렇다면 누구일까? 전혀 종잡을 수 없었다.

머리와 어깨엔 붕대가 칭칭 감겨있고, 맨발인 관영을 아랑곳하지 않고 끌다시피 이끌었다.

관영을 납치해 트럭에 태우고 한참을 달려 도착한 곳은 군부대가 틀림없었다. 어둡긴 했지만 한눈에 알 수 있었다.

트럭에서 내려 어디론가 끌려 들어가 훈장이 주렁주렁 달린 군복을 입은 자 앞에 세워졌다. 그는 가까이 다가와 관영을 물끄러미 보다가 툭 던지듯 말했다.

"주둥이가 얍삽하니 잘 놀리게 생겼다."

관영은 처음 보는 자였다. 40, 50대의 마르고 키가 큰 자의 굵은 목소리다. 관영은 전에 당했던 기억과 겹치며 소름이 끼쳤다.

그는 가까이 다가와 차분하게 말했다.

"도대체 어떻게 속닥거렸기에 위원장이 홀딱 속으신 걸까? 남쪽이 그렇게 잘살아? 살기 좋다면서 왜 애새끼는 안 낳느냐고? 거짓말도 적당히 해야지, 미국놈들한테 빌붙어 사는 주제에 주둥이만 살아서…."

그는 관영의 반응을 기다리는 듯한 턱짓을 했지만, 관영은 먼 곳만 응시했다. 관영의 반응이 없음에도 개의치 않는 듯 빙긋이 웃다가 옆에 있던 부하에게 턱짓을 했다.

다시 끌려 나가는데 그가 뒤에서 소리를 질렀다.

"정관영! 이제 너도 끝장이야! 잘 자라…! 얍삽한 놈!"

끌려간 곳은 지하 감옥 같은 곳인데 창문도 없고 바닥은 시멘트, 한쪽 구석에 등받이가 없는 나무 긴 의자, 그리고 변기통으로 보이는 것이 다른 쪽 구석에 있었다. 그런 것들을 제대로 확인도 하기 전에 관영을 끌고 왔던 자들이 나가며 불을 내리자 깜깜절벽이 되었다.

관영은 더듬어 나무 의자를 찾아 조심스럽게 앉아보았다. 딱딱했지만 앉은 채로 발을 들 수 있어서 시멘트 바닥에 맨발로 서 있는 것보단 나았다.

맨몸에 환자복뿐이라 덜덜 떨리도록 추웠지만, 그보다 더한 것은 마취제의 효력이 떨어진 어깨의 통증이었다. 왼손으로 붕대 감긴 오른쪽 어깨의 겉을 쓰다듬어 볼 뿐 아무 조치를 할 수 없어 미칠 지경이었다. 꽉 물고 있는 어금니 사이로 신음이 절로 비어져 나와 작은 메아리로 떠다녔다.

추위로 덜덜 떨리고 엉덩이도 배겨서 이리저리 움직여 봐도 아무런 도움이 되지 않았다.

의자가 긴 의자라는 걸 기억하곤 더듬어 찾아서 억지로 누워 보았지만, 통증이 더할 뿐 바로 일어나야 했다. 이제껏 이런 통증은 처음이다.

추위 때문에 어깨 통증이 더 심한 거겠지만 지독한 통증 때문인지 악다문 상태에서 추위는 크게 느끼지 못했다. 심하게 부딪쳤다는 머리 통증도 띵할 뿐 큰 통증을 느끼지 못했다.

큰 통증으로 작은 통증을 덮고 있는 꼴이다.

자다가 한밤중에 납치돼왔기에 남아있는 밤은 얼마 되지 않을 것이다. 그러나 관영에겐 거의 영원 같은 시간이었다.

얼마나 이를 악물고 버티었는지 어느 시점부터는 감각 자체가 마비되어 희미한 가운데 죽음이 가까이 왔음을 알았다.

놈들이 문을 열고 들어왔을 때 관영은 혼절한 상태였다.

놈들이 발로 관영을 툭툭 차보았으나 아무 반응이 없자 머리를 잡고 흔들었다.

관영이 눈을 떴다.

생기가 전혀 없는 눈이었지만 놈들은 아랑곳하지 않고 양쪽에서 잡아 일으켰다. 갑작스럽게 힘을 받은 어깨의 통증으로 "아악!" 소리를 질렀으나 놈들은 막무가내로 잡아끌었다.

관영이 서질 못하자 그대로 질질 끌고 갔다. 통증으로 악을 쓰듯 비명을 질렀으나 놈들은 들을 귀가 없어 보였다.

어디를 어떻게 끌려왔는지 내동댕이쳐져 눈을 떠보려는데 뜰 수 없을 만큼 눈이 부시다. 가까스로 떠보았을 때 너무나 생경한 광경에 착시인가 싶어 감았다 떠보니 광경이 가관이다.

완전무장을 한 군인들이 넓은 연병장에 가득하고 저 끝으로는 대포 포신 같은 것도 보였다.

지독한 통증도 잊을 만큼 놀라운 광경에 사방을 둘러보니 이곳은 틀림없이 군부대 연병장이고, 자신은 높은 연단 밑에 있는 낮은 연단에 엉거주춤 널브러져 있는 것이었다.

너무도 진기한 광경에 자신도 모르게 천천히 일어섰다. 일어서보니 드넓은 연병장에 완전무장을 한 군인들이 꽉 차 있고 장갑차와 대포 같은 것도 많이 보였다.

그토록 많은 군인이 모여 있으면서도 너무도 조용하다. 왠지 저들에게서 긴장감이 느껴졌다.

'도대체 무슨 일이지?' 하고 생각하려고 하는데 군 일동이 거의 동시에 기계처럼 차려 자세를 취한다.

반사적으로 고개를 돌려 뒤를 돌아보니 어제저녁의 훈장을 주렁주렁 매달은 그놈이 검은 안경을 쓰고 부관으로 보이는 부하의 에스코트를 받으며 본관으로부터 걸어 나오고 있었다.

검은 안경을 쓰고 큰 키에 절도 있는 걸음걸이와 이제 막 떠오르는 아침 햇빛을 정면으로 받은 훈장들이 번쩍거려 위엄이 대단했다.

연병장에 적막감이 흐르는 가운데 놈은 거침없이 높은 연단에 올랐다. 놈은 검은 안경으로 전체를 돌아본 후 밑에 있던 부관에게 턱짓을 했다.

부관은 들고 있던 서류철을 펼치어 마이크에 대고 읽기 시작했다.

"지금부터 특별 인민재판을 하겠습니다. …여기 옆에 있는 이자는 남조선 괴뢰국 대통령 특사라고 사칭하며 입국한 정관영이라는 자로서 1년이 다 돼가도록 돌아가지 않고 우리의 위대하시고 영명하신 김주형 위원장님 곁에 머물며 온갖 요설로 금강산과 개성을 마치 저희 것처럼 수작을 부렸고, 이것도 모자라 나진 선봉과 신의주에도 눈독을 들이고 있는 자입니다. 남조선 괴뢰도당은 미 제국주의자들의 꼭두각시이며 얼마나 살기가 어려운지 세계에서 자살률이 제일 높고, 오죽하면 자식을 낳으면 굶어 죽을까 봐 자식도 낳지 않아 인구가 자꾸 줄어들고 있고, 길거리에는 거지가 널려있다는 거는 만천하가 아는 사실인데도 이놈은 뛰어난 언변으로 마치 천국이라도 되는 것처럼, 백옥같이 순수하시고 고귀하신 우리의 어버이 대원수 김주형 위원장님의 심경을 어지럽힌 놈입니다. …우리는 이 얍삽하고 요사스러운 첩자 놈을 어떻게 해야 하겠습니까? 어떻게 해야 우리의 위대하신 백두혈통 김주형 위원장님을 지켜드리고, 우리의 금수강산을 알뜰히 지켜낼 수 있겠습니까? …이놈을 어떻게 해야 합니까?"

수준을 논할 수도 없는 연설인지 기소이유서인지를 듣고 어처구니가 없어 극심한 통증 중에도 헛웃음이 나왔다. '이게 뭐야! 애들 장난도 아니고.'

일장 연설이 끝나기가 무섭게 누군가가 외쳤다.

"쳐 죽입시다! 쳐 죽입시다!"

연이어 '쳐 죽입시다'가 여기저기서 쏟아지더니 마침내 광란의 경지에 이르렀다.

저들이 아는 단어는 '쳐 죽입시다'뿐인 듯 악을 쓰며 무한 반복을 해댔다. 팔을 힘차게 내뻗으며 누가 누가 악을 더 잘 쓰나 대회 같았다.

관영은 통증을 잊은 대신 자신을 쳐 죽이자고 악을 써대는 것을 보며 죽음에 대한 공포보다 생전 처음 보는 진기한 광경에 넋을 잃었다.

한참을 연병장이 떠나갈 듯 들썩이던 악다구니가 갑자기 조용해졌다. 모두 연단에 초점을 맞추고 있어 관영도 연단을 올려다보니 검은 안경의 놈이 한 손을 들어 자제시키며 마이크 앞으로 다가서는 게 보였다.

일순 숨소리 하나 들리지 않는 적막으로 빠져들었다.

놈은 입을 꽉 다문 채 전방을 내려다보며 카리스마를 내뿜고 있다. 연병장 수천의 눈과 검은 안경 속의 눈이 팽팽히 대치하고 있다. 그러기를 족히 10여 초가 지났을 때 마침내 놈이 일성을 냈다.

"백절불굴 인민군대의 선봉인 우리 275부대는 2천600만 동포와 국토를 지켜내야 하지 않겠는가! 우리는 죽음으로써 우리 조선인민공화국을 미 제국주의자를 등에 업은 남조선으로부터 지켜내야 하지 않겠는가! 어떻게… 어떻게 지켜내야 하는가?"

다분히 의도가 있는 저음의 신파조다.

그리고 또 침묵을 이용했다. 다시 팽팽한 대치 상황이 연출됐다. 누구도 숨을 쉬지 않고 적막을 유지했다.

족히 10여 초가 지났을 때 놈이 벽력같이 소리를 질렀다.

"저자만 죽이면 우리의 조국은 안전해지는가? …저자만 쳐 죽이면 우리의 조국이 지켜지는가? …우리의 금강산과 우리의 개성이 다시 우리 품으로 돌아오는가? …그대들은 우리의 영토를 내어주고도 밥이 목구멍으로 넘어가는가? 금강산과 개성을 놈들에게 내어주고도 발 뻗고 잠이 오는가? …나는 위대하신 위원장님을 제대로 옹위하지 못한 인민군 총정치국장 전기현과 내각 총리 강금철을 조국의 이름으로 이미 처단했다."

일순 작은 소요가 일었지만 검은 안경의 카리스마에 끝내 사그라들었다.

다시 팽팽한 적막으로 빠져들었다.

관영은 전기현이 피를 뿜으며 쓰러지는 건 보았지만 강금철도 죽었음을 지금 알았다.

놈의 연설이 계속됐다.

"내가 잘못한 건가? …요사스러운 저놈으로부터 우리의 위원장님을 제대로 옹위하지 못하고 제 살길만 좇는 더러운 배반자 전기현과 강금철을 처단한 것이 잘못인가? 전 인민군의 선봉대인 우리 275부대도 저 더러운 배반자들같이 지켜보기만 할 건가? …그럴 건가?"

그때 밑에 있던 부관이 기다렸다는 듯이 마이크에 대고 큰소리로 외쳤다.

"아닙니다, 그럴 수 없습니다. 즉각 우리 땅에서 몰아내야 합니다. 저자와 역도들을 처단하고 우리의 금수강산과 인민을 지켜내야 합니다. 어떠한 일이 있어도 지켜내야 합니다."

그러자 앞에 있던 누군가 맞받아 소리를 질렀다.

"역도들을 처단하고 조국을 지킵시다!"

이어 여기저기서 "역도를 처단하고 조국을 지킵시다!"를 외치더니 점점 "조국을 지킵시다!"라는 단순 구호로 바뀌어 연병장이 들썩들썩했다.

분위기가 달아오르기를 기다렸던 검은 안경이 다시 손을 들어 자제시키고 연설을 이어갔다.

"조국을 지키기 위해 우리는 냉철히 판단해야 한다. 바로 저놈의 언변이 얼마나 뛰어난지 우리의 어버이 수령 위원장님도 속아 넘어가신 이 마당에 총 인민군대의 선봉이자 최후의 보루인 우리 275부대가 보고만 있어야 하는가? …이미 다른 부대에서도 우리와 똑같은 움직임이 있다는 정보가 있다. 다른 부대에 선수를 빼앗겨 버리면 우리 275부대는 존귀하신 원수님을 무슨 낯으로 뵐 수 있겠는가? 나는 이곳 275부대가 한 발짝 먼저 일어나 저놈을 제1청사로로 끌고 가서 존귀하신 원수님 앞에서 처단하고 내처 금강산과 개성을 완전 수복시키고 돌아와 원수님을 우리의 태양으로 옹립하는 일이 우리 부대의 사명이라고 생각한다. 그렇지 아니한가?"

즉각 부관이 마이크에 대고 소리 질렀다.

"옳습니다! 제1청사로 갑시다. 우리 인민의 최고 영도자이신 경애하는 김주형 원수님을 깨끗한 보좌에 모시기 위해 우리 275부대는 선봉이자 보루인 우리의 임무를 목숨 바쳐 기어코 완수해야 합니다. 제1청사로 갑시다!"

웅성거림이 소란으로 변해갈 때 누군가 소리쳤다.

"제1청사로 갑시다!"

이어서 여기저기서 같은 소리가 들렸다. 그러나 그 소리는 함성으로 이어지진 않았다. 오히려 잠시 후엔 고요가 자리를 잡았다.

부관의 당황하는 모습이 역력했다. 그러나 검은 안경은 다시 손을 들어 분위기를 장악하고 굵직한 저음으로 말했다.

"두렵나? 목숨을 조국에 바치는 게 두렵나 말이다. 좋다, 목숨이 아까운 자들은 뒤로 물러서라! 너희는 내 부하이지만 강제로 끌고 가진 않겠다. 위원장님을 구출하고 금강산과 개성을 되찾기 위해 나 혼자서라도 가겠다. 목숨을 바칠 용기가 있는 자는 앞으로 나서라! 목숨이 아까운 자는 뒤로 물러서라!"

고요 속에 대혼란이 벌어지고 있다. 어찌할 바를 몰라 소리 없이 전후좌우를 돌아보며 눈치싸움을 하는 게 관영의 눈에도 보였다.

그때 한 명이 앞으로 나오며 큰 소리로 외쳤다.

"따르겠습니다. 제1청사로 갑시다…!"

이어서 또 한 명, 두 명, 세 명, 다섯 명 그러다 어느 순간 무더기로 밀려와 "제1청사로!"를 연호했다. 분위기는 다시 고조되었다. 뒤로 물러난 자는 없었다. 이 분위기에 뒤로 물러날 수 없는 건 너무나 뻔하지 않은가! 이제 그들은 자신들에게 닥칠 운명이 어찌 될지 그것에 몰입돼 관영의 존재는 잊은 듯했다.

마침내 검은 안경이 목적을 이룬 자답게 확신에 찬 연설로 마무리했다.

"장하다! 고맙다! 먼 훗날까지 조국이 너희들의 용기와 충정을 기릴 것이다. 그리고 안심하라. 우리의 275부대는 무적이다. 절대 승리한다. 제1청사를 접수하고 우리의 존귀하신 김주형 원수님을 흉물스러운 간신 무리로부터 구출하여 우리 손으로 확고히 옹립하자. 오늘이 바로 그 날이다. 우리 275부대가 최후의 보루임을 증명하는 날이다. 나를 믿고 무적의 275부대를 믿어라. 275부대 영광 있으라!"

놈은 한마디 한마디를 끊어서 힘주어 말함으로 확신을 심어주려 했고, 부대원들은 이젠 열렬한 추종자의 모습으로 275 만세를 목청껏 부르짖으며 호응했다.

그때였다.

막사 뒤편 산으로부터 두그 두그 소리가 들리고 소리는 점점 커지는가 싶더니 잠시 후 요란한 굉음과 함께 헬리콥터가 나타났다.

헬리콥터는 곧장 날아와 2층 건물인 막사 위에 멈춰 제자리에서 어마어마한 굉음과 바람을 일으키고 있다.

건물 옥상에 헬리콥터 착륙장이 있는지 착륙하려는 듯 자리를 잡고 있다.

연병장의 모든 상황은 중지된 채 모든 눈과 정신은 헬리콥터로 쏠림과 거의 동시에 저들에게 동요가 일어나고 있음을 알 수 있었다.

관영은 그저 헬리콥터와 연병장을 번갈아 보며 지금 상황을 이해해보려고 했다.

연병장의 동요는 점점 격해지고 있다는 것을 분명히 느낄 수 있었다.

헬리콥터가 2층 옥상에 착륙했다.

굉음과 바람은 점점 잦아들고 연병장의 동요는 눈에 띄게 격해져 갔다. 굉음과 바람이 완전히 잦아들자 연병장도 정적으로 변하며 팽팽한 긴장감에 싸여 모든 시선은 헬리콥터로 쏠렸다.

검은 안경도 헬리콥터를 향해 돌아선 뒷모습에서 팽팽한 긴장을 느끼고 있는 것이 분명했다.

잠시 후 헬리콥터 문이 열리고 몇몇이 내려 곧장 걸어 나와 옥상 끝에서 아래를 내려다본다. 남자 3명, 여자 1명이다.

여자가 곧장 무언가 들어 올려 얼굴이 반쯤 가려짐과 동시에 날카로운 소리가 들려왔다.

"조익신 대좌! 나, 김유경이요. …그 꼴같잖은 안경 당장 벗으시오!"

여자는 핸드마이크로 카랑카랑하게 또박또박 명령하듯이 내지르고 있다.

두 남자 사이에 있는 자는 고개를 푹 숙이고 있었는데 뒤로 결박된 거 같았다.

관영은 여자가 "나 김유경이요"라고 했음에도 자신이 알고 있는 부부장 김유경을 떠올리지 못했다. 그만큼 지금 벌어지고 있는 일들이 너무나 비현실적으로 느껴졌다.

잠시 후엔 알아차렸으나 자신이 알고 있는 김유경과 저 김유경이 동일한 인물이라는 게 제대로 믿기지가 않았다.

다시 연병장의 동요가 일어나며 이번엔 모든 시선이 검은 안경을 쓴 조익신에게 쏠렸다.

조익신, 그 당당하고 카리스마가 철철 넘치던 그가 당황한 빛이 역력했다. 당혹감으로 어찌할 바를 몰라 주춤거리더니 슬그머니 안경을 벗었다.

참으로 황당한 광경이었다.

"이 노재필을 믿었소? …체포하시오!"

김유경의 핸드마이크에서 날카롭고 단호한 명령조의 말이 떨어지기도 전에 앞에 있던 장교 2명이 단상으로 뛰어올라 조익신의 머리에 권총을 겨누었다. 거의 동시에 또 다른 장교 1명이 부관의 머리에 권총을 겨누었다.

눈 깜짝할 사이에 전세가 뒤바뀐 상황 역전에 모두 아연할 수밖에 없어 짧은 정적이 있었으나 곧이어 연병장은 위원장을 연호하는 함성으로 뒤덮여 광란의 도가니로 바뀌어 갔다.

전광석화! 그렇게 일단락되었다.

기세등등하고 카리스마 넘치던 조익신 대좌의 야망은 어처구니없게도 김유경의 칼날 같은 일갈에 허망하게 막을 내렸다.

김주형 일가의 위력이 얼마나 뿌리 깊이 인민들을 휘어잡고 있는지 확실하게 확인시켜준 짧고도 강렬한 장면이었다.

잠시 후 여자와 박인철이 관영 앞에 나타났다.

"이젠 안심하세요. 아이고! 총까지 맞으시고… 죄송합니다. 얼른 가십시다."

관영은 앞에 나타난 여자가 부부장 김유경이 틀림없음을 알았으나 조금 전의 김유경과 동일 인물이라는 게 믿어지지 않아 그저 쏘아보기만 했다.

김유경은 관영의 몰골을 살피며 어쩔 줄 몰라 했다.

"죄송합니다. 이젠 안심하세요. …안심하세요."

김유경은 다시 관영이 알고 있는 여자가 되어 더듬거렸다.

관영은 거의 실신 상태로 들것에 실려 헬리콥터에 태워졌다.

부대원들의 함성을 뒤로하고 관영과 김유경, 그리고 박인철을 태운 헬리콥터는 제1청사로 향했다.

제1청사에 도착하여 검진을 겸한 치료를 받고 링거를 매단 채 잠이 들어 이틀 밤낮을 잤다.

관영이 눈을 뜨자 자리를 지키고 있던 예쁘장한 간호사가 웃으며 맞았다.

"괜찮으시지요. 악몽을 이틀 내내 꾸신 것 같아요. 그래도 전체적인 상태는 좋습니다. 여기는 제1청사 내에 있는 별채입니다. 정신이 드시면 부부장님께 연락하라 하셨습니다. 어제는 위원장님도 오셨다 가셨습니다."

"내가… 이틀을 잤습니까?"

"네, 푹 주무시도록 통증 완화제와 수면제를 같이 처방했습니다."

간호사가 커튼을 젖히자 밝은 빛이 들어와 방 안을 가득 채웠다.

"지금 시간은 오전 11시 25분입니다."

묻지도 않은 시간까지 알려 주는 노련한 간호사였다.

관영은 며칠 사이에 일어났던 일들이 실제로 있었던 일이었던가? 하는 의구심이 들 정도로 너무나도 평온한 지금이 실감 나지 않았다. 더불어 사건의 자초지종이 궁금했다.

'뭐가 어떻게 된 거지? 조익신이 자기 입으로 전기현과 강금철을 처단했다고 했으니 그건 알겠는데… 나도 죽이려고 했으면 자기 부대로 납치할 때 죽일 수도 있었을 텐데…. 제1청사로 진격하겠다고 그렇게 땅땅거리던 놈이 김유경의 말 한마디에 그냥 무너지다니, 명색이 대좌라는 놈이 그렇게 맥없이…. 이제 그놈은 어떻게 될까? 처형당하겠지? 부관도 같이? 노재필은 어떻게 된 거야? …같이 쿠데타를 꾸몄다는 거지? 그러면 참….'

의사가 다녀가고 잠시 후 김유경이 환하게 웃으며 들어왔다.

"아이고, 정말 죄송합니다. 이런 꼴을 당하시게 해서 죄송합니다. 기분은 좀 나아지셨어요?"

"예, 좋습니다. 이틀을 잤다네요."

"여기는 안심하셔도 됩니다. 의사 말로는 상처보다도 정신적인 충격을 더 받았을 거고, 그래서 오랫동안 안정이 필요하답니다. 어떡하죠?"

관영은 이런 얘기보다 궁금한 걸 묻고 싶었다.

"그런데 부부장님, 이게 뭐 어떻게 된 겁니까? 뭐가 뭔지 모르겠어요. 이 사건의 자초지종을 알고 계신 거죠. 설명 좀 해주시겠습니까?"

김유경이 빙긋이 웃으며 침묵을 지키다 말했다.

"정 의원님. 직접 당하신 일이라 궁금하시겠지만, 이건 우리 내부의 일입니다. 자초지종을 설명해 드리기가 어렵습니다. 그냥 짐작하시는 게 있으시죠? 노재필은 조익신과 한패였다는 거는 아셨을 거고요, 전기현과 강금철이 한편이었고요. 그렇게만 아시고 궁금하

시더라도 그냥 잊으셨으면 좋겠습니다. …마음을 편히 하셔서 속히
쾌차하셨으면 좋겠습니다."

내부의 일이라 설명을 거부하는데 뭐라 더 할 말이 없었다.

관영은 그 후 제1청사 별채에서 몸을 회복하는 데 6개월을 허비
해야 했다. 어깨 상처도 쉽지 않아 평생 불편을 겪어야 하지만 정신
적인 트라우마도 심해서 오랫동안은 밤잠을 설쳐야 했다.

그런 중에도 핫라인으로 김경희 대통령을 통해 아내와 가족에게
간접이나마 소식을 전할 수 있어서 다행이었다. 물론 총 맞은 얘기
는 하지 않았다. 대통령에게도 못했다.

16

개성은 무역도시

금강산 관광 붐이 불면서 관광뿐만 아니라 등산로도 열려 등산객도 부쩍 늘어났고, 뜻밖의 금강산 인근 골프장도 열렸는데 부킹하기가 하늘의 별 따기라는 말이 돌았다.

개성공단도 크고 작은 일들이 있었지만, 그럴 때마다 김경희 대통령과 김주형 위원장이 직접 전화 통화로 풀어 공기를 앞당겨 성공적으로 입주가 시작된 지 벌써 반년이 지났다. 입주한 업체 수가 1,000개가 넘었고, 신청 업체 수는 꾸준히 늘어갔다. 입주 업체 중 6%는 외국 업체로 채워졌다.

일할 근로자들의 교육 및 훈련이 더뎌 애를 먹였지만, 차츰 자리를 잡아갔다.

북측 근로자만 45만 명이 넘어섰고, 계속 충원되고 있는 진행형이다.

모든 결제는 원화로 이루어졌고, 개성 시내에 대형 쇼핑몰과 초대형 장터가 생겨서 남과 북의 물품들이 매일 엄청난 양으로 거래가 이루어지고 있었다.

김경희 대통령은 개성공단 초기 인건비 지출 문제를 기업을 대신해서 상당액을 선불 형식으로 미리 북측에 지출하여 쇼핑몰과 장터가 오픈하자마자 돌아가도록 했다.

단연, 남측 물품이 많이 북으로 팔려나갔지만, 북측의 물품도 도착하는 즉시 남쪽으로 팔렸다. 남측의 쌀과 생필품이 북으로 팔려가고, 북측의 옥수수와 여러 잡곡이 남측으로 팔리는 형식이었다.

처음엔 남북 상인 간 어색한 기운이 있었지만, 양측 정부 당국의 적극적인 개입으로 금방 장사꾼 본래의 모습으로 주거니 받거니 하며 벽을 허물기 시작했고, 한번 무너지기 시작한 벽은 며칠 사이에 거의 사라질 수 있었다.

남측의 물품은 대형 트럭으로 줄기차게 실어와 산더미같이 쌓아놓는데, 북한 측은 화물트럭조차 열악하고 차량도 부족해 물품을 미처 출하하지 못해, 궁여지책으로 남측 트럭을 이용하여 물품을 북한 인민들에게까지 배달해주는 진풍경이 벌어지기도 했다.

결국 남한에서 트럭 230대를 1차로 제공했고 점점 늘려가기로 했다.

대한민국 생필품 공장들은 2천600만 명의 새로운 고객을 독점하다시피 하여 밤낮으로 돌려도 재고가 남아나지 않았다.

핫라인은 진즉 개통되어 공단 입주 전후에는 김경희 대통령과 김주형 위원장 사이의 전화는 거의 매일 이루어지다시피 했다.

김경희 대통령은 그녀의 특기인 잘 듣기를 철저히 실천하여 신뢰를 쌓았고, 웬만하면 시원시원하게 양보하는 자세를 취했다.

김주형 위원장도 의외로 마음을 열고 적극적으로 도움을 요청했고, 더불어 폭넓은 양보를 보였다. 그래서 금강산 관광에 이어 등산도 허락했고, 금강산 인근 골프장도 열었을 뿐만 아니라 개성공단을 깜짝 방문하여 공단 운영 실태를 시찰하고 격려도 함으로써 모두를 놀라게 했다.

남측의 각종 물품이 위원장의 선물 형식으로 변방의 인민들에게 우선해서 전해졌다.

선물을 받은 인민들은 때아닌 선물에 그것도 남측의 상품이라 의아해했으나, 곧이어 위원장님의 선물이라고 감격에 겨워하는 모습을 보였다고 한다. 평양 위주로 돌아가던 북한의 정책이 처음으로 낙후된 변방으로 바뀌는 전환점이 된 것이다.

북조선 인민이 남한의 발전 증거품인 다양한 상품들을 먹고, 입고, 사용도 하면서 생각의 변화는 변방에서부터 싹트기 시작한 셈이었다.

언론과 국민은 환호했고, 해외 언론도 한결같이 긍정적으로 평가하며 놀라워했지만, 서울시장 정근우와 몇몇 언론매체는 아직도 어쭙잖은 비판으로 일관했다.

야당 의원들은 겉으로는 비판을 견지했지만, 상당수의 의원은 정부 정책에 차마 칭찬은 못 하는 대신 말문을 닫았다.

정근우와 일부 언론매체의 비판은 퍼주기가 너무 심하다는 거고, 북한의 그동안 행태를 볼 때 결국은 실패로 끝날 것이라며 그 후유증은 1차 실패 때보다 어마어마할 것이라고 했다.

개성공단에 진출해 있는 기업들은 북측의 점점 더 큰 요구에 이러지도 저러지도 못하고 결국 저들의 볼모가 되고 말 것이라는 시나리오를 연신 엮어서 내놨다.

인터넷에 이런 논조에 호응하는 댓글들이 달리는 게 그 증거였다.

✦　✦　✦

서울시장 정근우는 두 번째 임기를 마치기 전부터 대선 출전을 서서히 준비하고 있었다. 매스컴 인터뷰 등장 횟수가 부쩍 늘었고, 정치 토론 프로에도 자주 출연했다.

훤칠한 외모에 해박함에서 나오는 설명조의 언변은 다른 토론자들을 압도하고도 남았다. 자신의 지식과 능력을 과신하고 있어서였는지, 어찌 보면 다른 토론자들의 수준이나 의견들을 내려다보는 듯한 태도로도 보였다.

차기 대권주자 여론조사에서 단연 1위를 하고 있었는데, 눈길을 끄는 여론조사가 있었다. 정근우 시장이 대통령이 되면 [한 생각 1, 2]를 폐지할 수도 있는데, 이 건에 대한 찬반을 묻는 여론조사였다.

결과는 '폐지는 안 된다'가 78% '폐지에 찬성한다'가 11%였다.

정근우는 [한 생각]에 대한 비판을 꾸준히 해온 사람이지만, 놀랐는지 이후 직접적인 비판은 피하고 두리뭉실하게나마 비판을 견지했다. 국민의 마음을 제대로 읽은 똑똑한 자의 처신이었다.

선두주자인 정근우의 맞수로 여당의 주자는 현 경기도지사인 남민우가 있었지만, 정근우에 한참 뒤쳐져 있었다. 최근엔 남북문제에 지리적인 이점을 살려 적극적으로 지원함으로서 조금씩 상승곡선을 타고는 있었다.

그는 정근우보다 한참 열세이지만 대통령 선거제도, 즉 [한 생각 2]를 기대하고 있었다.

'2등만 해도… 가능성은 50%다. 김경희 대통령도 그렇게 됐잖아.'

✦ ✦ ✦

장훈은 여전히 여러 국가를 순회하며 각국 정객들과 친분을 쌓는 일을 꾸준히 이어갔다.

미국, 캐나다, 영국, 프랑스, 이탈리아, 독일, 러시아, 인도 그리고 중국 등이었다. 특히 미국의 정객들과 논객, 그리고 언론에 많은 시간과 열정을 쏟았다.

"지금까지 북한을 향해 '핵을 포기하고 나와라. 그러면 도와주겠다. 안 그러면 전면 봉쇄해서 고립시켜 붕괴시키겠다.'고 윽박질렀지 않았습니까? 효과가 있었습니까? 전혀 없었습니다. 그래서 우리 정부는 먼저 손을 내밀어 도와주는 작전으로 바꿨고 효과 만점입니다. 처음 대화를 시작하면서부터 지금까지 핵실험을 한 번도 하지 않았고, ICBM을 비롯한 어떤 미사일도 쏘지 않았습니다. 정말 진지하게 잘해보려고 하니 도와주는 셈치고 지켜봐주시고 우리가 능력이 모자랄 때는 도움도 주시기 바랍니다. 우리 능력으로 통일도 하고 핵 문제도 좋은 방향으로 푸는 게 우리의 목표입니다. 응원을 부탁합니다."

장훈은 그들에게 한결같은 주장으로 도움을 역설했고, 실증이 되고 있으므로 대부분 공감을 나타냈으며 칭송과 응원을 해줬다.

강대국뿐만 아니라 브루나이, 미얀마, 부탄 같은 약소국도 찾아가 정객들을 만나고 그 나라의 기후, 풍습, 교육, 종교 등을 세심히 살피며 돌아보았다. 어찌 보면 퇴임한 대통령의 여유로운 관광 행보같이도 보였다.

수시로 돌아와 은밀히 김경희 대통령을 만나서 심도 있는 대화도 나누었다.

근래 가장 큰 이슈는 북한 방송 개방 문제였다.

남북 동시 개방은 어려울 거 같고 우리만이라도 북한 방송을 일방적으로 개방하면 어떨까? 하는 문제였다.

'독일의 통일 과정에 결정적 역할을 한 방송 개방을 할 시기가 되었나?'

'라디오 방송부터 개방하고 TV 방송 개방은 추후 상황을 보면서 정하는 게 옳은가, 아니면 동시 개방하는 게 옳은가?'

'일방적으로 개방했을 때 북한 정권, 특히 김주형 위원장의 반응은 어떨까?'

'혹시 몹시 불쾌하게 생각하고 지금까지 쌓아온 신뢰와 결과물들이 회오리바람을 타지는 않을까?'

'막상 개방해보면 긍정적인 면이 있겠지만, 저들은 선전 선동에 능한 자들이라 논리적이고 설득력 있는 내용으로 남한의 모순과 아픈 곳을 체계적으로 파헤치는 방송을 내보낼 수도 있지 않을까?'

'깨끗한 평양 거리와 그들의 논리를 반복해서 듣다 보면, 우리 국민 중에는 이성적인 판단을 못 하는 국민도 있을 수 있어서 부작용도 있지 않을까?'

북한 인민들에게 남한 방송 시청권이 주어지지 않은 현실에선 일방적인 개방 효과는 제한적일 수밖에 없다는 결론 때문에 쉽사리 결정을 내리지 못했다.

북한에 갔던 1차 국토개발조사단이 1년 만에 돌아왔고, 그 조사를 바탕으로 2차 국토개발기획팀이 편성되면 그 팀과 함께 평양을 방문할 계획을 세웠다.

장훈은 개성공단에도 여러 번 방문했고, 금강산은 관광을 겸해서 등산까지 했다. 등산로가 덜 개발되어 한정된 등산이지만, 눈길이 닿는 곳마다 감탄사가 절규로 바뀌어 터지도록 황홀했다.

1만 2천 봉이라는 금강산은 장훈의 상상력을 무색하게 했다. 높이 자체는 설악산보다 낮다는데, 설악산과는 또 다른 차원의 산이었다. 게다가 바다로 이어진 해금강의 절경은 가히 걸작이었다.

3일에 걸쳐 돌아본 금강산과 해금강은 장훈의 뇌리에 큰 충격을 남겼다.

　　　　　✦　　✦　　✦

　김찬주 회장을 청평 별장에서 만났다.

　북한을 어떻게 하면 남한 수준은 아니더라도 교통망과 전력망, 그리고 정보통신망을 어느 정도는 먼저 구축해야 하는데 워낙 낙후되어 있어 걱정된다는 얘기와 장훈이 각국을 다니며 설파한 내용과 그 반응 등을 얘기했다.

　김찬주 회장은 이미 대강은 알고 있는 내용이지만, 1차 국토개발조사단에 이어 2차 국토개발기획팀을 이끌고 다시 북한에 가게 됐다는 장훈의 말에 놀라워하면서도 미심쩍어하기도 했다.

　한편으로는 염려스럽기도 해서 궁금함을 털어놓았다.

　"대통령님, 지금 남북 간에 벌어지고 있는 일들은 매우 놀라운 건 분명하지만 진짜 통일까지 가능하겠습니까? 그러려면 김주형 위원장이 물러나거나 쫓겨나야 할 텐데…. 북한 체제가 워낙 단단하니까 체제 걱정하지 않고 이번 개성공단 사업을 받아들이고 달러가 아닌 우리 돈으로 받아 주는 거 아닙니까? 우리 상품을 보내기 시작한 지가 거의 1년이 다 돼가도록 전혀 흔들림이 없는 거를 보면… 그렇지 않습니까?"

　장훈은 관영과 김주형 위원장 사이에 모종의 밀약이 있다는 거는 알고 있고, 밀약 내용도 대강 눈치 채고 있었다.

　관영이 장훈에게 여러 나라를 다니며 많은 정보를 알아보도록 부탁할 때 눈치를 챘었다.

　"회장님, 회장님이 말씀하신 바로 그런 사건이 일어나지 말란 법은 없습니다. 체제가 아무리 단단해 보여도 실제는 꼭 그렇지 않을 수도 있고요. 크고 튼튼한 댐도 작은 구멍 하나로 시작해서 어느 순간부터는 걷잡을 수 없게 무너지는 거 아닙니까?"

김찬주 회장이 조금은 당혹스러운 듯 잠시 생각을 하다가 물었다.

"아직 어떤 조짐이 보이지 않는 것은 아직 때가 안 된 걸까요, 서서히 무르익어가고 있는 걸까요? 그런데 김주형 위원장이 아무리 바보라고 해도 그런 예상을 못 했다는 건 말이 안 되는데요. 어찌된 일이지요? 이건 북으로서는 치명타가 될 텐데. 자폭이나 다름없는데…."

장훈이 잠시 뜸을 들이다 은밀하게 속삭였다.

"회장님! 우리 물품만 가는 게 아니고 저들의 물품도 오고 있잖습니까? 작지만… 그리고 시나리오가 그렇게 돼 있다면 스스로 물러나는… 그러면 맞아떨어지는 거 같은데요."

"에이! 설마 그럴 리가…."

17

북측 단장 유승우

장훈이 2차 국토개발기획팀을 이끌고 평양에 도착했다.

공항엔 몇몇 국무위원들과 김유경 부부장, 그리고 관영이 나와 맞았다. 관영이 나오리라고는 예상 못 했던 터라 장훈은 올라오는 감정을 다독여야 했다.

같이 온 일행 24명을 소개하느라 무사히 넘어갔다.

눈물은 정작 관영이 흘릴 뻔했다. 특히 장훈과 악수에 이어 포옹까지 당하자 훅하고 올라와 겨우 어색하게나마 참을 수 있었다.

장훈도 못지않았지만, 전임 대통령으로서 평정심을 유지해야 했다.

저녁엔 남측에서 온 2차 국토개발기획팀 전원과 함께 장훈과 관영, 북측 국토개발기획팀 전원과 국무위원들, 그리고 김유경 부부장과 김주형 위원장까지 참석한 연회가 열렸다.

장훈이 남측 대표단 한 명 한 명 프로필을 소개했고, 북측 대표단은 국가체육지도위원장인 이상우가 소개했다.

이상우는 체육 경기 중계방송 아나운서 경력이 있는 인물이라고 했다.

위원장의 건배를 겸한 감사와 당부의 말로 공식적인 진행은 끝나고 자유로운 연회가 시작되었다. 밴드까지 등장하여 흥을 돋웠다.

분위기가 익어갈 때쯤 북측 단장 격인 유승우 교수가 샴페인 잔을 들고 관영에게 다가왔다.

유승우 단장은 71세로 바짝 마르고 보통 키에 하얀 머리가 잘 어울려 보였다. 그는 지난 조사단 북측 단장을 맡았었는데 이번 개발기획팀에도 단장을 맡은 인물이다.

유승우는 다가와 잔을 부딪치며 노교수답게 여유 있는 미소를 지으며 인사치레를 했다.

"유승우입니다. 하릴없이 잘 놀고 있는데 또 단장을 맡으라니…."

"아! 정관영입니다, 단장님…."

관영은 얼결에 덩달아 이름은 밝혔으나 다음 말을 찾지 못했다.

그렇게 인사치레가 끝나고 나자 유승우 교수가 넌지시 물었다.

"지금 남측까지 동원해서 1차 조사가 끝났는데, 그 조사를 바탕으로 개발계획을 세우라는데…?" 하고 고개를 갸웃거렸다.

"왜? 무슨… 문제가 있습니까?"

관영이 물었다.

유승우는 다시 한번 고개를 갸웃거리다 결심이 선 듯 조용히 그러나 단호하게 말했다.

"계획만 세우면 됩니까? 돈에 맞춰 계획을 세워야 하는데… 무조건 계획만 세워놓으면 뭐합니까? 남측에서 돈을 댈 겁니까?"

지금까지 보아온 북한 사람들과는 다르게 주변을 신경 쓰지 않는 듯 직설적인 말이었다.

관영이 난감했으나 대답은 해야 했다.

"그런 건 아니지만 전체적인 계획을 세워놓고 그중 우선순위를 정해서 순차적으로 실행하려는 거겠죠."

"급하긴 다 급하지요. 부족한 게 한둘이 아닌데… 개성공단으로 들어오는 것이야 다 입으로 들어가고 남는 게 있으려나?"

들이대는 말투다. 일단 두리뭉실하게 답했다.

"일단 전체적인 계획을 세워서 각각 돈이 얼마나 필요한지 알아보고, 다 급하지만 더 급한 거부터 시작해야 하지 않겠어요? 개성공단과 금강산 쪽에서 들어오는 돈은 점점 많아질 겁니다."

"그 조무래기 돈으로 이 큰일들을 어떻게 감당합니까? 이 일을 위해 군이 남측 개발기획팀까지 동원하는 이유가 따로 있는 겁니까? 이렇게 서두르는 이유가 뭡니까?"

알았다. 유승우는 교수는 불만을 표출하는 듯하지만, 그보다는 궁금한 거를 알아내려 하는 것이다. 궁금한 건 참기 어려운 법이다. 더구나 돈이 없어서 할 수 없다는 걸 뻔히 아는데 계획을 세우라니 말이다.

관영이 잠시 생각을 정리하고 있을 때 유승우가 주변을 살피는가 싶더니 결심이 선 듯 아주 작은 소리로 은밀하게 말했다.

"말하기 어려운 비밀 같은 거… 남측과 위원장과의 묵계가 있지요? 그렇지요?"

관영과 눈이 마주쳤다. 짧지만 긴 시간이었다.

위원장의 호칭에 '님' 자도 빼버리고 정곡을 찔러 온 질문에 관영은 당혹스러웠다.

관영은 잠시 망설여졌지만, 이내 눈을 맞추고 고개를 미세하게 끄덕여 주었다.

유승우는 '그러면 그렇지' 하듯이 끄덕이더니 입가에 미소를 띠며 멀어져갔다.

관영은 유승우 교수가 작금의 상황을 상당 부분 파악하고 찔러왔듯이 북한 인민 대다수는 변화의 조짐을 느끼고 있다고 파악했다. 아직 겉으로 나타나진 않았지만 변화의 조짐, 그것도 좋은 쪽으로의 변화를 감지하고 있다는 걸 유승우의 질문과 미소에서 찾았다.

위원장과 그 일족에 대한 우상화 작업이 많이 해제되었고 TV 화면에서도 변화의 조짐이 보였다. 남조선의 발전된 모습도 종종 볼 수 있었다.

✦　✦　✦

장훈은 관영과 함께 제1청사 별채에 묵으시라는 김유경의 말을 들었을 때 의아했으나 관영과 별채 뜰을 거닐다 관영이 어깨의 총상을 보이자 아연 놀라움과 동시에 의문이 풀렸다.

이어서 실패한 쿠데타와 관영이 겪은 얘기를 듣곤 입이 다물어지지 않았다.

"시간이 많이 지났지만 아직도… 이 트라우마가 쉽게 나아지지 않을 거 같습니다. 언제 또 어떤 일이 터질지… 여기라고 꼭 안전한 건 아니잖습니까? 한 번도 아니고….”

“예! 또 있었어요?”

관영이 자신도 모르게 나온 말을 주워 담아야 했다.

“아니, 앞으로도 몇 번이고 있을 수 있다는 거죠.”

“아, 아! 그런 얘기예요? 난 또… 형님! 이번에 제가 갈 때 같이 돌아갑시다. 이제 할 만큼 하셨고, 이제부터는 김경희 대통령께 모두 맡겨봅시다. 총까지 맞고… 그게 빗나가 어깨에 맞았으니 망정이지….”

“아! 그게 말입니다, 빗맞은 게 아니라 …쏜 놈이 올림픽에서 600점 만점을 쏴서 금메달을 땄던 명사수랍니다. 나는 어깨를 겨냥한 게 맞고, 전기현과 강금철은 둘 다 목을 맞고 즉사했다고 합니다. 전기현과 강금철이 한편이 되어 쿠데타를 하려고 한 것을 조익수 대좌와 노재필이 알고 먼저 그들을 제거하고 위원장을 구원하자는 명분을 만들었던 것입니다. 다시 말해서 쿠데타 세력이 드러난 것만 두 패가 있었다는 거 아닙니까?”

“아…! 와…! 두 패가 거의 동시에… 아찔합니다. …제가 갈 때 같이 돌아갑시다.”

“이번에 확인했지만 여기 인민들은 위원장에 대한 충성심이 정말 뿌리 깊게 박혀있습니다. …김유경 부부장이 쿠데타를 하려고 막 출정식을 끝낸 군부대에 헬리콥터를 타고 단신으로 날아와 다짜고짜 핸드마이크로 일갈하니까 기고만장하던 쿠데타의 장본인인 조익신 대좌라는 놈이 찍소리도 못 하고 그 자리에서 얼어붙더라니까요. 그러자 전군이 즉각 위원장을 연호하며 충성을 외치는데… 소름이 쫙 끼치더라고요."

    장훈도 그동안 자신이 한 일들과 김찬주 회장을 만났던 얘기, 그리고 김경희 대통령과 만나 방송 개방 문제에 대하여 나눈 얘기를 했다.

    "제가 여기 온 주목적은 방송 개방 문제를 의원님과 상의해보고 위원장의 생각을 알아보려고 온 겁니다. 김경희 대통령도 퍽 조심스러운지 위원장에게 말을 꺼내지 못했답니다."

    "글쎄요. 아직… 남쪽이야 일방적으로 개방할 수 있지만, 그것도… 위원장으로서는 달갑지 않을 겁니다."

    "위원장한테 의사를 타진해보는 것도 안 될까요?"

    "글쎄요, 대통령님이 돌아가신 후에 제가 분위기 좋을 때 넌지시 던져보는 게 나을 것 같습니다. 지금 의사 타진했다가 삐끗하는 것보다 그게 나을 거 같습니다. 서두르지 맙시다."

    "형님, 이번에도 안 가시려고요?"

    "지금 가면 위원장이 불안하게 생각할 겁니다. 가겠다면 보내주겠지만… 좀 더 있으면서 위원장 말동무해줘야지요, 불안하지 않게. 그리고 겉으로는 변화가 없는 것 같이 보이지만 제 느낌에는 조짐이 느껴집니다. 조금 더 기다려 보자고요. 이제 들어갑시다."

    장훈은 위원장을 만났을 때도 방송 개방 문제는 꺼내지 않았다.

    김경희 대통령의 친서만 전한 후 국토개발기획팀 인솔자 역할만 충실히 하고 평양을 떠났다.

18

서울시장 정근우와 경기도지사 남민우

남북 사업은 상승곡선을 유지한 채 1년이 지나갔다.

개성공단은 확장일로에 들어가 1,300여 업체의 공장이 입주해 바쁘게 돌아가고 있고 계속 늘려가고 있었다.

남측의 생필품을 비롯한 물량이 비약적으로 늘어났고, 북측의 석탄과 철광석을 비롯한 광물과 해산물도 많이 늘어났다. 잡곡과 채소류도 적잖이 늘어났다.

바야흐로 개성은 북한 전체에서 유일하게 활기찬 도시로 탄생했고 생산 거점에서 무역도시로 점점 변모해가는 중이었다.

얼마 전 지방 선거에서 여당은 압승은 아니지만 승리했다.

서울시장 정근우는 대선 출마를 위해 3선 도전을 포기했다. 퇴임 인사에서 전국 탐방계획을 밝힘으로써 사실상 대권 도전을 선언한 셈이었다.

기자들의 질문에도 기다렸다는 듯이 대권 꿈을 숨기지 않았다.

"오늘 퇴임하시는데 앞으로의 계획은 어떻게 되십니까?"

"지난 8년간 열심히 달려왔으니… 잠시 쉬고 나서 공부 좀 하려고 합니다."

정근우가 슬쩍 뜸을 들이자 기자가 재차 물었다.

"어떤 공부를 말씀하시는지 말씀해주시겠습니까?"

"큰 결정을 내리기 전에 좀 더 많은 정보와 자료를 모으기 위해 전국 탐방을 시작하려고 합니다."

"큰 결정이라시면 대권 도전을 말씀하시는 겁니까?"

"그렇습니다. 전국 탐방을 하면서 제가 감당할 수 있는 일인지 가늠해보고, 시대의 부름에 합당한 자격과 능력을 저 자신이 갖추고 있는지 돌아보는 시간도 될 것입니다."

정근우는 교만하다는 평을 의식했는지 자못 겸손한 태도를 보였다.

기자가 재차 물었다.

"전임 대통령이신 허장훈 전 대통령께서는 9개월, 현 대통령이신 김경희 대통령께서는 1년 6개월 동안 전국을 돌아보신 걸로 아는데 시장님께서는 얼마나…?"

"기간은 정하지 않고 할 겁니다. 가급적 고루고루 돌아보려고 합니다."

"출정식은 언제입니까?"

"출정식 같은 건 없고요, 다음 달 15일 울릉도에서부터 시작하려고 합니다."

다른 기자가 잽싸게 질문을 던졌다.

"울릉도에서 시작하시면… 독도에도 가시나요?"

기습적인 질문에 정근우는 난처한 표정을 짓더니 슬며시 말했다.

"오늘은 이만… 다음에… 오늘은 그만하시죠."

정근우가 조금은 당황한 듯 단상을 내려와 밖을 향했다.

"독도에도 가십니까?"

그 기자가 다급하게 쫓아가며 외치듯 물었으나 정근우는 뒤돌아보지 않고 갈 길을 갔다.

"잠깐만요! 울릉도 다음에는 독도에도 가십니까? 시장님! 잠깐만요."

기자들이 따라가며 "독도에도 가십니까?" 하고 외치듯 물었으나 정근우는 못 들은 척하며 대기하고 있던 검은 승용차를 타고 떠났다. 끝까지 확답을 피한 채 자리를 뜬 것이다.

정근우는 전에 유력 인사들이 독도를 방문하는 거를 비판하는 글을 페이스북에 올린 적이 있었다. 괜히 일본을 자극하여 얻을 게 뭐가 있느냐는 글이었다.

다음 날 신문 기사 헤드라인이다.

「정근우, 독도엔 안 갈 듯」

「정근우, 독도 방문 질문에 묵묵부답」

「정근우, 일본 의식해 독도 방문 안 할 듯」

인터넷 댓글에 비난 글이 쏟아졌다.

이튿을 여당의 대권후보를 노리는 경기도지사 남민우가 파고들었다. 남민우 역시 도지사 재선을 포기하고 대권 도전 의사를 일찌감치 내비쳤었다.

"고유한 우리 영토이며 실효적으로 지배하고 있는 우리 영토인 독도를 일본의 눈치 때문에 못 간다니 참 딱합니다. 저는 서해 끝자락에 있는 연평도를 전국 탐방 출발지로 정했었는데 이참에 일정을 바꿔서 울릉도와 독도를 먼저 탐방하고 그다음 연평도로 돌아와 탐방을 이어 가겠습니다."

남민우의 도발에 통쾌하다고 맞장구치는 댓글이 있는가 하면 상대의 약한 곳을 찌르는 얍삽한 행태라고 비난하는 댓글도 있었다.

정근우는 어려움에 빠진 건 분명했다. 독도를 가자니 자신이 썼던 글이 인터넷에 떠다니고 있어 곤란하고, 독도를 안 가자니 일본 눈치나 보는 정치인으로 낙인찍히게 생겼으니 그야말로 진퇴양난이었다. 그러나 정근우는 정근우다.

다시 페이스북에 글을 올렸다.

"'독도를 가더라도 조용히 가면 될 걸 온 동네 떠나가도록 소문내놓고 가야 하느냐?'라는 게 지난번 내 글의 요지다. 이번에도 마찬가지다. 나는 독도를 가지만 조용히 가겠다는 것이다. 내 나라 내 땅엘 가면서 대단한 일이라도 하는 거처럼 요란 떨 일이 아니다. 콕 집어서 '독도에 갈 거냐?' 하고 묻는 기자나 '나는 겁쟁이가 아니니 일정을 바꿔서라도 보란 듯이 가겠다'는 사람이나 생각의 깊이가… 쯧쯧!"

말은 매끄러웠지만 결국 마지못해 가겠다는 것이 결론이다.

그러자 남민우가 한술 더 떴다.

"기왕에 이렇게 됐으니 정근우 전 시장님께 한날한시에 함께 독도 방문하는 걸 제안합니다."라고 했고, 정근우 전 시장은 어이없다는 듯이 "뭘 그렇게까지…" 하며 거부했다.

이렇게 독도 방문을 두고 조잡스러운 정치놀음이 펼쳐지고 있을 때 일본에선 5대 신문인 《요미우리》, 《아사히》, 《마이니치》, 《니혼게자이》, 《산케이》 등의 지면에 한국의 덜떨어진 정치가라는 자들이 일본의 고유 영토인 다케시마를 갖고 위험한 장난을 치고 있다고 대서특필했다.

특히 산케이는 한국의 정치 수준 자체를 깎아내리고 정근우 전 시장의 과거 글을 인용하며 대권 욕심 때문에 변심했다고 질타했다.

정근우는 기회주의자라고 했고, 남민우는 워낙 무식한 자로서 인지도가 형편없는데 이번 독도 방문을 통해 지지율을 올려보려는 얄팍한 수작을 부리고 있다고 썼다.

일본 열도가 흥분했고 전국에서 시위가 벌어졌는데 특히 시마네현에서는 매일 과격한 시위가 벌어졌으며 무력으로 다케시마를 되찾자는 망언도 서슴없이 외쳐댔다.

일본 대사가 청와대를 방문하여 항의하기도 했다. 가뜩이나 좋지 않은 한일 간의 기류는 점점 더 차가워져 갔다.

그러는 사이, 날짜는 하루하루 다가오고 정근우와 남민우의 신경전은 점점 더해 갔다.

남민우는 페이스북에 정근우의 옛날 글 중 한 문장 한 문장씩을 떼어내어 해설을 올리고 정근우의 이번 독도 방문은 여론에 밀려 억지로 가는 거라고 공격을 해댔다. 언론도 그대로 받아쓰기도 했고 보태기도 했다.

정근우는 초반엔 이러한 공격을 지지율 열세를 의식한 공격이라며 일절, 대꾸하지 않았다. 그러나 언제까지 당하고만 있을 수 없었다. 남민우의 지지율이 오르고 있었기 때문이다.

또다시 글을 올렸다.

"조용히 가면 될 일을 이렇게까지 하고 가자니 마음이 무겁습니다. 그렇다고 이미 계획했던 일을 취소하긴 너무 늦었고… 제주도나 거제도를 갈 때는 조용히 다녀오지 않습니까? 독도도 똑같은 우리의 영토인데 이렇게 되기까지엔 우리의 언론도 책임이 있어 보입니다. 제가 전에 쓴 글을 잘 읽어보시면 제가 주장하는 핵심을 알 수 있을 텐데 문해력이 부족한 건지 아니면, 어떤 의도를 갖고 왜곡하는 게 아닌가? 하는 의구심이 들기도 합니다. 남민우 전 지사님께서 굳이 저와 한날한시에 독도를 방문하시겠다고 하니… 좋습니다. 그렇게 하시죠. 같이 가보자고요."

결국, 독도 방문은 함께하기로 한 셈이었다. 불과 일주일을 남겨놓고 나온 답이었다.

일본은 들끓었다.

차기 대통령이 될 가능성이 가장 큰 인물 2명이 동시에 다케시마를 방문하기로 했다니 전국에서 극우세력이 시마네현으로 집결하기 시작했다.

여기저기서 시위가 벌어져 애꿏은 재일 한국인들이 공격을 받았다. 시마네현에서는 화형식이 벌어지고 이참에 두 놈을 죽이고 무력으로 다케시마를 되찾자고 부르짖었다.

일본 정부는 한술 더 떴다.

주일 한국 대사를 불러 항의하고, 일본 대사는 청와대를 방문하여 항의 후 본국으로 철수했다. 좌시하지 않겠다는 담화도 발표했다.

담화 내용엔 상황에 따라선 무력 사용도 배제할 수 없다면서 모든 책임은 한국 정부에 있음을 분명히 밝혀둔다고 했다.

김경희 정부도 곤혹스럽기는 마찬가지였다. 담화도 발표했다.

독도는 우리 땅이며 우리 국민이 우리 땅을 방문하겠다는데 왜 일본이 왈가왈부하느냐며 어떠한 간섭이나 도발도 용납지 않는다고 했고, 혹시 있을지도 모르는 불행한 사태에 대해서는 마땅히 일본의 책임임을 확실히 할 것이라는 강력한 담화문이었다.

김경희 대통령은 한편으로는 국무회의를 거쳐 만일을 대비하여 국방부 장차관과 해군 제독과 공군 사령관까지 불러 지하 벙커에서 2차 회의 끝에 플랜 A, B, C까지 세웠다.

김경희 대통령은 일본의 과거 독도에서 있었던 도발 사례로 볼 때, 이번에는 더 호전적인 도발을 감행함으로써 국제 사회의 이목을 끌고 자국의 입김이 센 국제 사법 재판장으로 끌고 가려 할 것이라고 판단했다.

플랜 C는 전쟁까지 염두에 둔 대응책이었다.

일본에서는 매일같이 극우세력의 광분한 시위대가 재일 한국인 거리에 난입하여 불을 지르고 "너희 나라로 가라"고 외쳐댔다.

일본 경찰의 시위대를 제지하는 척하는 짓거리는 오히려 그들의 광기를 부추기는 꼴이다.

일본 전국이 들끓었고 시마네현에서는 시위대가 취재하던 한국 기자의 카메라를 빼앗고 폭행도 서슴지 않는 사건이 여러 건 발생했다. 경찰은 그들 중 몇몇은 마지못해 체포했으나 그날 저녁엔 예외 없이 모두 풀어주었다.

극우세력들의 기세등등한 횡포는 하루하루 그 강도가 심해져 갔다.

또 한편에서는 독도에 가장 가까운 오키 열도에 자칭 '다케시마 수복 전진기지'를 세우고 착착 준비에 들어갔다.

준비란 대규모 어선 확보와 어선에 승선할 열혈 우익세력들을 대거 모아 작전을 세우는 것이다.

그들의 작전이란 것은 자기들이 대규모 어선을 몰고 독도에 쳐들어가 한국 해경과 부딪쳐 일전을 불사하면 일본 자위대도 자신들을 보호한다는 명분으로 자연스럽게 출동할 수 있을 거라는 것이었다. 즉 무력 충돌을 바라고 하는 짓이었다.

일본 정부는 한국 정부가 나서서 두 사람의 다케시마 방문을 막아야 한다고 하며 그대로 감행하도록 방치한다면 그로 인한 모든 사태의 책임은 한국이 져야 할 것이라고 협박성 담화를 또 발표했다.

한국도 담화를 또 발표했다.

독도는 역사적으로나 지리적으로나 고유한 우리 영토이며 실효적으로 지배하고 있는 명확한 우리 영토다. 독도를 방문하는 것은 지극히 국내적인 일로 일본이 간섭할 일이 아니다. 일본의 행태는 오만한 내정간섭이며 일본은 과거에도 우리의 금수강산을 수없이 침탈했었음을 우리는 잘 기억하고 있다. 더는 용납할 수 없다.

상당히 빡세게 나간 담화였다.

그렇게 빡세게 담화를 주고받고 있을 때 생뚱맞은 일이 터졌다. 북한이 느닷없이 독도에 대하여 담화 발표를 하고 나선 것이다.

담화 자체는 짧고 강력했다.

일본은 독도에 눈독 들이지 말라. 지리적으로도 명백한 우리 영토를 자꾸 자기네 땅이라고 우기고 넘보면 그에 합당한 값을 치르게 될 것이다. 다시 한번 경고한다. 독도 는 우리 영토가 분명하니 함부로 넘보지 말라.

느닷없고 생뚱맞은 담화가 더욱 크게 부각되고 관심을 끈 것은 짧고 강한 내용도 내용이지만 무엇보다도 북한이 '우리 영토'라는 표현을 썼다는 데 있었다.

독도는 대한민국 땅이지 북조선공화국 땅이 아닌데 '우리 영토' 라는 표현이 아리송했다.

그런데 그 표현을 읽고 들으면서도 결코 나쁜 느낌이 들지 않는 다는 것도 미묘했다. 오히려 친근감이 들기까지 했다. 마치 남북이 하나 되어가는 느낌이 들어서일까?

여하튼 한국 정부도, 정근우도, 남민우도 물러설 수 없는 처지가 되었다.

장훈은 지금의 상황이 참으로 묘하다고 생각했다.

북한으로부터 위협이 줄어드는 대신 일본이 그 역할을 자처하고 나서는 꼴이 묘했고, 북한이 남한 편을 들며 '우리 영토'라는 표현을 썼음에도 그다지 어색하지 않다는 게 묘했다.

과거에도 독도 문제로 한일 간에 부딪침이 여러 번 있었지만, 북한이 나서기는 이번이 처음이다. 이번 북측 담화 발표에까지 관영의 입김이 영향을 주었을 거라고 생각되진 않았다.

설마하니 정말 그랬을까?

과연 일본의 야욕은 어떤 형태로 독도에 표출될 것인가?

정근우와 남민우도 자신들이 시작한 독도 방문 경쟁이 이렇게까지 크게 비화될 줄은 예상 못 했을 거라고 생각했다.

정근우나 남민우는 굳이 싸우지 않아도 여당과 야당의 후보가 되어 국민 직접 투표로 2위 안에 들게 될 것이고, 그다음엔 추첨제라 더더욱 싸울 이유가 없었다.

현 대통령 선거제도는 1차엔 국민 직접 투표로 2명을 뽑은 뒤 결선은 추첨으로 1명을 뽑게 돼 있다. 바로 현 김경희 대통령이 그렇게 당선되지 않았던가?

현재 대통령 선거제도가 그러함에도 이들이 싸우는 것은 정치인들에게 뿌리 깊이 박힌 싸움의 본능이 여전히 살아있기 때문이다.

스스로 잘함으로써 올라가겠다는 생각보다는 누군가를 짓밟고 올라서는 게 오히려 자연스러워 보이는 정치 현실, 그들의 뿌리 깊은 싸움질, 그게 그 잘난 정치인들의 본능이다.

19

독도, 통일의 씨앗이 되다

그날이 왔다.

울릉도에 이틀 전 도착한 정근우와 남민우는 원정 온 대규모 지지자들과 각각 울릉도 탐방을 마치고 15일 아침 독도를 방문하기 위해 울릉도 사동항에 집결했다.

현장 분위기는 몹시 시끄러웠다.

전국 탐방의 주목적은 국토의 세세한 모양과 그곳에서 사는 사람들의 실상을 좀 더 가까이서 보고 느껴서 후일 국정에 반영하기 위한 것인데 두 사람의 원정 온 지지자들은 세를 과시하기 위한 것으로 착각했는지 두 패로 나뉘어 자기 편 지지자만 연호하며 열을 올리고 있다.

그러던 중 어느 쪽이었는지 아니면 이쪽도 저쪽도 아닌 누군가의 확성기에서 정광태의 '독도는 우리 땅' 노래가 나오자 이내 한 덩어리가 되어 합창이 이루어졌다.

노래는 반복되었고 반복될수록 노랫소리는 찰지고 우렁차졌다.

노래는 원주민 구경꾼들도 따라 부르게 되는 중독성이 있었다.

전체 노랫말은 모르기에 대충 넘기다가 '독도는 우리 땅' 부분만은 모두 하나가 되어 '독도는 우리 땅, 땅, 땅'을 우렁차게 외쳐댔다.

몇 번인가 반복이 끝나갈 때쯤 후포를 출발한 여객선 씨플라워호가 파도를 헤치며 다가오는 게 보였다.

정근우와 남민우가 거의 동시에 나타나 반가운 척하며 악수를 했다.

노래도 연호도 두 사람의 제지로 그쳤다.

모두 다가오는 씨플라워호의 모습을 보았다.

유선형의 날렵한 여객선은 바닷물에 닿는 밑 부분은 빨간색과 이에 대비되는 짙은 청색이고, 그 외의 모든 부분은 2층 갑판까지 흰색으로 밝고 산뜻한 모습이었다.

배가 포구에 안착했다.

가까이서 본 씨플라워호는 상당히 크고 당당해 보였다.

300여 명의 모든 승객이 내렸다. 그들은 일정대로 울릉도 관광을 시작하게 될 것이다.

이제 씨플라워호는 정근우와 남민우, 각 6명의 보좌진 그리고 각 언론사의 기자들을 태우고 독도로 가게 될 것이다.

양쪽 보좌진이 함께 씨플라워호의 제일 높은 곳에 대형 태극기를 매달았다.

원래 배의 뒷전에도 태극기가 있었지만, 높은 곳에 큰 태극기를 매달고 힘차게 펄럭이자 오늘의 의미가 확 와닿는 듯 정근우와 남민우는 물론 승선한 모두와 부두에서 구경하던 모든 이가 입을 꾹 다물고 일제히 국기에 대해 경의를 표했다.

짧지만 모두를 한마음 한뜻으로 응집하기엔 충분한 시간이었다.

드디어 뱃고동을 힘차게 울리며 씨플라워호는 독도로 향했다.

불과 1시간 20분이면 독도에 닿을 것이다.

정근우와 남민우는 선상에서 방송 기자와 각각 독도 방문에 대한 감회를 묻고 답하는 인터뷰를 지리하게 했다.

✦   ✦   ✦

그 시각 독도에서는 팽팽한 긴장감이 감돌고 있었다.

일본의 행태가 심상치 않아 온 국민의 관심이 집중되어 있었으므로 KBS TV 방송에서 생중계를 준비하고 있었다.

씨플라워호가 도착할 때쯤부터 방송이 시작될 예정이다.

독도의 일본 방향으로 멀지 않은 바다엔 우리 해경 소속 경비함인 고속정 1척이 일본 순시선 1척과 대치하고, 역시 일본 어선 8척이 해양 경계선을 사이에 두고 대치하고 있었다. 게다가 일본 어선 20여 척이 가까운 후방에 대기하고 있었다.

8척의 어선에는 일본 극우단체의 회원들이 수십 명씩 나눠 타고 북을 치며 일장기와 욱일기를 흔들어대고 있었다. 어선들은 이리저리 움직이며 금방이라도 넘어올 기세다.

일본 순시선 1척은 움직이지 않고 상황만 지켜보고 있었지만, 일본 어선에 무슨 일이 생기면 좌시하지 않겠다는 속셈으로 자리를 지키고 있었다.

우리 경비함인 고속정은 일본 순시선과 대치하면서 어선들 감시도 놓칠 수 없다.

우리 고속정 조금 뒤에는 함포로 무장하고 헬기를 탑재한 우리 초계함이 버티고 있었고, 옆에는 고속 경비정 2척이 더 대기하고 있었다. 그리고 독도 2km 전쯤에 이지스함인 광개토대왕함이 호위함 1척과 함께 만일의 사태를 대비해 대기 상태를 유지하고 있었다.

일본 어선들은 뱃머리를 쓱 들이밀고 들어오다 우리 경비정이 다가가면 방향을 돌리고 또 다른 어선이 반대 방향에서 뱃머리를 들이미는 짓을 계속해댔다. 8척이 돌아가며 때로는 양쪽에서 3, 4척이 동시에 들락거리는 짓을 해댔다.

확성기로 다케시마는 일본 영토라고 외치며 북을 두드리고 일장기와 욱일기를 흔들어댔다.

우리 고속 경비정도 참을성 있게 좌우로 움직이며 순시선과 대치하고 있다.

금방이라도 무슨 일이 터질 거 같은 팽팽한 긴장감이 감돌았다.

일본 어선이 범위를 더 넓혀서 노골적으로 경계선을 넘어오자 우리 고속 경비정이 1척 더 투입됐다. 이제 양쪽에서 경계에 나섰지만, 일본 어선은 8척이다.

일본 순시선은 여전히 움직이지 않고 상황만 지켜보고만 있었다.

시간이 갈수록 일본 어선들은 거의 동시에 노골적으로 경계선을 넘어와 북을 두드리고 욱일기를 흔들며 확성기로 다케시마는 일본의 고유 영토라고 악다구니를 써 댔다.

그 속셈을 아는 우리 해경도 과격한 제지는 하지 않고 저들과 같이 눈치껏 대처하고 있다. 본격적인 공격 구실을 삼기 위해 뺨 좀 때려 달라는 노골적인 추태였다.

우리 해경 측은 드론 7대를 이용하여 모든 상황을 낱낱이 촬영하고 있었다.

일본 측도 드론으로 촬영을 하고 있었다.

KBS TV 생방송이 시작되었다.

전 국민이 독도에서 긴박하게 돌아가고 있는 상황을 비상한 관심으로 지켜보고 있었다. 상황을 보면서 중계하는 앵커의 목소리도 긴박감에 높은 톤으로 상황을 전하고 있다.

이때 화면에 씨플라워호가 보였다.

"멀리 씨플라워호가 다가오고 있습니다. 씨플라워호에는 정근우 전 서울시장과 남민우 전 경기도지사가 일행과 함께 여기 독도를 방문하기 위해 탑승하고 있는 걸로 알고 있습니다. 다음 대권에 도전하기 위해 전 국토를 돌아보는 일정에 첫 출발지로 울릉도와 이곳 독도를 정했는데 일본의 극우세력들이 이에 반발하여 어선 수십 척을 몰고 와 그중 8척은 일본 순시선이 지켜보는 가운데 우리의 해양 경계선을 넘나들며 도발하고 있습니다. 어선엔 극우세력들이 일장기와 욱일기를 흔들며 확성기로 독도의 일본 이름 '다케시마는 일본 땅이다'라고 외치고 있습니다. 일본의 속셈은 도발함으로써 우리의 해경을 자극하여 충돌을 일으키고 그것을 빌미로 국제재판소에 끌고 가려는 얄팍한 술수가 있는 것입니다. 우리 해경도 이런 일본의 속셈을 알고 가급적 충돌을 피하며 경계에 임하고 있는 것입니다. 이제 곧 씨플라워호가 도착할 때쯤이면 일본 측의 도발이 더 심해질 것으로 예상됩니다. 아! 지금 화면상 앞에서 농성하고 있는 8척 외에 뒤에 있던 일본 어선 수십 척이 움직이는 게 보입니다. 이쪽 독도 쪽으로 다가오고 있습니다. 씨플라워호가 곧 도착한다는 것을 일본 측도 알고 있는 거 같습니다."

　두 개로 분할된 화면 한쪽에 일장기와 욱일기가 펄럭이는 배가 무더기로 다가오는 게 보였다. 어림잡아 20척은 넘어 보였다.
　전면에 나선 우리의 경비정도 다시 1척이 늘어나 3척이 되었다. 초계함은 자리를 지켰다.
　씨플라워호가 가까워진 만큼 일본의 도발도 한층 격렬해져 우리 경비정들을 바쁘게 했다. 이곳저곳에서 돌진하며 우리의 경비정을 위협했다.
　작열하는 태양, 출렁이는 파도, 땡볕이 쏟아지는 검푸른 바다에서 아슬아슬한 장면들이 쉼 없이 연출됐다.
　우리 경비정들은 사전에 받은 지침대로 자기 위치를 크게 벗어나지 않는 범위 안에서 어선들을 막아섰다.
　일본 어선들은 뒤에 응원군이 가까이 올수록 기세를 올리며 도발을 이어갔다.
　앵커의 목소리도 덩달아 급박해졌다.
　"지금 화면에서 보시다시피 일본 어선들이 떼를 지어 오고 있습니다. 선발대로 온 8척은 더욱 날뛰고 있습니다. 일본 순시선은 자국 어선들이 저렇게 도발하고 있는데 무얼 하고 있는지 자리만 지키고 있습니다. 정근우 전 시장과 남민우 전 경기도지사를 태운 씨플라워호는 곧 이곳 독도에 도착할 예정인데 일본의 도발이 걱정됩니다. 경비정 3척과 초계함 1대로 저 많은 어선을 막아낼 수 있을까요? 이제 어선으로 가장한 저 많은 배들이 한꺼번에 밀려들어 오면 이 상황이 어찌 될지 걱정됩니다."

이제 일본 어선들은 재미 들린 망나니들같이 경비정을 놀리듯 이리 찔러 보고 저리 찔러 보며 우리 경비정들의 인내심을 시험하듯 자극하고 있다.

씨플라워호가 거의 도착 직전에 뒤처져 있던 일본 어선들이 선발대 8척과 합류했고, 미리 작전을 세운 듯이 합류와 동시에 함성을 지르며 그대로 우리 경비정을 향해 돌진해왔다.

우리 경비정들도 피하지 않고 막아섰다. 거의 동시에 여기저기서 충돌이 발생하며 순식간에 아수라장으로 변했다.

돌진해온 어선에 우리 경비정도 충격으로 뒤로 밀렸으나 상대적으로 낡은 일본 어선은 앞부분이 찌그러들고 그 충격으로 어선에 탔던 선원들이 나동그라졌는데, 뒤에서 또 다른 어선이 돌진해와 연쇄 충돌로 이어졌다.

선원들이 사방으로 퉁겨지고 나동그라지며 비명을 질러댔다. 너무도 무모한 돌진으로 인해 거의 동시에 여기저기에서 부상자가 속출했다.

우리 경비정도 사방에서 부딪쳐 오는 바람에 뒤로 뒤로 밀려날 수밖에 없었다.

전쟁이다. 그야말로 육탄 전쟁이다.

일본 극우단체는 이번 도발에 소모품으로 사용할 셈으로 낡은 어선들만 모아와 그로 인해 자기 편만 위험에 빠뜨리고 있었다.

때마침 씨플라워호가 동도 선착장에 도착했다. 일본 어선들도 이 상황을 알았다.

우리 경비정이 뒤로 밀려나자 승기라도 잡은 듯 씨플라워호를 향해 확성기로 '돌아가라'를 외치며 밀고 들어 왔다. 이미 부상자가 적잖이 속출하고 있는데 그들은 아랑곳하지 않고 마치 무엇에 홀린 듯 자기들 배를 뒤에서 부딪쳐 밀어대며 전진만을 고수했다.

그들의 구호대로 무력으로 독도를 점령할 기세다.

결국, 사고가 났다. 충돌의 충격으로 어선이 부서지며 그 어선에 타고 있던 선원들이 바다로 추락하는 사고가 났다. 구명조끼는 입고 있었지만 몇몇은 피투성이가 되어 허우적거렸다.

앞에서 무슨 일이 생겼는지 모르는 후미의 어선들은 승기를 잡은 듯이 자기들 배를 밀어준답시고 부딪쳐와 사방에서 크고 작은 사고가 벌어졌다.

주변에 있던 선원들이 당황하며 그들을 구조하려 할 때 뒤에 있던 어선이 또 들이받아 바다로 나가떨어졌다. 그리고 또 뒤에서 들이받고, 그 뒤에서 또 들이받아 난장판을 만들었다.

여기저기서 피투성이 부상자가 생겼고, 바다로 추락하는 사고가 연달아 났다.

어선을 타고 온 저들은 바다 경험이 풍부한 어부들이 아닌 극우

사상에 몰입된 일반인이다. 욱하는 마음에 숫적 우세와 군중심리에 휘둘려 무공이라도 세우려는 듯 물불 가리지 않고 돌진하다가 이 지경을 만들고 있는 것이다.

이 상황을 지켜보던 일본 순시선이 움직이려 했으나 어선들에 막혀 움직일 수가 없었다.

이때 우리 초계함에 탑재돼 있던 헬리콥터가 굉음을 내며 떠올랐다. 모든 소음은 헬리콥터의 어마어마한 굉음과 엄청난 바람에 묻혔다.

헬리콥터는 낮게 떠올라 곧장 사고 현장으로 날아가 밧줄을 내렸다. 헬리콥터 굉음과 바람에 놀라 모든 상황이 멈춰졌고, 바람 때문에 모두 엎드린 채 헬리콥터의 동선을 지켜보았다.

그제야 일본 극우단체의 어선들이 전진을 멈추었고, 사태의 심각성을 알아차린 듯했다.

머리에 많은 피를 흘리는 사람이 먼저 밧줄을 잡고 올라왔다. 여기저기에서 허우적거리는 사람도 많고 다친 사람도 많아 구조는 쉽지 않았다.

헬리콥터는 어마어마한 굉음과 바람을 일으키며 부상이 심한 피투성이 사람은 일본 순시선 갑판에 내려놓고 부상이 적은 사람은 주변에 있는 어선에 내려놓기를 반복했다.

원체 많은 사람이 바다에 떨어져 피를 흘리며 허우적거려 헬리콥터로 한 명씩 구출하기엔 시간이 많이 지체되어 심각한 상황이었다. 부상 정도가 심각한 사람도 있어 사망자도 있을 것으로 예측되었다.

이 모든 상황은 고스란히 TV 생방송 중계로 전 국민에게 전해지고 있었다.

✦ ✦ ✦

같은 시각, 씨플라워호에서 내린 정근우와 남민우는 일행과 함께 동도의 정상 망양대를 향해 오르며 아래에서 벌어지고 있는 상황들을 보았다.

일본 극우세력의 만행이 이 정도로 심할 줄은 생각하지 못했었다.

자신들의 여기 독도 방문이 저들에게 저토록 몰려와 난리를 칠 정도로 심각한 영향을 주었단 말인가? 저들은 진정으로 독도가 자기들 거라고 믿는 걸까?

일본 극우 지식인들과 정부의 어정쩡한 왜곡이 저들을 부추기고 있고, 저들은 그것을 믿고 날뛰는 하수인에 불과한 것이다.

헬리콥터로 일본인들을 구조하는 광경을 보며 혀를 찼다.

정근우와 남민우 일행이 90여 m의 동도 정상인 망양대에 거의 올라서려 할 때였다.

일행 중 누군가 다급하게 외쳤다.

"어!? 저기! 저기! …비행기가 이쪽으로 날아와요!"

가리키는 방향은 일본 쪽이다. 일제히 가리키는 쪽을 보니 정체를 알 수 없는 비행기 1대가 정면으로 날아오는데 너무 낮게 날아오고 있다.

"어? 와! 저거 너무 낮게… 일본 거 아냐?"

마치 이곳 망양대에 정통으로 꽂아 박을 듯이 정면으로 날아오고 있었다.

"어…? 억? 뭐야…! 엎드려요!"

　벽력같이 내리꽂다시피 날아오는 비행체에 놀라 비명을 지르며 엎드린 순간 비행체는 칼날같이 날카로운 굉음과 어마어마한 바람을 일으키며 동도 망양대를 스치듯 지나갔다.

　엎드린 몸이 들썩여 밀려날 정도로 바람은 강력했고 귀청이 떨어져 나갈 듯이 날카로웠다. 모두 얼이 빠져 정신이 없는 중에도 엎드린 채 눈으로 비행체를 쫓았다.

"저거… 일본기! 일본 건데…."

"맞아! 맞아! 일본기…! 뭐야…! 이 미친놈들이… 미쳤나?"

　비행체는 망양대를 훑고 지난 다음 급격히 방향을 틀어 서도 쪽으로 돌아 다시 일본 쪽으로 멀어지는 게 보였다. 그야말로 눈 깜짝할 사이였다.

　얼이 빠져 정신이 혼미한 일행은 아직 엎드린 채 비행체가 사라진 일본 쪽을 망연히 보고 있을 때 누군가 반대쪽을 가리키며 외쳤다.

"어? 저기! 저기! 우리 전투기다."

　일제히 돌아보니 반대 방향에 전투기 3대가 날아오고 있었다. 저공이긴 하지만 좀 전의 비행체보다는 한결 높은 고도로 날아와 일행의 위로 지나가 일본 쪽을 향하는가 싶더니 곧 방향을 틀어 큰 원을 그리며 선회했다.

"우리 전투기가 맞지?" 누군가 소리를 질렀고 "맞아! 맞아!" 하며 여럿이 맞받았다.

모두 일어나 감격에 겨워 두 팔을 들어 흔들어댔다. 언제 우리 공군 전투기를 보고 이런 감격을 느껴 본 적이 있었던가? 그러나 그 감격에 겨운 순간도 극히 잠깐이었다.

　우리 공군기가 두 번쯤 선회하고 있을 때 일본 쪽 하늘에 전투기로 보이는 비행체가 무더기로 날아오고 있는 게 보였다. 점점 가까워져 보니 일본 쪽에서 날아오는 전투기는 5대였다.

　일행은 아연실색했다. 너무 놀라 말문이 콱 막혀 허둥대는데 뇌리엔 전투기들의 공중전이 그려졌다.

　"어! 억? 이거 뭐야? 전쟁이야? 전쟁! 우와! …전쟁이다."

　"아악…! 저 새끼들은 5대인데 우린… 3대잖아! 야! 이거! 이거…!"

　일행 모두가 전쟁임을 직감했다.

　일본 전투기 5대, 우리 전투기 3대를 머릿속에 그리며 긴장으로 온몸이 덜덜 떨리고 이빨이 따다닥 거리며 부딪쳤다.

　이 상황을 부정했다.

　'이건 아냐', '이건 아냐' 머릿속에서 외칠 때 일본 쪽에서 오던 전투기가 갑자기 방향을 트는 게 보였다.

　"어? 뭐야! 그냥 돌아가는 건가?" 하는 그때 또 누군가 소리쳤다.

　"어? 저기 또… 우리? 몇 대야? 와…! 많다. …5대다!"

　"맞아! 우리 전투기! …5대 맞아!"

　일행은 또다시 그쪽을 보았다. 조금 북쪽에 가까운 쪽이다.

　5대의 전투기 편대다. 고도는 그리 높아 보이지 않았다.

　이제 5대 8이다. 우리가 8이다. 승산 있다. 떨리는 순간에도 승산 있다고 믿고 싶었다.

그렇게 판단된 순간, 부르르 떨며 모두 서로를 껴안았다.

전투기 편대는 귀청이 떨어질 만큼 날카로운 소리를 내며 순식간에 날아와 동도를 지나쳐 날아갔다.

멀리 일본 전투기들이 돌아가는 게 보였고, 5대의 전투기는 그 뒤를 곧장 따라갔다.

"어? 어? 저거…! 별이… 북한 거? …아니! 북한 전투기가 왜…?"

"어…? 정말! 북한 것 같은데… 아니! 어떻게 된 거지?"

선회하던 우리의 전투기 3대는 방향을 바꿔 돌아가는데 별이 그려져 있는 5대의 편대는 일본 전투기를 곧장 쫓아가고 있다.

잠시 후 시야에선 사라졌지만, 전투기 뒤로 하얀 꼬리 다섯 개는 선명하게 남았다.

모두 하얀 꼬리를 하염없이 지켜보며 머릿속에선 상상의 나래가 엉킨 채 펼쳐졌다.

'도대체 어떻게 된 거지? 북한 전투기가 왜? 어디까지 쫓아가는 거지?'

✦   ✦   ✦

그 시각, 전 국민의 눈과 귀는 온통 TV 화면으로 쏠렸고, 긴박한 상황에 가슴은 쿵쾅거리며 주먹을 꽉 움켜쥔 채 부르르 떨며 지켜보고 있었다.

TV 중계 앵커도 이 모든 긴박한 상황에 휘둘려 떨리고 격앙된 음성으로 비명을 지르며 중계를 이어갔다.

"어? 어어억! 저 비행기… 너무 낮게… 아니! 일장기가 그려져… 아아악! 일본 비행기가 아주 저공으로 우리 독도를… 아—악! 저 미친…! 스치듯 한 바퀴 돌고 나서 돌아갑니다. 어? 저 오른쪽에… 저건 우리, 우리 전투기 맞습니다. 우리 전투기 3대가 날아오고 있습니다. 맞습니다. 우리 전투기 3대가 지나갔습니다. 일본 비행기를 쫓아가는 거 같습니다. 아니… 바로 유턴하네요! 우리 영공 경계선까지만 쫓아가고… 어? 저 왼쪽, 일본 쪽에 전투기 같은데요? 일본 전투기 같은데 몇 대입니까? 아! 5대가 날아오고 있습니다! 일본 전투기는 5대… 우리 전투기는 3대인데… 이거 뭐죠? 전쟁입니까? 아! 정말… 전쟁입니까? 어억! 아! 우리 쪽에서 또 전투기가 다시 나타났습니다. 하나, 둘, 셋, 넷, 다섯 대입니다. …아, 아! 어? 일본 전투기가 방향을 바꿨습니다. 방향을 바꿔 돌아가고 있습니다. 우리의 전투기 5대가 뒤쫓고 있습… 어? 우리나라 태극기가 아니라… 저건 북한 인공기, 별이 그려져 있는 인공기입니다. 어떻게 된 거죠? 계속 쫓아가는 건가요? 북한 전투기가… 어떻게 이런 일이… 정신이 없습니다. 북한 전투기가 맞는 거 같은데 어떻게 된 거죠? 계속 쫓아가는 거 같은데 일본 쪽으로…. 정신이 없습니다. 우리 전투기는 돌아가는 거 같은데… 일본 전투기도 돌아가는 거 같았는데… 북한 전투기 5대는 어디까지…. 저쪽은 일본 영공 같은데… 북한 전투기 맞지요. 우와! 어찌 이런 일이! 정신이 없습니다. 상황을 정리를 해봐야겠습니다. 바다에선 일본 어선들이 물러나기 시작했습니다. 그동안 몇 명이나 구조했는지… 이곳은 구조 작업이 중단됐습니다. 전투기의 출현으로 헬리콥터의 구조활동이 중단된 거 같습니다. 많이 파손된 선박도 보입니다. …부상자가 많이 생긴 걸로 추측됩니다. 다시 한번 상황을 정리해보겠습니다. 일본 어선들이 우리 영해로 돌진해왔고, 우리 경비정 3척이 막아섰으나 30여 척의 일본 어선들이 밀고 들어와 자기들끼리 충돌하여 그 충돌 여파로 부상자가 속출했고, 바다로 떨어지는 사고가 났는데 뒤에 있던 어선들은 이 사실을 모르고 마구 밀고 들어와 여러 곳에서 뒤엉키고 부딪쳐 사고가 났는데 뒤에 있던 어선들이 무작정 밀고 들어와 자기들끼리의 충돌로 많은 사람이 바다로 떨어져… 말씀드리는 순간 아! 저 일본 쪽 하늘에 5대의 전투기가 날아오고 있습니다. 좀 전에 일본 전투기를 따라갔던 북한 전투기로 보입니다. 어디까지 갔었는지… 맞는 거 같습니다. 맞습니다. 인공기가 그려진 북한 전투기가 이곳 독도 상공을 지나가고 있습니다. 어떻게 이런 일이 있을 수 있는지 모르겠습니다. 북한 전투기가 분명한 것 같은데… 정신이 없습니다. 이곳은 다시 우리 헬리콥터가 떠올랐습니다. 바다에 떨어진 일본인들을 구조하기 위해… 부상이 심한 사람도 있는 것 같습니다. 이제 일본 어선들은 뒤로 물러나고 있지만, 워낙 뒤엉켜서 쉽지 않아 보입니다. 일본 순시선은 아무 역할을 못 하고 우리 헬리콥터가 구조하는 걸 지켜보고만 있습니다.”

앵커도 정신이 없는지 횡설수설하며 방송을 힘겹게 이어갔다.

그로부터 1시간 후 국방부 대변인 발표가 있었다.

"오늘 오전 8시경부터 일본 극우세력들이 타고 온 어선 8척이 우리 영해를 넘나들며 난동을 부려 우리 해경 경비함 1척이 막아섰다. 일본 극우세력들이 타고 온 어선들은 선발대 8척과 후발대 20여 척으로 구성되었고, 일본 자위대 소속 순시선 1척은 관망만 하고 있었다.

11시 25분경 정근우 전 서울시장과 남민우 전 경기도지사가 독도에 도착할 즈음에 일본 어선 후발대 20여 척이 선발대 8척과 함께 우리 영해로 밀고 들어왔다.

우리 해경 경비함 3척이 막아섰으나 30여 척의 일본 어선들은 숫적 우세를 믿고 밀고 들어와 우리 경비함과 충돌하였고, 이어서 너무 많은 어선이 한꺼번에 몰려들어 자기들끼리 충돌하는 사고가 여러 곳에서 발생했다.

충돌의 충격으로 일본 어선에 있던 일본인들 중에 다수의 부상자가 발생했으며 바다로 추락하는 사고도 다수 목격되었다.

즉시 우리 초계함에 탑재돼 있던 헬기가 바다로 추락한 부상자들을 구조하기 시작했다.

일본 어선들끼리 뒤엉켜 아수라장을 이루고 있던 오전 11시 49분경에 일본 항공 자위대 소속 초계기 1대가 우리 영공을 넘어와 150m 최저고도 위협 비행으로 독도를 한 바퀴 선회하고 있을 때 거의 동 시간에 울진 비행장에서 출격한 우리 F15 전투기 3대가 독도에 도착하여 일본 초계기를 쫓아갔으나 일본 초계기는 우리 영공을 벗어나 도망쳤다.

우리 F15 전투기가 기수를 돌려 귀환하고 있을 때 일본 측 F15

전투기 5대가 날아오고 있다는 공군 레이다 기지의 연락을 받고 다시 기수를 돌려 독도로 향함과 동시에 울진 비행장에서 F15 전투기 5대를 출격시켰다.

일본 전투기 5대가 우리 영공 경계선을 넘어오는 그때, 우리 공군 레이더에 북한 미그21 전투기 5대가 독도 방향으로 근접해 날아오는 게 잡혔다.

귀환하던 우리 F15 전투기가 다시 일본 F15 전투기를 쫓아가자 일본 전투기는 방향을 돌려 도망갔다. 우리 전투기들이 귀환하고 있을 때 북한 미그21 전투기 5대는 우리의 독도 영공을 넘은 뒤 곧바로 일본 영공도 넘어 독도에서 일본 쪽으로 158km 지점에 있는 일본 섬 오키 열도까지 일본 전투기를 따라가 오키 열도를 한 바퀴 돌고 난 뒤, 북으로 돌아간 것으로 확인되었다.

일본의 이번 독도 도발은 치밀한 계획하에 이루어진 것으로 판단된다. 그러나 북한의 개입은 전혀 예상 못 했기 때문에 당황했고 자칫하다가는 남한과 북한, 양쪽으로부터 협공을 당할 위험이 있자 뺑소니를 친 것으로 판단된다.

일본 어선 2척은 침몰됐고, 6척은 우리 해경이 나포했으며 부상자는 모두 일본 순시선에 인계했다."

◆　◆　◆

전 국민이 온종일 혼란 속에 환호로 들끓었다.

TV 생중계 화면을 직접 보며 숨이 막히도록 긴박했던 순간, 순간

들…, 긴장으로 가슴은 쿵쾅거리고 두 주먹이 부르르 떨리도록 쥐어지던. 그 순간, 순간들… 순식간에 지나갔지만, 그 짧은 시간에 얼마나 불안에 떨었던가!

우리 전투기는 3대, 일본 전투기는 5대일 때의 그 절체절명의 순간, 머리는 오그라들었고 심장은 쪼그라들지 않았던가!

그때 소리 없이 나타난 5대의 전투기, 그게 북한 전투기라니 믿기 어려운, 믿기지 않던 그 전투기는 북한 전투기가 확실하고, 그 5대의 전투기는 일본 깊숙이까지 쳐들어가 일본기가 우리의 독도 영공을 한 바퀴 돌고 돌아가듯이 일본의 오키 열도를 한 바퀴 돌고 나서 유유히 북으로 돌아갔다는 국방부 장관의 발표에 전율했다.

두 눈으로 똑똑히 보았지만 제대로 이해하기 어려웠고 '설마 북한이?' 했었던 전 국민은 국방부의 발표로 명명백백해지자 감격에 겨워 거리로 뛰쳐나왔다.

태극기를 든 사람, 한반도기를 직접 그려 들고나온 사람, 어린아이를 목말 태우고 나온 사람, 거리에서 가정에서, 직장에서, 학교에서, 교회에서, 사찰에서, 도시에서, 농촌에서, 항구에서, 산에서, 들에서, 바다에서, 온종일 그리고 밤늦도록 짜릿한 승리감에 '우리의 소원은 통일', '남북통일', '우리는 하나'라고 외치고 또 외쳤다.

2002년 월드컵 4강 신화 때보다 더 뜨겁게 온 국민을 하나로 묶었고, 이날만큼은 북한의 망나니 위원장을 욕하는 사람이 없고 오히려 추켜세우고 칭송했다.

"그래! 배짱이 이 정도는 돼야지."

"와! 어떻게 그런 결단을 했을까? 역시 우리는 같은 민족이라니까!"

"와! 대단하다 정말 이런 날이 다 있다니!"

"이제… 통일로 가자! 우리는 하나!"

여당은 물론 야당도 환호했고, 사태의 단초를 제공했던 정근우와 남민우도 만만세를 불렀다.

대한민국은 온종일 들썩거리며 축배를 들었다.

전 세계 언론들은 속보로 한국 KBS TV 방송 화면을 그대로 내보내며 한국이 실제로 점용하고 있는 독도에 일본 자위대 소속 공군 전투기의 무력시위로 전쟁 직전 상황까지 갔으나 난데없는 북한 전투기의 출현으로 일본이 곤경에 빠져 패주했다고 시간마다 보도했다.

특히 북한은 핵을 보유한 국가임을 강조하는 것을 빠트리지 않았다.

전 세계 언론이 톱뉴스로 같거나 비슷비슷한 내용으로 매시간 보도했지만, 일본과 북한 언론은 일절 입을 닫고 있었다. 일본은 어찌 된 일인지 조용해도 너무 조용했다.

방송은 짧게 다케시마에서의 충돌로 선원 6명이 다쳤으나 생명엔 지장이 없다는 내용으로 뉴스의 끄트머리에 끼워 넣듯 보도했다. 신문도 정치면이 아닌 사회면 끝에 사진도 없이 다케시마에서 충돌이 있었다고만 했다. 그나마 인터넷에서는 짧은 동영상을 올리고 다케시마 원정대 어선들이 미숙한 운행으로 뒤엉켜 사고가 있었다고 보도했다.

공군 전투기들의 행적에 대해서는 전혀 언급하지 않았다. 어느 매체도 보도하지 않았다. 전날까지만 해도 극우세력들이 시마네현에서 모여 출정가를 부르며 전의를 불태우는 모습을 대대적으로 보도하며 노골적으로 부추기던 모습과는 너무나도 대조적인 태도였다.

일본 언론이 이렇게까지 통제가 심했던가? 할 정도로 다케시마 이름은 감쪽같이 사라져 거의 거론되지 않았다.

북한은 더했다. 시치미를 뚝 떼고 아예 언급조차 없었다. 승리감에 도취하여 좀 더 과장된 발표를 할 만도 한데 일절 이렇다 저렇다 말이 없었다.

✦   ✦   ✦

떠들썩한 축제의 하루가 지나고 새날이 되었을 때 세상은 또 한 번 소스라쳐야 했다.

아침 긴급뉴스로 북한이 오늘 새벽 5시 정각에 탄도미사일을 쏘았는데 미사일은 일본 도쿄 상공을 정통으로 넘어 4,300km 지점 태평양에 떨어진 것을 우리 정부가 확인했고, 북한도 조금 전 이런 사실을 발표했다는 것이다.

북한 발표문에는 어제 독도에서 있었던 북한군 전투기의 행적도 명확히 밝힌 다음 독도는 역사적으로나 지리적으로도 조선 땅이 분명하니 일본은 아예 관심을 끄는 게 좋을 거라고 했다. 탄도미사일은 전에도 여러 번 일본 땅을 넘어 태평양으로 쏜 적이 있었지만, 이번엔 도쿄 방향을 정확하게 직접 겨누었다는 놀라운 뉴스였다.

해볼 테면 해보자는 선전포고나 다름없는 살 떨리는 시위였다.

또 도발하면 도쿄에 직접 핵폭탄을 떨어뜨릴 수 있다는 무시무시한 경고였다. 전 세계가 경악했고, 한국에서는 또 한 번 전 국민이 통쾌감으로 들썩이는 가운데 일본의 대응에 촉각을 세웠다.

일본 정부는 꿀을 먹었다.

한국을 얕보고 먼저 도발을 해놓고는 정부도, 자위대도, 언론도, 국민도 꿀을 먹고 입에 자물통을 채웠는지 제대로 된 반박이 없었다. 그저 북한의 탄도미사일이 자국 땅을 넘어 태평양에 떨어졌다고만 발표했다.

지구상 가장 호전적인 일본이 꼬리를 사타구니에 감추는 수모를 당하고 있다니! 일본은 세계의 놀림감이 되었다. 일본을 편들어 주는 언론도 논객도, 정객도 거의 없었다.

미국도 이상하리만치 일본에 대해 냉담했다. 너무나 무모한 도발 장면이 명확하게 TV 화면에 나와 있고 한국 편을 들어주기도 일본 편을 들어주기도 곤란한 입장인데 언론과 정치인 대부분이 일본의 경솔함을 지적하고 있었으니 미국 정부도 점잖게 일본의 경솔함을 지적하는 선으로 매듭지었다.

북한 정부에 대해서는 섣불리 판단하지 말 것을 강력히 경고한다는 하나 마나 한 경고가 전부였다. 허장훈 전 대통령이 일찌감치 미국과 세계 구석구석을 찾아다니며 정객들과 논객들, 그리고 언론에 공들여 쌓은 노력의 결과였다.

한국 정부도 북한 전투기가 우리 영공을 침범한 건에 대하여 형식적으로나마 경고하는 것으로 마무리했다.

그런데 북한의 발표문에 묘한 문구가 뒤늦게 관심을 끌었다.

"영명하신 위원장님께서 불편하신 몸을 이끌고 직접 진두지휘…" 라는 내용이었다.

김주형 위원장의 몸에 이상이 있다는 내용이었다.

언론들은 어제오늘 있었던 일들과 더불어 김주형 위원장의 건강 이상 징후에 대하여 갖가지 추측 기사를 쏟아냈다.

20

올해의 '한 컷'

평양 노동당 1호 청사 지하 벙커에 세 사람이 마주 앉았다. 김주형 위원장과 김유경 부부장, 그리고 관영이다.

작은 탁자를 앞에 놓고 마주 앉은 세 사람의 표정이 예사롭지 않았다.

관영이 감격에 겨운 표정으로 먼저 말문을 열었다.

"위원장님, 이번 결단은 참으로 놀라웠습니다. 담화에도 놀랐는데 출격까지… 정말 10년 묵은 체증이 뻥 뚫린 거 같습니다. 와…! 어떻게 그런 결단을 하셨습니까? 통일의 주역을 넘어 통일의 영웅이 될 수도 있는 결단을 하신 겁니다. 진짜 잘하셨습니다."

위원장이 표정 없이 고개를 끄덕이며 잠시 생각하다가 슬그머니 말했다.

"정 의원님께 배운 겁니다. 호랑이 뱃속까지 들어오셔서 자리를 잡으시지 않았습니까? 나 여기 계속 있을 테니 아무 때고 잡아드시라는 그 결단을 배운 겁니다. 그리고 일본이 우리 조선을 얕보고 스스로 주적임을 자청하고 있잖아요. 우리 미래의 주적은 일본이 확실하고요… 자, 이젠 뭘 어떻게 해야 합니까?"

관영이 바로 받았다.

"글쎄요… 이제 남쪽과 제대로 허니문 시대를 실천할 때가 된 거 같은데요."

"허니문이라고요? 어떤…?"

김유경이 눈을 반짝이며 말했다.

"지금 남쪽에선 여기 위원장님에 대한 이미지가 확 좋아지고 있잖아요. 언론도 그렇고 인터넷 댓글에도 보면 위원장님 이미지가 확 좋아진 걸 알 수 있습니다. 북측도 남측에 대한 이미지가 전과는 많이 달라졌으니 이젠 다음 단계로 넘어갈 때가 된 거 같습니다."

위원장이 역시 표정 없이 물었다.

"구체적으로 어떤 걸 말씀하시는 건지…?"

"원래는 방송 개방이 순서가 맞을 거 같은데, 제 생각으로는 그보다는… 지금 분위기 좋을 때 국경 개방… 그리고 개방하는 김에 남측에 우리 북측 국토개발에 직접 참여도 부탁하고요. 먼저 선수를 치는 겁니다. 거절 못 할 겁니다. …실은 좋아할 겁니다."

위원장이 뜨악한 표정을 짓는다. 많이 놀란 게 분명하다.

"국경 개방? 국경을…? 개방하라고요…?"

관영이 바로 받았다.

"이미 개성 쪽으로는 개방한 거나 다름없잖아요? 금강산 쪽도 그렇고요."

"그래도 그렇지. 그렇게 되면 인민들이… 자유 왕래가 되는 건데….”

위원장이 물끄러미 관영을 보며 생각에 빠졌다.

김유경이 자신 없는 목소리로 혼잣말처럼 말했다.

“너무 서두르는… 국경을 개방하면 남쪽 인민들이 우리 평양이나 신의주, 청진까지 마음대로 갈 수 있는 것 아닙니까? 그렇게 되면 어떻게 되나…?”

관영은 이 기회를 살려야 한다고 판단했다.

“지금 딱 분위기가 됐으니… 좀 빠른 듯하지만… 남측 김경희 대통령 임기가 2년도 채 안 남았습니다. 정권이 바뀌면 어떻게 될지 모릅니다. …시간을 끌다 보면 미국이나 중국, 일본 등의 통일을 원치 않는 나라들이 훼방 놓을 수도 있습니다. 그래서 짧은 시간에 전광석화처럼 끝을 내야지, 저들이 이런저런 손쓸 시간을 주면 어려워집니다.”

위원장이 고개를 뒤로 젖히고 눈을 감은 채 말했다.

목소리는 차분했지만, 한숨이 묻혀 있었다.

“그래도 그렇지. 그러면… 나도 곧 떠나야 하는 거 아닙니까?”

관영도 덩달아 가라앉은 톤으로 말했다.

“그렇습니다. 이번 일로 통일의 영웅이 되신 겁니다. 국경 개방을 먼저 선언하시고 남측에 손을 내밀면 주도권을 확실히 잡은 채 명예롭게 떠나실 수 있는 겁니다. 마무리만 잘하시고….”

“마무리? 어떤 마무리를 말씀하시는 겁니까?”

“떠나신 후에 여기를 누군가 책임지고 마무리 운영할 사람을 세워놔야 하지 않겠습니까?”

위원장은 한숨을 내쉬며 조용히 고개를 끄덕이다 말했다.

"정말 내가 이쯤에서 사라지는 게 모두에게… 모두를 위하는 걸까요?"

위원장과 김유경이 관영을 보았으나 관영은 고개를 숙인 채 아무 대답도 하지 않았다. 할 말이 생각나지 않았다. 아니 하고픈 말은 있었으나 입에 올릴 수는 없었다.

위원장은 깊은 상념에 빠졌다. 눈을 감고 고개를 뒤로 젖혔다. 독도 출격보다 더 큰 결단을 내려야 하는 시점이다.

자신의 조부가 세우고 선친을 거쳐 자신에게까지 이어온 나라를 놔두고 스스로 물러나 멀리 피신해야 하는 심정이 오죽하랴. 아무리 존립 자체가 어렵고 기울어졌다고는 하지만 당장 쿠데타가 일어난 것도 아니고 외세의 침략을 받은 것도 아닌데 떵떵거릴 수 있는 권좌를 놔둔 채 야반도주를 하려니 기가 차고 맥이 풀릴 수밖에 없었으리라.

위원장은 오랫동안 그 자세를 견지했다.

김유경도 눈가가 촉촉한 채 자신의 오빠를 망연히 보고 있었다.

◆　◆　◆

독도 사태가 일어난 지 7일째 되던 날, 남북 정상이 판문점 남측 사무소에서 회담하기로 했다고 양측 정부 대변인이 동시에 발표했다.

회담 일자는 불과 3일 후였다.

독도 사태가 있고부터 개성공단이나 금강산 관광 분위기는 폭발적으로 활기를 띠었었는데 정상 회담 소식으로 더한층 축제 같은 분위기에서 거래가 이루어지고 관광이 진행됐다.

서로를 극진히 대하고 맞았다. 사고파는 게 아니라 거저라도 주고픈 마음과 마음으로 서로를 대했다. 공연히 끌어안기도 하고 서로의 손을 한 번이라도 더 잡아보려고도 했다.

✦　✦　✦

그날이 왔다.

판문점으로 이어진 길엔 어마어마한 인파가 나와 태극기와 한반도기를 흔들며 남북통일을 외쳤다. 김경희 대통령 일행이 지나갈 때는 함성이 하늘을 들어 올렸다.

남북의 기자는 물론 전 세계 언론사에서 몰려온 기자들이 장사진을 이룬 가운데 김경희 대통령이 판문점에 도착했다.

곧이어 북한 김주형 위원장이 휠체어를 탄 채 만면에 웃음을 지으며 다가왔다.

김경희 대통령이 다가가 큰 키를 깊이 숙여 김주형 위원장과 가볍게 포옹하고 다시 악수를 청하며 말했다.

"아, 아! 위원장님 편치 않으신데 여기까지 오시느라… 반갑습니다. 힘드시죠?"

"아! 대통령님, 반갑습니다. 괜찮습니다. 견딜 만합니다."

"빨리 끝내고 돌아가셔서 쉬셔야죠. 안으로 들어갑시다. 제가 밀어볼게요."

김경희 대통령은 기꺼이 자신이 휠체어를 밀기를 자청했고, 김주형 위원장은 웃음으로 기꺼이 받아들였다.

대통령은 위원장 뒤쪽으로 돌아가 휠체어를 잡고 활짝 웃으며 자세를 잡았고, 위원장도 환히 웃으며 자세를 취했다. 수많은 카메라가 거의 동시에 불을 뿜었다.

김경희 대통령이 김주형 위원장의 휠체어를 밀며 회담장 안으로 들어가면서 운집한 모두에게 오른손을 들어 흔들었다. 박수와 함성이 오랫동안 끊이지 않았다.

약 2시간쯤 지난 후 남북의 정상은 회담장을 나와 회담 결과를 발표하기 위해 단상에 올랐다.

발표는 김경희 대통령이 먼저 했다.

카메라의 세례가 쏟아진 후 정적의 시간, 모두가 한곳을 향해 집중했다.

조금은 긴장한 듯한 표정으로 단하를 찬찬히 다 돌아보고 난 후 발표를 시작했다.

김경희 대통령의 목소리는 차분했다.

"회담 결과를 발표하겠습니다. 회담은 북조선인민공화국 김주형 위원장의 제안으로 이루어졌으며 안건은 남북 자유 왕래와 북조선인민공화국 국토개발계획에 대한민국의 참여 요청 문제입니다. 먼저 자유 왕래 문제의 합의 사항을 말씀드리겠습니다.

1. 대한민국과 북조선인민공화국은 완전 자유 왕래를 위해 다음과 같이 순차적으로 국경을 개방한다.

ㄱ. 20**년 10월 16일부터 기존 개방된 판문점길과 금강산길을 통하여 상호 1일 1,000명(차량 포함)에 한해서 왕래를 허용하며 체류 기간은 최대 15일로 정한다.

ㄴ. 20**년 11월 16일부터는 위 인원수를 3,000명으로(차량 포함) 확대하며 왕래를 허용하며 체류 기간은 최대 15일로 정한다.

ㄷ. 20**년 1월 1일부터는 인원수를 제한하지 않고 왕래를 허용하며 체류 기간은 최대 15일로 정한다.

ㄹ. 남과 북은 원활한 왕래를 위해 현 2개의 육로 외 3개의 육로와 해상항로도 조속히 개통하기로 한다.

이상입니다. 이제 2번째 안건은 김주형 위원장님이 발표하시겠습니다."

대통령이 하나씩 발표할 때마다 박수와 함성이 폭죽같이 터졌다. 국경 개방, 국경 개방이라니…! 얼마나 바라던 일이었던가!
박수와 함성은 김주형 위원장이 일어서려 할 때까지 이어지다 겨우 멎었다.
김주형 위원장이 휠체어에서 천천히 일어섰다.
북측 경호원이 부축하려 할 때 김경희 대통령이 제지하고 자신이 손수 부축하여 일으켰다. 박수와 천둥 같은 함성이 터졌다.

김주형 위원장이 환하게 웃으며 김경희 대통령에게 고마움을 표하고 마이크 앞에 섰다.

"감사합니다. 2번째 안건인 북조선인민공화국 국토개발을 위해 남측의 참여 요청 배경과 이에 대한 회담 결과입니다. 우리 북조선은 미국의 경제제재로 많은 어려움을 겪었고 그로 인해 남측보다 여러모로 낙후되었습니다. 이에 저는 남측에 도움을 요청했고 남측은 쾌히 승낙하여 다음과 같은 결정이 이루어졌습니다.

1. 대한민국 정부는 북조선인민공화국의 요청을 받고 이해했으며 낙후된 국토 전반에 대한 개발계획에 적극적으로 참여하기로 하여 다음과 같이 결정한다.

ㄱ. 대한민국 정부는 북조선인민공화국에 국토개발단을 파견하여 실태조사 후 개발계획서 확정에 주도적으로 참여하고, 그에 따른 시공에서 관리까지 모든 과정에 참여한다.
ㄴ. 대한민국 정부는 관련 업체의 직접투자와 간접투자를 적극 권장하고 지도하며 최종적인 책임을 진다.
ㄷ. 대한민국 정부는 북조선 개발사업에 필요한 원부자재에 대하여 면세를 부여하는 등 각종 편의와 혜택을 제공한다.
ㄹ. 대한민국 정부는 동포애를 기조로 모든 것에 임하며 최선을 다한다.

이상입니다. 감사합니다."

박수와 환호가 폭죽처럼 터졌다. 대통령과 위원장도 두 팔을 들어 화답했다.

판문점 일대가 함성으로 흔들렸고, 전 국민의 가슴은 요동쳤으며, 실향민들은 감격의 눈물을 흘리며 꿈인가 생시인가 했다.

김주형 위원장이 다시 휠체어에 앉을 때 김경희 대통령이 부축하여 주었다.

그때 기자 중 누군가가 큰 소리로 외치듯 질문했다.

"북한 핵과 시설에 관한 회담은 없었습니까?"

일순 함성과 박수가 멎었고 극적인 적막이 연출됐다.

모두가 한곳을 보았고, 전 세계의 이목이 한곳으로 집중됐다.

김경희 대통령이 고개를 들고 천천히 마이크 앞에 다가섰다. 결연한 표정이다.

좌중을 한참 돌아보다 결심이 선 듯 나직하지만 또렷하게 또박또박 말했다.

"있었습니다. …상당한 진전이 있었습니다. 핵과 시설의 당장 포기 언급은 어렵다는 김주형 위원장님의 뜻에 동의하였습니다. 이유는 여러분이 잘 아실 겁니다. 역사적으로나 지리적으로 우리 국토가 확실하고 우리가 실효적으로 지배하고 있는 우리의 땅인 독도를 엊그제 수십 척의 어선과 전투기를 보내 침범한 나라가 있는 이 시점에 핵 포기 문제를 논할 단계가 아니라는 의견에 일치를 보았습니다. …그러나 이와 같은 위험이 없어지거나 재발 방지를 약속하고 국제 사회가 이를 보장하면 그에 맞는 합당한 결과가 있을 것입니다. 이상입니다. 감사합니다."

나라가 펄펄 들끓었다. 드디어 통일이다. 얼마나 염원했던 통일인가!

거리마다 사람들이 넘쳐났고, 태극기와 한반도기가 물결을 이루었다. 또한 갑자기 사람들의 인심이 후해졌고 온 나라가 생기가 폭발하는 나날이 이어졌다.

10월 16일부터 있을 북한 방문에 실향민들 신청이 밀려들었다.

머지않아 완전 자유 왕래가 된다고 하지만 하루빨리 가고 싶은 조바심에 실향민들은 신청을 서둘렀다.

일반인들의 관광목적 신청은 실향민들에게 양보하라는 여론에 밀려났다.

한두 언론과 정치인 중엔 북한에 퍼주기가 본격화됐다며 비난하기도 했지만, 대다수의 언론과 국민은 쌍수로 환영하며 나섰고, 비난하는 언론과 정치인은 나다니기가 무서울 정도로 여론의 난타를 당했다.

"아니 지금이 어느 땐데 비난하는 놈이 있는 거야! 혹시 그놈 일본놈 아냐!"

북한 인민들은 패닉상태에 빠졌다.

최고 존엄이며 탁월한 영도자라고 철석같이 믿고 따랐던 김주형 위원장으로부터 우리 북조선은 남조선보다 많이 낙후되었다는 고백을 직접 들으며 귀를 의심했고, 이어서 남조선에 도움을 요청했다는 대목에선 그야말로 기절초풍할 지경이었다. 특히 평양시민들은 더했다.

그러나 인민들은 겉으로는 표현 못 했지만 이미 남조선의 쌀과 생필품을 비롯한 각종 상품에서 남조선의 발전상과 부유함을 알고 있었기에 하루 이틀 시간이 지나며 자신들 마음속에 새로운 희망의 싹이 움트는 것을 부인할 수 없었다.

어쩌면 얼마 후에는 우리도 이 지긋지긋한 가난을 벗어날 수 있지 않을까!

풍요로운 삶에 대한 기대가 차츰 열망으로 들떠 갔다.

세계의 언론도 들끓었다.

북한 독재자 김주형 위원장의 갑작스러운 전향적인 자세로 인해 급물살을 탄 통일문제와 앞으로의 일정에 관련해서 자세히 보도했고, 핵 문제에 대하여 기대와 우려를 표한 보도가 넘쳐났다.

특히 핵 문제엔 일본의 무모한 도발 행태를 실제 화면으로 생생히 확인했었기에 핵을 포기하기가 쉽지 않아 보인다며 역사적으로 일본이 한국을 늘 괴롭혀 왔음을 상기시켰다.

일본 외무상이 미국을 찾아가 이런저런 이유를 대며 모종의 압력을 요청했으나 냉담한 반응만 돌아왔을 뿐이다. 미국으로서도 일본의 무모한 침범행위가 걸림돌이 되어 섣불리 나설 수 없었기 때문이다.

김경희 대한민국 대통령이 북조선인민공화국 위원장 김주형의 휠체어를 미는 사진은 전 세계 유력 언론사 신문마다 1면에 컬러사진으로 장식했다.

이 사진은 그해 연말에 '올해의 한 컷'으로 선정되었다.

21

강판하는 위원장과 등판하는 유승우

기다리고 기다리던 10월 16일이 되었다.

전 세계 언론이 판문점을 주목하는 가운데 KBS TV 방송이 현장을 연결해서 화면을 내보내고 있었다.

남쪽에서 북쪽으로 가는 승용차 402대가 일찍부터 대기하고 있었다.

승용차에는 가족 단위로 2, 3명씩 타고 있었는데 대체적으로 나이 든 부모와 자녀들로 구성되어 있었다.

8시가 되자 일제히 실향민을 실은 승용차가 북쪽을 향해 움직이기 시작했다. 1열로 줄지어 서서히 북으로 북으로 향했다.

잠시 후 북쪽에서 버스가 오는 게 보였다. 운집해 있던 사람들 속에서 박수가 터져 끊이지 않는다. 북측은 버스 35대로 1,000명을 태우고 오는 것이다.

역사적인 순간을 중계하는 앵커의 목소리가 점점 격해지더니 목울음으로 변하다가 멈췄다.

옆에 있던 해설위원이 대신 중계를 혼자 하고 있다.

잠시 후 다시 앵커가 다시 등장했으나 이미 목소리는 잠긴 상태였다.

북측도 TV 중계를 하고 있어서 북녘 인민들도 비상한 관심으로 보고 듣고 있었다.

매일 아침 판문점길과 금강산길에서 남과 북으로 오고 가는 차량 행렬을 TV 화면으로 보며 감격에 겨워했다.

온종일 TV 뉴스의 시작 화면엔 남북 왕래의 차량 행렬이 차지했고 매일 남과 북의 곳곳에서 수많은 에피소드가 터져 나와 울고 웃고 안타까워하고 탄식하는 나날로 채워졌다.

그렇게 격정의 1개월이 지나 11월 16일이 되자 예정대로 하루 3,000명씩 상호 방문이 이루어졌다. 더 많은 에피소드가 탄생했고, 더 많이 울고 웃고 안타까워하고 탄식했다.

✦　✦　✦

평양 노동당 제1청사 지하 벙커에 관영과 김주형 위원장, 그리고 김유경 부부장이 다시 마주했다.

"이제… 다음 단계로… 넘어가야겠지요?"

위원장이 길게 숨을 뿜은 뒤 관영을 향해 담담하게 말했다.

모든 걸 내려놓은 사람의 체념 같기도 하고 푸념 같기도 했다.

관영도 담담하게 말했다.

"네, 그러셔야죠. 인민들의 반응도 나쁘지 않은 지금이 좋을 것 같습니다. 자제분들이 있는 스위스로 가셨다가 최종 목적지인 부탄으로 가시면 됩니다. 부탄에 도착하시면 허장훈 대통령님이 맞아주실 겁니다. 허장훈 대통령께서 모두 준비하셨는데 거창하거나 호화롭지는 않지만, 마음 편히 사실 수 있으실 겁니다. 부부장님은 여기 남으셔서 저와 함께 마무리 지으시고 가족과 함께 떠나시고요. 저도 그때 함께 부탄으로 가겠습니다."

"예? 저와 함께 부탄으로 가신다고요? 그렇게까지….."

"그래야지요. 끝까지 함께하겠습니다."

위원장이 고개를 끄덕이며 생각하다가 긴 한숨을 쉬고 말했다.

"마무리를 잘해야겠는데… 이 실상을 인민들에게 어떻게 설명해야 선친이나 조부께서 쌓아 놓으신 위상에 흠이 조금이라도 덜 가게 할 수 있을까? …인민들이 지극정성으로 추앙하던 분들인데, 이제 와 뭐라고 설명해야 할지 모르겠습니다."

관영은 잠시 생각을 하다가 조용히 말했다.

"저도 그렇습니다. 이리저리 생각해봤는데 뾰족한 방법이 없더라고요. 그래서 설명할 수 없는 건 아예 빼버리고 지금의 상황만 설명하는 게 나을 것 같습니다. 판단은 인민들이 차차로 하도록 두는 게…."

김유경이 나섰다.

"그 설명문 발표는 위원장님이 신병 치료차 떠날 때 하는 게 아니고, 나중에 제가 떠날 때 하면 되는 거 아닌가요?"

위원장이 동생을 보며 조용히 말했다.

"그렇긴 한데… 여기 있을 때 녹음해놓고 가야지. 그나저나 요새

몸이 이상한 게 진짜 병나게 생겼어. 넌 괜찮냐?"

아닌 게 아니라 위원장 안색이 좋아 보이진 않았다.

김유경은 오빠를 바라보며 무언가 말을 할 듯하다가 고개를 돌리는데 눈가가 촉촉했다.

관영이 조용하지만 단호하게 말했다.

"마무리할 사람을 한 사람 더 세워놔야 할 겁니다. 그래야… 마무리가 어느 정도 돼 가는 시점에 부부장님도 떠나야 하니까요. 그다음을 책임질 사람이 있어야 하지 않겠어요? 그리고 위원장님이 계실 때 의심되는 사람들… 특히 군의 요직에 있는 사람들의 힘을 빼놔야 합니다."

위원장이 힘없이 고개를 끄덕였다.

"그래야겠지요. 누굴… 세우지?"

위원장이 동생을 보았다.

동생이 오빠를 보며 고개를 좌우로 저으며 자신 없는 표정을 짓는다.

관영이 맥 빠진 두 사람을 위해 나서야 했다.

"제가… 한 사람 추천해 볼까요?"

위원장과 부부장이 의아한 듯이 관영을 보았다.

"누굴…? 정 의원님이 아는 사람이 있어요? 누구…?"

"현재 관직에 있거나 군에 있는 사람, 즉 자기 세력이 있거나 세력을 동원할 수 있는 사람은 엉뚱한 생각을 할 수 있습니다. 그래서 그럴 힘이 없는 사람을 찾아야 합니다. 진짜 마무리만 할 사람이어야 합니다."

"그런 사람을⋯ 정 의원님이 알고 있단 말입니까?"

위원장의 말속에는 의심의 씨앗이 들어있는 게 분명했다.

관영이 바로 말했다.

"유승우 교수요. 자기 세력은 없고 학식도 높은 것 같고요. 나이도 많고 해외 경험도 많은 것 같고⋯ 국토개발단 단장까지 하고 있으니⋯ 좋잖아요?"

"유승우 교수? 교수를⋯? 아! 교수는 은퇴했지. 할 수 있을까⋯?"

◆　◆　◆

11월 22일부터 김주형 위원장은 대대적인 군 인사를 단행하기 시작했다.

만약을 생각해서 고위급은 대부분 전역시켰고, 일부는 자리 이동을 했다.

그리고 자신이 신병 치료차 스위스로 가게 됐음을 방송을 통해 밝히고 자신이 없는 동안은 부부장 김유경과 국토개발단 단장인 유승우에게 전권을 맡긴다고 발표했다.

위원장은 휠체어를 탄 채 김유경과 유승우에게 임명장을 수여하는 장면을 TV 방송으로 인민에게 보여줌으로써 두 사람에게 절대적인 힘을 실어주었다.

임시이긴 하지만 2인 체제가 된 것이다.

의외의 인물인 유승우는 71세로 관직엔 처음이다.

남측 국토개발단 환영 만찬에서 관영과 짧은 만남이 있었을 때 그의 날카로운 질문에 관영이 아주 작은 고갯짓으로 생각을 전달한 바가 있었다. 그때 그는 북한에서는 보기 드물게 자유분방한 태도를 보여 관영의 뇌리에 깊게 새겨졌었다.

관영은 유승우에 대해 알아본 결과 독일에서 공부했고, 나중엔 교환교수로 독일에 오랫동안 거주했었음을 알아냈다.

관영이 유승우를 위원장에게 천거할 때 위원장과 부부장은 의아한 중에도 동의했다.

11월 30일 오전, 위원장 부부와 가족은 조촐한 행사도 없이 조용히 떠났다.

위원장은 공항까지 배웅 나온 관영에게 포옹까지 하며 고맙다고 했다.

그동안 고심을 많이 했는지 아니면 진짜로 병이 났는지 많이 홀쭉한 몸으로 비행기에 올랐다.

김유경은 눈물을 글썽였지만, 위원장은 긴장했음을 감추려는 듯 애써 미소를 지으며 떠났다.

3대에 걸쳐 온갖 추앙을 받으며 군림하던 나라를 남겨두고 영영 떠나야 하는 자신의 처지를 얼마나 깊이 들여다보았는지는 아무도 모른다. 다시는 돌아올 수 없다는 걸 아는지 모르는지 그의 표정만으로는 짐작할 수 없었다.

그의 표정과 행동에서 특별히 아쉬워하거나 미련의 낌새는 보이지 않았기에 어색한 미소 속에 감춰진 그의 속마음을 알 순 없었다.

관영으로서도 분명히 역사에 길이 남을 이 도피 장면이 이상하리만치 긴장되거나 특별하지 않고 그저 담담하게 느껴졌다.

사실상 한 나라를 통째로 갖고 놀던 권력자가 아예 사라지는데도 그랬다. 마치 어떤 행사에서 순서에 의해 진행되는 의식 같이 감동도, 감흥도 느껴지지 않았을 뿐만 아니라 승리감이나 해냈다는 그런 유의 감정도 일어나지 않았다. 그저 떠나는 자를 망연히 지켜보았을 뿐이었다.

순리대로 마땅히 사라져야 할 사람이 바로 그 순리에 의해 떠나가는 거라서 그랬을까?

왠지는 모르지만 그랬다. 조금은 썰렁한 느낌이었다.

22

통일된 조국에서 만납시다

김유경은 당찬 여자였다. 그런데 갑자기 의기소침해졌다.

믿고 의지했던 위원장이 자리를 비우자 전전긍긍하는 모습이 여실히 나타났다. 의지하던 오빠 위원장이 돌아오지 않는다는 거를 알기 때문일 거라고 판단되었다.

반면에 유승우는 전혀 긴장하지 않고 마치 늘 하던 일이었던 것처럼 일을 도맡아 했다. 남측 김경희 대통령과도 직통 전화로 이것저것 요구를 많이 했다. 마치 맡겨놓은 것처럼 달라고 당당하게 요구했다.

보름쯤 지난 어느 날 유승우가 별채로 찾아와 큰 소리로 물었다.

"위원장… 안 돌아오지요?"

님 자도 뺀 질문이었다.

관영은 당황한 나머지 미처 대답을 못 하고 엉거주춤했다.

유승우는 당황하는 관영에게 피식 웃으며 슬며시 한마디 던지고 자리를 떠났다.

"알고 있었습니다."

관영은 그제야 웃으며 고개를 지난번같이 슬며시 끄덕였다. 그가 보았는지는 모른다.

김유경은 바깥일은 하지 않고 관영 주변에서만 맴돌았다.

2인 체제가 된 지 21일째인 12월 21일, 유승우가 김유경과 관영을 벙커에서 보자고 했다.

김유경은 불안한 눈빛으로 관영을 보며 물었다.

"벙커에서라고요…? 무슨 일이죠?"

"글쎄요. 전혀… 모르겠는데요. 만나보면 알게 되겠지요."

지하 벙커에 세 사람이 마주 앉았다.

만남을 요청한 유승우가 먼저 말을 해야 하는데 말은 않고 두 사람을 찬찬히 둘러본다.

관영도 김유경도 영문을 몰라 눈으로 물었다. 무슨 일이냐고.

유승우가 아랫입술을 한번 빨고 다시 윗입술도 빨고 다시 입을 닫는다.

김유경이 긴장으로 손을 모으고 꼼지락거렸다.

드디어 그가 말했다.

"여기서… 이쯤에서 끝내는 게 …신상에 좋을 거 같습니다."

"뭐를… 끝내요?"

김유경의 목소리가 떨려 나왔다.

"자네는 가만히 듣기만 하세…!"

유승우가 김유경을 쏘아보며 냉담하게 말했다.

순간 김유경은 파랗게 질리는가 싶더니 이내 부들부들 떨기까지 했다.

유승우는 신경 안 쓰는 듯 관영을 보며 말을 이어갔다.

"정 의원님, 그래야 하지 않겠습니까? 이 친구 데리고 떠나시지요. 여기는 제가 마무리하겠습니다. 더 시간 끌어 봐야 이 친구만 병납니다. 위원장이 있는 곳으로 바로 떠나십시오. 저는 진즉부터 알고 있었습니다. 이 나라 운명이 이렇게 끝나는 게 그나마 다행 아닙니까? …마무리 잘 지을 테니 안심하고 떠나십시오."

관영도 유승우의 난데없는 일격에 사태 파악이 되지 않았다.

"다 아신다고 말씀하셨는데… 무엇을 어떻게 알고 있다는 겁니까? 궁금해서 묻는 겁니다."

"말씀드리지요. 이 나라가 모든 면에서 더는 존립할 수 없는 지경까지 됐다는 것을 알고 있었고, 남북 국토개발단이 결성됐을 때 남측과 모종의 밀약이 있겠구나, 짐작했지요. 그 이후 위원장이 휠체어를 타고 병자 행세할 때만 해도 긴가민가했는데 치료차 떠나는 거 보고 확신했습니다. 그리고 제가 들어왔는데 이 친구가 허둥대는 걸 보고 빨리 끝내는 게 맞겠다 싶어 만나자고 한 겁니다."

유승우는 망설임 없이 할 말을 쏟아냈다.

관영은 유승우를 믿어야 할 것 같은 느낌이 들긴 했지만, 다시 물었다.

"한 가지만 더… 교수님이 알고 있는 것을, 이미 알고 있는 사람이 있거나 다른 누구에게 말한 적이 있습니까?"

"아직은 없고 말한 적도 없지만, 어느 정도는 눈치로 아는 사람도 있을 수 있고, 설령 지금 당장은 모르고 있어도 세상 인민들이 알아내는 건 시간 문제라는 겁니다. 더불어 말하면 정 의원님께서는 시간이 흐르고 나면 이 나라 인민을 구원한 사람으로 역사에 기록될 겁니다. 그러나 지금은 떠나야 합니다. 서둘러야 합니다."

유승우의 말은 거침없었다.

김유경은 넋이 나간 듯 떨면서 두 사람의 대화를 듣고만 있었다.

"군부 쪽은 괜찮겠습니까?"

"위원장이 다행히 군부의 힘을 많이 빼놔서 괜찮을 것 같지만 그래도 만약을 생각해서 몇몇은 모처에 반 구금 상태로 해놨습니다. 그리고 아부나 떨고 권력을 휘두르던 노동당 간부 놈들도 모처에 상당수를 반 구금 상태로 조치했습니다."

관영은 내심 감탄했다. 유승우 교수의 능력이 이렇게 탁월할 줄은 몰랐었다.

"잘하셨습니다. 그럼 안심하고 떠나도 될 거 같군요. 부부장님, 준비하세요. 오늘 밤 11시쯤 떠납시다. 비행기 준비되겠지요?"

"예…? 오늘 밤에요?"

김유경의 목소리가 떨려 나왔다.

관영이 고개를 크게 끄덕였다.

유승우가 선언하듯 말했다.

"11시에… 그렇게 조치하겠습니다."

"고맙습니다. 통일된 조국에서 만납시다."

관영이 손을 내밀어 악수를 청했다.

유승우는 대답은 하지 않고 잡은 손을 당겨 가볍게 포옹을 했다.

김유경은 정신이 반쯤 나간 듯했다.

관영이 김유경을 다독여야 했다.

"걱정하지 말아요. 굳게 마음먹고 차분히 가족들에게 설명하고 준비하세요. 부부장님 자신이 허둥대면 안 됩니다. 모두를 위한 길이라는 자긍심을 가지세요."

막상 떠나려 하니 가슴이 두근거렸다.

대단원의 막을 내린다는 후련함보다는 정말 유승우 교수가 믿음직하긴 하지만 마지막 단추까지 잘 꿰어놓을지에 초점이 맞춰졌다.

"설마하니 딴짓은 하지 않겠지?"

기다리는 시간은 더디 갔다. 특히 김유경에겐 그 어느 때보다도 길고 긴 하루였으리라. 그러나 어김없이 오고야 만다.

밤 11시에 김유경 가족과 관영이 공항에 도착했다.

고맙게도 유승우가 직접 나와 지휘하며 일행이 무사히 출국할 수 있도록 해주었다. 전혀 긴장감이 없는 출국이었다.

관영은 평양에서 있었던 수많았던 일들이 실제로 있었던 일이었는지 의심이 들 정도로 너무 평온한 출국이어서 조금은 벙벙한 느낌이었다.

모두 탑승한 뒤 마지막으로 관영과 김유경은 유승우와 마주 섰다.

관영과 유승우는 눈을 맞추었다.

관영은 눈을 맞춘 채 상의 속주머니에 간직하고 있던 것을 꺼내 내밀었다.

유승우는 말없이 받아들고 눈으로 물었다.

관영이 말했다.

"김주형 위원장이 떠나기 전에 마지막으로 녹음해 둔 겁니다. 우선 먼저 교수님이 들어보십시오. 그러면 아시게 될 겁니다."

유승우는 고개를 끄덕이다 가볍게 말했다.

"아! 역시 그랬군요. 흠…! 알겠습니다."

관영은 이 순간 유승우 교수가 믿음직스러워짐과 한편으로는 모든 짐을 짊어지게 될 그에게 왠지 연민 같은 무언가가 느껴져 착잡했다.

"교수님, 고맙습니다. 통일된 조국에서 만납시다."

유승우 교수는 미소를 지으며 손을 당겨 포옹하면서도 이번에도 대답하지 않았다.

관영은 부쩍 이상한 생각이 들어서 포옹을 풀면서 다시 한번 다짐하듯 말했다.

"교수님, 이제 통일된 조국에서 만납시다."

유승우 교수는 여전히 입을 꾹 다물고 있다가 어렵사리 입을 열어 말했다.

"수고하셨습니다. 안녕히 가십시오."

김유경도 유승우 교수에게 공손하게 인사를 했다.

관영은 왠지 유승우에게 묘한 느낌이 들었으나 그대로 비행기에 올랐다.

23

통일이 오는 법

북녘에 날이 밝아오는 6시부터 예고 방송을 여러 차례 내보내고 있었다. 오전 10시에 위원장 대행 유승우의 특별담화 발표가 있다는 예고였다.

남녘에서도 북한 방송이 북조선인민공화국 위원장 대행 유승우의 특별담화가 10시에 있다고 여러 차례 예고했음을 속보로 전했다.

세계의 언론과 남과 북의 모든 눈과 귀가 비상한 관심으로 그 시간을 기다렸다.

기다리던 10시가 되었다.

북한 TV 화면에 머리가 하얀 유승우가 헐렁한 짙은 감색 양복 차림으로 등장했다.

여러 개의 마이크가 놓여 있는 단상으로 올라 고개를 숙여 인사했다. 그리고 바로 마이크 앞에 섰다.

"오늘 저는 떨리는 마음을 다잡고 이 자리에 섰습니다. 제 생각을 말씀드리기 전에 김주형 위원장의 목소리를 들려드리겠습니다. 김주형 위원장이 평양을 떠나기 전에 우리 인민들에게 마지막으로 남긴 사과의 말씀과 당부의 말씀을 녹음해놓고 적당한 시기에 방송해달라고 저에게 부탁했습니다. 그래서 지금부터 김주형 위원장의 직접 녹음해놓은 것을 들으시고 제 말씀을 이어가도록 하겠습니다."

바로 위원장의 착 가라앉은 목소리가 들렸다.

원고 내용은 자막으로도 나왔다.

친애하는 인민 여러분 그리고 남조선 동포 여러분!

저는 오늘 제게 어울리지 않는 모든 직을 내려놓고 멀리 떠납니다. 다시 돌아오지 않으려 합니다. 그동안 저의 능력 부족으로 우리 북조선은 모든 면에서 극심한 빈곤국이 되었음을 고백합니다. 본의 아니게 어린 나이에 너무나 막중한 자리에 앉고 보니 늘 불안했고 무엇을 어떻게 해야 할지 판단이 서지 않았습니다. 미국의 제재가 있더라도 경제를 돌보고 돌파구를 찾아야 하는데, 핵무기를 비롯한 전쟁 물자 생산에만 집중하는 오류를 범했습니다. 그 결과 남조선은 선진국이 되었는데 우리 북조선은 모든 면에서 현저히 뒤떨어진 최빈국이 되었습니다. 모든 게 저의 잘못입니다. 그래서 저는 용기를 내어 남조선에 도움을 요청했고, 남조선은 흔쾌히 화답해주었습니다. 우선 생필품 등을 많이 보내주는 한편 북조선 미래를 설계하는 국토개발단을 보내주어 우리 북조선 국토개발단과 함께 사전 조사에 이어서 국토개발 종합계획을 확정하고 본격적인 착공이 임박했음을 밝혀드립니다. 그동안 북조선을 이끌었던 우리 노동당의 부족함을 반성하며 해체를 선언합니다. 이 모든 일을 마무리하고 정리하기 위하여 국토개발단의 단장이신 유승우 교수님께 제가 떠나고 없는 북조선의 미래를 위해 전권을 맡아주시기를 간곡히 부탁드렸습니다.

친애하는 북조선 인민 여러분!

유승우 교수님의 지도하에서 북남통일을 완성하고 부디 풍요롭고 평화로운 한민족, 한 국가로 탄생하기를 간절히 기원합니다. 모두의 소원인 통일을 조속히 이루기를 바랍니다. 남조선 김경희 대통령님과 정부, 그리고 인민에게 부탁드립니다. 제 허물은 잊어주시고 따뜻한 동포애로 북조선 인민을 대해주시기를 간곡히 청원합니다.

이상 김주형입니다.

끝날 즈음엔 격해졌는지 목소리에 물기가 배어 있었다.

유승우 교수는 잠시 침묵을 지키다 결심이 선 듯 말을 이어갔다.

"지금까지 김주형 전 위원장의 마지막 녹음 내용을 들으셨습니다. …들으셔서 아시겠지만, 저에게 뒤처리를 부탁했습니다. 지금 우리 북조선은 존립 자체가 어려울 지경으로 경제가 망가졌습니다. 스스로 일어나기엔 거의 불가능합니다. 같은 민족이며 동포인 남조선에 이미 도움을 요청했고, 많은 도움이 있었고, 교류 또한 많이 이루어지고 있습니다. …이제 통일뿐입니다. 북남통일뿐입니다. 독일의 경우에서 보듯이 통일은 차근차근 준비해서 오는 게 아니라 갑자기 옵니다. 김주형 위원장은 결국 잘못을 고백하고 떠났는데 김주형 위원장 일가에게 지나친 아부를 떨며 권력을 휘두르고 호가호위하던 사람 중엔 통일을 못마땅하게 여기고 엉뚱한 야욕을 부릴 만한 사람들도 있을 것 같아 어제까지 216명을 반 구금 상태로 조치했습니다. 하루라도 빨리 통일선언을 하기 위해 엊저녁에 남조선 김경희 대통령과 전화 통화를 했습니다. 그리고 오늘 오후 2시에 판문점 북측 연락사무소에서 북남통일에 대한 주제를 놓고 회담하기로 합의했습니다. 참고로 말씀드릴 건 김유경 부부장도 어제저녁 11시에 평양을 떠났음을 밝혀드립니다. 이상입니다."

김주형 위원장 자신이 망명했음을 자신의 육성으로 고백했고, 자신의 잘못 또한 고백했다는 사실에 남녘 민도 북녘 민도 경악을 금치 못했다.

북녘은 완전 패닉상태에 빠졌다. 특히 평양시민들은 더했다.

자신들이 그토록 광적으로 추앙했고, 하늘이 내린 위대한 지도자로 믿고 따랐던 위원장이 자기 스스로 부족함과 잘못을 고백하고 망명했다니 믿어지지 않았다.

게다가 불과 얼마 전 김주형 위원장이 군대를 발칵 뒤집어놓았는데 또 유승우 대행이 216명을 반 구금 상태로 만들어 놓았다는 소식은 비상한 관심을 불러일으켰다.

그리고 바로 오늘 오후 2시에 통일 회담을 한다니 말이 회담이지 유승우 대행이 직접 밝혔듯이 통일선언이 확실하다는 걸 누구라도 알 수 있었다.

인민 모두가 웅성거렸지만 불안한 웅성거림이라기보다는 기대하는 웅성거림이 주류를 이루었고 점점 더 고조되어갔다.

"설마하니 지금보다 더 나빠지기야 하겠어?"

✦　✦　✦

오후 2시, 판문점은 그야말로 인산인해를 이루고 있었고 판문점에 이르는 길은 이미 포화 상태였지만 계속해서 밀려들었다.

전 세계의 눈과 귀가 집중되고 기자들의 취재 열기 속에 분위기는 최고조로 부풀어져 "통일, 통일, 통일"을 끝없이 외쳐댔다. 한 손엔 태극기, 다른 한 손엔 한반도기를 들고 목이 쉬도록 끝없이 통일을 외쳐댔다.

인파를 뚫고 김경희 대통령과 일행이 도착하자 외침은 절정에 달해 하늘이 무너지듯, 우렁차고 정확한 박자까지 맞춰 울려 퍼졌다. 이들이 이 순간에 아는 단어는 오직 "통일! 통일!"뿐이었다.

김경희 대통령과 일행은 곧바로 북측 연락사무소로 향했다.

그곳에서 기다리고 있던 유승우 대행과 만났다.

유승우 교수와는 전화 통화는 많이 했지만 대면은 처음이다.

김경희 대통령은 유승우 교수를 극진히 대했다.

바짝 마르고 헐렁한 감색 정장 차림의 유승우는 잠을 못 잔 탓에 얼굴이 초췌했다.

그도 그럴 것이, 밤 11시에 공항에서 관영과 김유경을 보내고 청사로 돌아와 김주형 위원장의 녹음을 들어보고 방송 일정을 잡고 난 후 또 김경희 대통령과의 회담 일정을 잡느라 잠을 전혀 못 잤다.

"교수님! 애로가 많으시죠? 건강은 괜찮으세요?"

김경희 대통령은 안쓰러운 마음이 들었다.

"괜찮습니다."

유승우는 개의치 않는 듯 간결하게 말하고 회담장으로 들어가자고 손짓을 했다.

김경희 대통령도 고개를 끄덕이며 회담장으로 들어갔다.

그리고 불과 1시간 후 회담 결과를 발표하기 위해 회의장을 나왔다.

인산인해를 이룬 사람들이 태산이라도 들어 올릴 듯이 "와!" 함성을 질렀다.

이어지던 함성이 갑자기 멎었다. 적막이 연출됐다. 숨소리조차 멈춘 고요 속에 눈과 귀만 열어 한곳을 주시했다.

김경희 대통령과 유승우 교수가 나란히 마이크 앞에 섰다.

김경희 대통령이 그윽한 눈으로 모두를 천천히 돌아본 후 오른손으로 유승우 교수의 왼손을 잡아 힘껏 치켜올리며 외쳤다.

"북남통일을 선언합니다. 남북통일을 선언합니다."

드디어 통일이다. 기어이, 기어이 통일을 이루어냈다.

20**년 12월 22일 오후 3시, 통일선언을 외친 시간이다.

한반도 전체가 드디어 하나의 나라가 된 것이다.

그 이름은 대한민국이다.

판문점 일대가 함성으로 뒤흔들렸고 TV 방송을 보던 전 국민이 펄쩍펄쩍 뛰다 뛰쳐나왔다. 태극기와 한반도기가 온 시내를 휩쓸었고 폭죽이 대낮부터 하늘을 수놓았다.

거리에서 마을에서 산에서 들에서 바다에서 환호하고 노래하고 춤췄다.

모르는 사람끼리도 서로 끌어안고 울고 웃고 펄쩍펄쩍 뛰고 춤을 추었다.

수많은 식당이 공짜라고 써 붙였고, 수많은 찻집이 공짜라고 써 붙였다. 그런 식당마다 그런 찻집마다 수많은 인파가 몰려가 웃고 울다가 다시 웃었다.

전 세계 언론은 속보로 놀라운 소식을 전했고 온종일 한반도의 통일과 관련된 뉴스를 쏟아냈다.

김경희 대통령은 각국 정상들의 축하 전화 받기에 온종일 바빴다.

청와대 대변인은 이날만 192개국의 정상으로부터 축하 전화와 메시지를 받았다고 발표했다.

✦　✦　✦

그날 저녁 김찬주 회장과 전국경제인연합회 회원 30인 긴급모임에서 뜨거운 토론이 있었고, 다음 날 아침 30인 모두와 김경희 대통령의 만남이 이루어졌다.

김찬주 회장이 먼저 축하 인사를 겸해 제안했다.

"대통령님! 축하드립니다. 참으로 노고가 많으셨습니다. 길이길이 역사에 기록될 것입니다. 저희도 가만히 있을 수 없어서 어제저녁에 모여 의견을 모았습니다. 저희의 뜻은 북측 동포들의 생활상이 매우 열악할 것으로 예상되므로 북측 동포들만을 위한 [한 생각 1]을 공정사회위원회가 서둘러 실행에 옮길 수 있도록 했으면 합니다. 우선 먹고사는 문제부터 해결해주고 난 다음에 차근차근 일자리를 만드는 것도 병행하자고 의견을 모았습니다."

김경희 대통령은 감복했고 몇 번이고 고개를 숙여 감사를 표했다.

"감사합니다. 너무너무 감사하고 행복해서 가슴이 터질 거 같아요. 제 임기에 통일이라니… 너무 좋아서 잠도 안 오더라고요. 그런데도 피곤하지 않아요. 너무 좋아요. 그런데 오늘 또 회장님들을 뵙게 되니 너무너무 든든합니다. 회장님들의 호의를 받들어 바로 [공정사회위원회]를 가동하기로 하겠습니다. 이 열기가 식기 전에 일사천리로 해내도록 독려하겠습니다. 감사, 감사합니다."

그리고 다음 날부터 공정사회위원회가 즉각 움직이기 시작했다.

특혜를 누리던 평양시민들은 허탈감에 빠진 채 허둥대다가 차츰 새로운 세상에 대한 기대감이 조금씩 차오르고 있었다.

상대적으로 너무나 열악한 처지에 처해 있던 지방민들은 내놓고 희망을 부풀리고 있었다.

"이제 진짜 세상이 바뀌는 거지? 설마하니… 지금보다야 나아지겠지!"

유승우 교수는 TV 방송 활용을 잘했다.

북쪽의 인민들에게 현실을 온전히 받아들여야 하는 사연을 구구절절 설명했다.

유승우 교수의 말과 행동은 완전 자유 민주주의 사람의 그것이었기에 처음엔 너무 놀라워서 당혹스러웠으나 북한 인민들이 지금까지 갖고 있던 환상에서 빨리 깨어나는 데 크게 작용했다.

전 김주형 위원장은 물론 그 선친이나 조부까지 가차 없이 깎아내렸고, 그 일가의 업적이라는 것들의 허구를 낱낱이 밝히고, 망상에서 하루빨리 벗어나라고 촉구했다.

당신들이 오랫동안 추앙해 마지않았던 그 일족들이 자신들의 무능함을 감추기 위해 행했던 우상화 작업과 어릴 적부터 행한 세뇌교육의 폐해를 낱낱이 설명했다.

그 일족은 자신들을 하늘이 내린 백두혈통이라고 스스로 추켜올리며 추앙하라고 강요한 대신 2천600만 인민은 아주 보잘것없는 비천한 인간으로 취급한 악질이라고 강타했다.

설명할 때도 그 일족에 대하여 망설임 없이 욕지거리를 섞어 난사했으며 "나라의 주인은 우리 인민이어야 하며 사람 위에 사람 없고 사람 밑에 사람 없어야 진정한 나라"라고 설파했다.

강력히 부르짖던 유승우 교수가 끄트머리에 다른 이야기를 했다.

"그나마 김주형 위원장이 딱 두 가지 잘한 게 있습니다. 그게 뭔고 하니… 마지막에 일본 함정과 전투기가 남조선 땅인 독도를 침범했을 때 우리 전투기를 출격시키는 용단을 내리고 일본 섬 오키열도까지 깊이 쫓아가게 했던 것, 그리고 또 하나는 스스로 알아서 권좌에서 내려와 망명한 것… 그래서 통일의 물꼬가 터졌으니 이 두 가지는 잘한 것입니다."

그동안 육로로만 들어왔던 생필품을 비롯한 상품들이 배편과 비행기 편으로도 쏟아져 들어오자 인민들은 비로소 통일을 실감하기 시작했다.

상대적으로 너무나 열악한 처지에 처해있던 지방민들은 내놓고 희망을 부풀리고 있었다.

"새 세상이 열리는 게 틀림없군. 남쪽이 정말 대단하긴 대단한가 봐."

24

유승우의 유서

12월 25일 크리스마스 날 관영이 서울로 돌아왔다. 거의 3년 만이다.

그날 관영은 아내와 어른이 다 된 딸 선경과 아들 찬웅을 앞에 놓고 그동안 북녘에서 있었던 일 전체를 빠트리지 않고 털어놓았다.

김주형 위원장에게 누구에게도 말하지 않겠다고 약속했던 것들까지도 모두 털어놓았다.

기둥에 묶인 채 사형당하던 순간 기절했었다는 얘기까지, 어깨에 진짜 총을 맞고 군 연병장에서 공개 재판까지 받았다는 얘기까지, 그리고 위원장과 그 일족이 새로운 삶을 살아갈 곳 부탁까지 함께 갔었던 얘기까지, 때로는 감정에 버거워하며 때로는 울먹이며 털어놓았다.

아내 조명희는 물론 선경이와 찬웅이도 놀라워하며 눈물을 흘렸는데 선경이는 감격에 겨워 아빠의 목을 끌어안고 소리 내어 울기까지 했다.

관영도 딸을 안고 다독이다 격해짐을 참지 못하고 눈물을 쏟았다.

가족의 품으로 돌아온 지금이 꿈만 같았다. 관영은 오랜만에 행복감에 젖어 가족의 품을 마음껏, 정말 마음껏 누릴 수 있었다.

✦ ✦ ✦

다음 날 저녁, 청와대 대통령 관저에서 또 한 번 속 시원하게 털어놓았다.

김경희 대통령, 허장훈 전 대통령, 유병민 비서실장 그리고 다음 대통령이 될 가능성이 유력한 두 사람 정근우와 남민우까지 있는 곳에서였다.

관영은 김경희 대통령에게 정근우와 남민우를 초대해 달라고 요구했고 대통령은 바로 첫마디에 승낙했다. 그리고 즉석에서 전화로 두 사람을 저녁 식사에 초대했다.

두 사람은 뜻밖의 초대에 의아했으나 관영의 이야기에 깊이 빠져들며 놀라워했다.

이어 관영의 역할, 장훈의 역할, 김경희 대통령의 역할 그리고 김찬주 회장의 역할까지 들으며 자신들을 돌아보는 자세가 되었다.

정근우는 자신의 지식과 언변을 믿고 사사건건 비난을 쏟아냈던 일들에 대하여 애매하게나마 사과했다.

"독도에서의 일을 겪고 나서 많은 생각을 했고 오늘 말씀을 들으며 또 많은 걸 깨우쳤습니다. 모두들 수고가 많으셨네요. 그것도 모르고 저만… 자초지종을 몰랐으니까 제가 그랬던 거고요…."

덩달아 남민우도 좀 더 적극적으로 돕지 못한 거를 반성한다고
했다.

그래서 이 자리가 자신들이 앞으로 어떤 자세로 통일된 조국의
앞날을 책임져야 할지 제대로 알도록 하기 위한 자리였음을 깨닫게
되었다.

김경희 대통령은 언론이나 정치인들에게 거의 비난을 받지 않고
힘껏 북녘 동포를 끌어안을 수 있었다. 마음껏 돕는 한편 김찬주 회
장과 경제인 연합회의 제안으로 공정사회위원회를 독려하여 북쪽
의 국민만을 위한 특별 [한 생각 1]을 준비시켰다.

그동안 쌓은 경험을 살려 남쪽 대학생들과 북쪽 대학생들을 모아
교육한 후에 실무에 투입했다. 도움을 받을 대상자는 북녘 동포 대
부분이었다.

도움을 줄 남녘 땅 부유층의 기부호응도는 어느 때보다 뜨거웠다.

그리하여 통일선언 5개월 15일이 되던 날 기부 충족금이 완성되
었고 6개월이 되던 날 전격적으로 실행에 옮겨 북쪽 국민 모두를
극빈에서 벗어나게 했다.

세계의 놀라움은 물론이고 국가의 위상은 무한대로 높아졌다.

국민 모두는 자긍심으로 벅차올랐다.

북녘만을 위한 [한 생각 1]이 멋지게 성공하여 이제 하나가 된 한
반도가 자긍심으로 벅차올랐던 하루가 저물어갔다.

그리고 바로 다음 날 아침 유승우 교수가 자살했음이 세상에 알
려졌다.

음독자살이었다. 짧은 유서를 남겼다.

"나 유승우로 인하여 고초를 당한 사람들에게 심심한 사과와 위로의 말씀을 남깁니다. 모두를 살리기 위한 불가피한 일이었다 하더라도 상처가 되었으리라 짐작됩니다. 매우 야만스러운 일가와 매우 부조리한 나라였지만, 몸담았던 조국을 해체하는 일을 서슴없이 해낸 저는 이제 속죄의 길을 택합니다. 후회는 없습니다."

그의 장례식은 가족장으로 조촐했지만, 조문 행렬은 국장 못지않았다. 길고 긴 조문 행렬은 끝없이 이어졌고 장례식장 일대는 인산인해를 이루었다.

관영과 장훈은 물론 김경희 대통령도 직접 조문했다.

관영은 그와의 인연과 그를 위원장에게 추천했던 일들을 생각하며 마음이 착잡했다. "통일된 조국에서 만납시다."라고 했을 때 즉답을 피하던 그였다.

'유승우는 그때 이미 일이 마무리되면 죽을 생각을 하고 있었을까? 아무리 야만스럽고 부조리했던 나라라도 구성원이었던 자신이 무너뜨리는 일을 앞장서 한 것에 대한 회한이 없을 순 없었겠지.' 하면서도 안타까웠다.

관영이 조문을 마치고 영정 앞에서 차마 돌아서지 못하고 회한에 젖어 서성일 때 검은 상복을 입은 젊은 여인이 주춤거리며 다가왔다.

"정관영 의원님이시지요?"

야윈 얼굴에 많이 울은 듯 눈이 짓무르고 초췌한 모습이 마주 보기 민망한 모습이었다. 관영도 목이 메어 대답을 못 하고 고개만 끄덕이면서 딸이겠구나 판단했다.

"저는 딸 유기화라고 합니다. 아버님이 따로 정 의원님께 드리는 편지를 남기셨습니다."

"아! 그래요? 편지를…?"

예상 못 했던 편지 얘기에 문득 유승우 교수의 희미하게 웃던 모습이 그려졌다.

여인은 공손히 떨리는 두 손으로 편지를 내밀며 고개를 숙였다.

관영도 두 손으로 공손히 받아들며 고개를 숙였다.

여인이 돌아서기 전에 고개를 들어 관영을 보았다. 눈물이 그득한 얼굴이다. 여인이 얼른 돌아서며 얼굴을 가렸다.

관영은 여인의 뒷모습을 보며 끓어오르는 가슴을 겨우 다독였다. 그리고 밖으로 나왔다. 발길 닿는 대로 걸었다. 한참을 걸어 어느 느티나무 아래 긴 의자에 앉아 편지를 읽었다.

찾아 주셨군요. 자책하지 마세요.
제 몸에 암이 깊어서 어차피 곧 떠날 운명이었습니다.
평생 제대로 된 삶이라곤 없이 구차하게 목숨을 구걸하며
살던 중에 마지막으로 보람 있는 일을 할 수 있도록 기회
를 주신 의원님께 감사한 마음을 품고 떠납니다.
이렇게 떠날 수 있어서 정말 다행입니다. 진심입니다.
                                        유승우 드림

먹먹했다. 자책하지 말라니…. 진심이라니…. 관영은 만감이 교차
하여 쓸쓸한 거리에서 한나절을 서성여야 했다.

차마 돌아서기가 어려웠다.

김경희 대통령의 임기는 북녘 동포를 보듬는 나날로 채워 갔다.

남북을 숱하게 직접 오가며 울고 웃으며 때로는 안타까워하고
때로는 보람을 만끽하며 임기를 마칠 때까지 아낌없는 열정을 쏟아
부었다.

25

에필로그

2년 후

관영과 장훈, 그리고 김경희는 아프리카 탄자니아의 킬리만자로를 오르고 있었다.

3,700m의 호롬보 산장을 출발하여 4,700m의 키보 산장을 목표로 오르는 중이다.

호롬보 산장을 출발한 지 2시간이 지나며 앞장서 걷던 장훈의 발걸음이 눈에 띄게 느려졌음을 알 수 있었다.

관영도 진즉부터 두통 증세를 느끼는 중이었다.

마침내 장훈이 걸음을 멈추고 돌아서 관영을 보며 말했다.

"형님…! 괜찮으세요? 저는 머리가 띵한 게 고산병 증세가 있는 거 같은데."

숨쉬기가 쉽지 않은 듯 띄엄 띄엄 말을 했다.

"아…! 그래요? 나도 심하진 않지만 그래요. 그만 하산합시다."

"예…? 하산이라고요? 정말입니까?"

장훈은 관영의 너무 쉽게 나온 "하산합시다."가 믿기지 않았다.

"하산하자고요? 에이…! 농담이시죠? 호호호!"

뒤따라오던 김경희가 멀쩡한 표정으로 웃으며 말했다.

"아니, 정말입니다. 자! 내려갑시다."

관영이 바로 돌아섰다. 그리고 김경희를 지나쳐 거침없이 내려간다. 발걸음이 한결 가볍다.

장훈이 고개를 갸웃거리며 김경희를 보았다.

김경희도 못 믿겠다는 듯 갸웃거리다 말했다.

"정말인가 봐요. 벌써 저기까지 내려갔어요. 그럴 리가 없는데…?"

"그러게요. 포기를 모르는 분이…? 우리도 일단 따라 가보죠, 뭐!"

장훈이 먼저 앞장섰다.

김경희는 머쓱한 기분이 들었지만, 장훈의 뒤를 따랐다.

부지런히 걸어 관영을 따라잡았다.

한참을 말없이 내려가다 장훈이 궁금한 듯 물었다.

"형님! 킬리만자로에 올라가 보자고 하실 때 어렵더라도 꼭 오르겠다는 것 아니었어요? 여기 아프리카까지 와서… 너무 쉽게 포기… 형님은 원래 포기하지 않는 타입 아닙니까?"

관영이 걸음을 멈추고 돌아서서 웃으며 말했다.

"아! 킬리만자로에 목숨을 걸 이유는 없잖아요. 나 포기할 거와… 포기 못 할 거를 구분 못 하는 사람 아니에요. 나 포기도 잘해요. 대통령 자리도 포기했잖아요."

"아! 그랬지요. 그렇지만 그건… 그 포기는 [한 생각]을 성공시키기 위한 작전상 포기니까… 그냥 순수한 포기라고는 할 순 없지요."

"하하하! 그렇긴 해요. 그런데 다시 한번 생각해보세요. 오늘 포기도 작전상 포깁니다. …목숨을 건지기 위한 작전상 포기 아닙니까? 여기 아프리카까지 와서 죽어야 합니까?"

"하하하! 하긴 그러네요. …여기 아프리카까지 와서 죽을 필요는 없지요. 하하하!"

김경희가 생생한 얼굴로 끼어들었다.

"저는 아직 그런대로 괜찮던데 두 분께서는… 고산 증세가 심했나 봐요."

장훈이 심드렁하게 받았다.

"좀 더 가다가는… 띵한 게 메슥거리기도 하고 숨이 잘 안 쉬어지더라고요."

"어유! 그 정도였어요?"

관영이 웃으며 말했다.

"하하하! 대통령님, 아까 올라가고 있을 때 머리는 띵하고 숨쉬기는 점점 더 어려워지는데 저 꼭대기까지 어떻게 올라가나… 이러다 죽지 않을까… 하고 걱정하셨지요? 그런데 지금은 여유 있게 웃고 있잖아요. 포기가 이렇게 좋을 수도 있다는 겁니다. …여기도 3,700m가 넘는 곳입니다. 내려간다니까 마음의 여유가 생겨서 그렇지…."

"그러네요. 형님! 앞으로는 자주자주 포기합시다. 여유 있게 포기하며 삽시다."

"그럽시다."

"아쉽기는 한데… 내려가니까 편하고 좋긴 하네요. 호호호!"

정상을 포기하고 내려가는 세 사람의 발걸음은 마냥 마냥 여유로웠다.

〈끝〉

남북통일

제1판 1쇄 2023년 10월 25일

지은이 이헌영
펴낸이 최경선 　　　　　**펴낸곳** 매경출판㈜
기획제작 ㈜두드림미디어
책임편집 최윤경, 배성분 　　　**디자인** 노경녀 nkn3383@naver.com
마케팅 김성현, 한동우, 구민지

매경출판㈜
등록 2003년 4월 24일(No. 2-3759)
주소 (04557) 서울특별시 중구 충무로 2(필동 1가) 매일경제 별관 2층 매경출판㈜
홈페이지 www.mkbook.co.kr
전화 02)333-3577
이메일 dodreamedia@naver.com(원고 투고 및 출판 관련 문의)
인쇄·제본 ㈜M-print 031)8071-0961

ISBN 979-11-6484-608-5 (03810)

책 내용에 관한 궁금증은 표지 앞날개에 있는 저자의 이메일이나
저자의 각종 SNS 연락처로 문의해주시길 바랍니다.